KB254079

미리 보는
중학 국어
교과서

소설 3

미리 보는 **중학 국어** 교과서 · 소설 3

1판 1쇄 2013년 2월 15일
1판 4쇄 2019년 1월 28일

엮고 씀 김용환, 유혜강, 이승원, 이윤복, 임영규, 하미정
펴낸이 조영진

펴낸곳 고래가숨쉬는도서관
출판등록 제406-2012-000082호
주소 경기도 파주시 회동길 329호(서패동) 2층
전화 031-955-9680~1   팩스 031-955-9682
홈페이지 www.goraebook.com   이메일 goraebook@naver.com
* 값은 뒤표지에 있습니다.
* 잘못 만든 책은 구입하신 서점에서 바꾸어 드립니다.

ISBN 978-89-97165-17-9 44800
ISBN 978-89-97165-13-1 44800(세트)

이 도서의 국립중앙도서관 출판시도서목록(CIP)은 e-CIP홈페이지(http://www.nl.go.kr/ecip)와
국가자료공동목록시스템(http://www.nl.go.kr/kolisnet)에서 이용하실 수 있습니다.(CIP제어번호: CIP2013000550)

미리 보는 중학 국어 교과서

소설 3

엮고 씀 김용환, 유혜강, 이승원, 이윤복, 임영규, 하미정

고래가 숨 쉬는 도서관

차례

머리말 · · · · · · · · · · · · · · · · · 6
일러두기 · · · · · · · · · · · · · · · · 8
갈래 바탕 학습 · · · · · · · · · · · · 10

8부 상황의 이해

봄·봄 | 김유정 · · · · · · · · · · · · · · · 35
기억 속의 들꽃 | 윤흥길 · · · · · · · · · · 52
꺼삐딴 리 | 전광용 · · · · · · · · · · · · · 74
오마니별 | 김원일 · · · · · · · · · · · · · 110

9부 창작 의도와 소통 맥락

화왕계 | 설총 · · · · · · · · · · · · · · · 127
박씨전 | 작자 미상 · · · · · · · · · · · · · 131
물 한 모금 | 황순원 · · · · · · · · · · · · 144
난쟁이가 쏘아 올린 작은 공 | 조세희 · · · · · · 154

10부 문학의 가치

메밀꽃 필 무렵 | 이효석 · · · · · · · · · · 169
표구된 휴지 | 이범선 · · · · · · · · · · · 182
일용할 양식—원미동 사람들 중에서 | 양귀자 · · · · · · 191
시인의 꿈 | 박완서 · · · · · · · · · · · · 216

수록 글 출처 · · · · · · · · · · · · · · · 230
예시 답안 · · · · · · · · · · · · · · · · 232
집필을 도와주신 연구위원 선생님들 · · · · · · · 241

1권

1부. 갈등과 화해
하늘은 맑건만 | 현덕
자전거 도둑 | 박완서
나비를 잡는 아버지 | 현덕
소음 공해 | 오정희

2부. 갈등의 이해
아기장수 우투리 | 작자 미상, 서정오 엮음
홍길동전 | 허균
흰 종이수염 | 하근찬
철수는 철수다 | 노경실

3부. 다양한 관점
학 | 황순원
소나기 | 황순원
항아리 | 정호승
책상은 책상이다 | 페터 빅셀

4부. 주체적 해석
고무신 | 오영수
내가 그린 히말라야시다 그림 | 성석제
옥상의 민들레꽃 | 박완서

2권

5부. 표현과 태도
노새 두 마리 | 최일남
토끼전 | 작자 미상
양반전 | 작자 미상
수난 이대 | 하근찬
상록수 | 심훈

6부. 문학의 시선
동백꽃 | 김유정
사랑손님과 어머니 | 주요섭
운수 좋은 날 | 현진건
20년 후 | 오 헨리
유자소전 | 이문구

7부. 일상의 경험
이해의 선물 | 폴 빌라드
소를 줍다 | 전성태
별 | 알퐁스 도데

재미있는 교과서 읽기,
우리 모두의 행복입니다

여러분!

‘문학’, 그러면 제일 먼저 무슨 생각이 드시나요?

“문학이요, 그거 가슴 찡하고, 행복한 시간 아닌가요?”

“생각만 해도 가슴이 뛰네요!”

왜, 그럴까요?

문학에 우리 이야기가 담겨 있기 때문은 아닐까요?

여러분, 지금 행복한가요?

문학이든 비문학 작품이든 모든 글은 인간의 삶과 체험의 반영입니다. 문학은 우리 삶을 아름다운 상상력으로 다양하게 빚어 만든 작품이며, 비문학 작품은 인간 삶의 현실을 더욱 분명하게 이해하고 설득하기 위한 결과물입니다. 우리는 이러한 글을 읽으면서 인간과 그 인간이 사는 사회를 이해하는 동시에 인간 개인의 삶 속에 내재된 고뇌와 갈등의 문제를 엿볼 수 있습니다. 이를 통해 어떻게 살아가야 할 것인가에 대해 진지하게 고민해 볼 기회를 갖게 되기도 합니다.

교과서는 이러한 문학과 비문학 글의 ‘보물 창고’입니다. 이 보물 창고의 가치를 이해하지 못하는 학생은 학교생활을 매우 힘들어합니다. 이런 어려움을 넘어 보물 창고의 보물을 얻는 기쁨은 독서에 있습니다. 독서하는 여러분은 독서 활동이 얼마나 행복한지 충분히 맛보았을 것입니다. 우리는 교과서 읽기를 통해 멋진 보물을 얻는 행복한 독서 여행을 떠나 보려 합니다.

2013년부터 우리나라 국어 교육은 새로운 변화를 시도하고 있습니다. 이제 국어는 국어 지식이나 문학 지식만을 배우는 것이 아니라, 창의적인 사고 능력과 올바른 인성까지 길러 주는 과목이 되었습니다. 국어는 모든 교과의 중심이며, 평생 동안 쓸 삶의 도구이기 때문입니다.

2013학년도부터 적용되는 2009 개정 교육과정에 따르면 중학교 국어 교과서는 모두 16종으로, 학년 구분 없이 모두 6권을 배우게 됩니다. 그러므로 전국 중학교에 보급되는 16종 중학교 국어 교과서는 모두 96권인 셈입니다. 여기에 실린 엄청난 글을 모두 읽을 수 없는 학생들을 위해 교과서에 수록된 주옥같은 글을 가려 뽑아 선보입니다. 먼저 교과서에 실린 작품을 시, 소설, 수필, 비문학 등 네 개 영역으로 나누고, 국가 교육과정의 성취 기준을 작품 선정 기준으로 정하여 우리 중학생들이 꼭 읽어야 할 글들을 여러 선생님들이 연구하고 토론하여 책으로 엮었습니다.

우리 집필 선생님들은 이 책을 재미있고 즐거워서 미소가 감도는 보물 창고 독서 자료집으로 만들었습니다. 이 책을 읽는 모든 학생들이 교과서의 보물을 많이 만나 행복하길 소망합니다. 교과서 독서 활동을 통해 아름답고 멋진 꿈을 꾸고, 그 꿈을 이루는 데 이 책이 좋은 역할을 할 수 있기를 기대해 봅니다. 한 권의 책이 여러분의 진로와 운명을 바꾸어 놓을 수 있습니다.

2013년 2월

집필자 대표 임영규

1. 작품 선정

소설은 '사람들이 살아가는 이야기'를 있음 직하게 꾸며 낸 갈래입니다. 그 속에는 수많은 사람들이 등장하고 수많은 갈등이 발생하며 웃음과 울음 속에 삶의 지혜와 깨달음을 주기도 합니다. 사람들은 다양한 삶의 이야기를 통해 자신의 삶을 돌아보기도 하고 타인의 삶에 관심을 갖기도 합니다.

이 책은 국가 교육과정을 분석하고, 문학 성취 기준을 주제별로 나누고 묶어 세 개의 대 주제를 정하였습니다. 성취 기준에 따른 소설 읽기는 매우 의미 있는 활동이라 할 수 있습니다.

1권은 '갈등의 진행과 해결 과정을 파악하며 작품을 이해한다. 다양한 관점과 방법으로 작품을 해석한다. 자신의 주체적인 관점에서 작품을 평가한다.'라는 내용 성취 기준에 따라 '갈등의 해결과 작품을 바라보는 다양한 관점과 주체적인 관점'이라는 대 주제를 정하였습니다. 소주제는 ① 갈등과 화해 ② 갈등의 이해 ③ 다양한 관점 ④ 주체적 해석으로 정하였습니다.

2권은 '작가의 태도에 주목하며 작품을 이해하고 표현한다. 작품의 세계가 누구의 눈을 통해 전달되는지 파악하며 수용한다. 일상에서 의미 있는 경험을 찾아 다양한 작품으로 표현한다.'는 성취 기준에 따라 '작품의 세계와 실제 세계의 관계'라는 대 주제를 정하였습니다. 소주제는 ⑤ 표현과 태도 ⑥ 문학의 시선 ⑦ 일상의 경험으로 정하였습니다.

3권은 '사회 · 문화 · 역사적 상황을 바탕으로 작품의 의미를 파악한다. 작품의 창작 의도와 소통 맥락을 고려하며 작품을 수용한다. 문학이 인간의 삶에 어떤 가치를 지니는지 이해한다.'는 성취 기준에 따라 '사회 · 문화 · 역사적 배경과 작품의 창작 의도와 문학의 가치'라는 대 주제를 정하였습니다. 소주제는 ⑧ 상황의 이해 ⑨ 창작 의도와 소통 맥락 ⑩ 문학의 가치로 정하였습니다.

2. 이 책의 구성

소설을 다 읽은 뒤에는 내용을 정리하고 내면화할 수 있는 문제들을 실어 '서술·논술형 평가'에 대비하도록 하였습니다.

- '글을 떠올리며'는 각 작품을 읽고 기본적인 내용을 어느 정도 이해했는지 파악할 수 있도록 했습니다.
- '글을 소화하며'는 국가 성취 기준에 맞추어 개발하였으며, 소주제에 설정된 목표를 확인하는 문제를 필수적으로 포함시켰습니다.
- '생각을 모으며'는 일반적으로 심화 수준에 해당하는 발문이며 다양하고 창의적인 표현을 유도하는 데 초점을 두었습니다.

이 책은 소설 읽기의 재미와 감동을 맛볼 수 있는 또 하나의 교과서라 보아도 좋을 것입니다. 아무쪼록 이 책을 통해 소설 읽기의 참맛을 느끼고 어른이 되어서도 책 읽기를 사랑하는 사람으로 자라나기를 소망해 봅니다.

* 작품은 교과서에 수록된 원문 그대로를 실었으며 몇몇 작품은 교과서에 수록될 때 삭제된 부분의 원문을 찾아 수록했습니다.
* 맞춤법, 띄어쓰기도 교과서에 수록된 원문을 따랐습니다.
* 어려운 낱말은 쉽게 낱말 풀이를 해 놓았습니다.

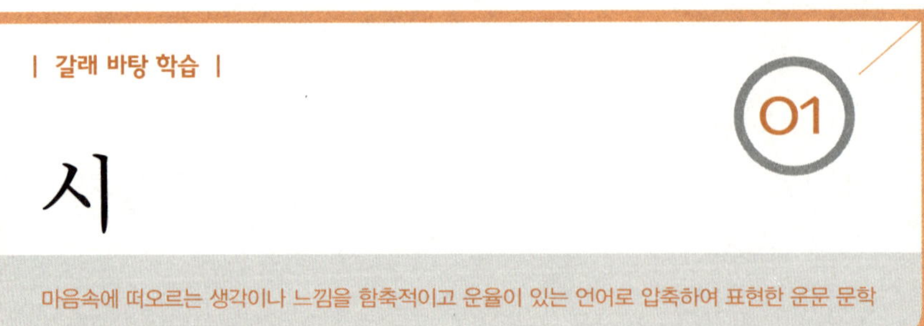

시

마음속에 떠오르는 생각이나 느낌을 함축적이고 운율이 있는 언어로 압축하여 표현한 운문 문학

❖ **시의 3요소**

① **의미적 요소(주제)** 시인이 시를 통해 전달하고자 하는 사상이나 중심 생각

② **음악적 요소(운율)** 시를 읽을 때 느껴지는 말의 가락(리듬)

③ **회화적 요소(심상)** 시를 읽을 때 마음속에 떠오르는 감각적인 모습이나 느낌

❖ **시의 형식적 요소**

① **시어** 시에 쓰인 말

② **시구** 시어가 모여서 이루어진 구절

③ **행(시행)** 시를 이루는 한 줄 한 줄의 단위

④ **연** 하나 이상의 행이 모여서 이루어진 하나의 의미 단위

❖ **시의 갈래**

내용에 따라		
	서정시	개인의 감정이나 정서를 주관적으로 표현한 시
	서사시	역사적 사실이나 신화, 전설, 영웅의 사적 따위를 서사적 형태로 쓴 시
	극시	운문으로 표현된 희곡 형식의 시

형식에 따라		
	정형시	시조처럼 일정한 형식에 맞추어 쓴 시
	자유시	정하여진 형식이나 운율에 구애받지 아니하고 자유롭게 쓴 시
	산문시	행을 구분하지 않고 줄글(산문) 형식으로 쓴 시

❖ **시의 화자와 어조**

① 시의 화자 시 속에서 말하는 이로, 시인이 자신의 생각이나 느낌을 효과적으로 드러내기 위해 시 속에 내세우는 인물이다. 시의 화자는 시의 표면에 직접적으로 드러나는 경우도 있지만 숨어 있는 경우도 있다.

② 시의 어조 시적 대상이나 독자에 대한 화자의 태도 또는 목소리로, 어조는 선택되는 시어와 서술어의 어미에서 잘 드러나며 시 전체의 느낌과 분위기를 형성한다.

❖ **시의 심상(이미지)**

시를 읽을 때 마음속에 떠오르는 모습이나 느낌으로, 시의 함축적 의미를 효과적으로 전달하고, 대상을 구체적이며 생생하게 표현한다.

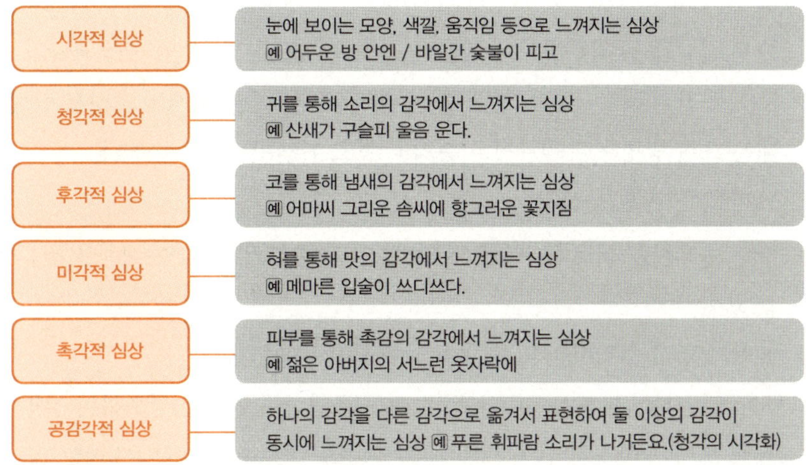

❖ **시의 운율**

① 운율의 종류

- 내재율 일정한 규칙이 없이 시 속에서 은근하게 느껴지는 운율로 자유시나 산문시에서 두드러지게 나타남.
- 외형률 시어의 일정한 규칙에 따라 시의 표면에 뚜렷하게 드러나는 운율로 정형시에서 주로 나타남.

② 운율을 형성하는 요소

- 동일한 음운(자음, 모음)의 반복 예 서늘한 돌담에 달빛이 들어 → 자음 'ㄹ'의 반복
- 단어, 구절, 문장 구조의 반복 예 산산이 부서진 이름이여! / 허공 중에 헤어진 이름이여! / 불러도 주인 없는 이름이여!
- 일정한 글자 수의 반복 예 비 오자 장독간에 봉선화 반만 벌어(3·4조)
- 음보의 규칙적 반복 예 돌담에 ∨ 속삭이는 ∨ 햇발같이(3음보)
- 의성어나 의태어의 사용 예 나비는 너훌너훌 춤을 춥니다.

❖ **시의 표현 기법**

① **비유** 표현하려는 현상이나 사물(원관념)을 그것과 유사한 다른 현상이나 사물(보조 관념)에 빗대어 표현하는 방법으로 비유에는 직유법, 은유법, 의인법 등이 있다.

예 별 같은 눈물(직유법) / 내 마음은 호수요(은유법) / 배추의 마음(의인법)

② **상징** 인간의 사상, 감정, 경험 등의 추상적 내용을 구체적인 대상으로 나타내는 표현 방법으로 원관념은 숨기고 보조 관념만으로 나타낸다.

예 비둘기—평화의 상징

③ **역설** 겉으로는 모순된 표현이지만 잘 음미해 보면 그 속에 진실을 담고 있는 표현 방법

예 아아 님은 갔지마는 나는 님을 보내지 아니하였습니다.

④ **반어** 전달하고자 하는 의도와는 반대로 표현하여 의미를 강조하는 방법

예 나 보기가 역겨워 / 가실 때에는 / 죽어도 아니 눈물 흘리우리다.

시조

고려 중기에 발생, 고려 말기에 그 형식이 확립되어 현재까지도 창작되고 있는, 3장 6구 45자 내외의 형식을 갖춘 우리나라 고유의 정형시

❖ 시조의 형성과 명칭

① **시조의 형성** 신라 향가와 고려 가요(속요)의 영향을 받아 고려 중엽에 발생하여 고려 말기에 그 형식이 완성되었으며, 조선 시대에 들어와 훈민정음이 제정됨에 따라 우리 국문학의 대표적인 문학 양식으로 확고한 위치를 차지하게 되었음.

② **시조의 명칭** 원래 단가(短歌)로 부르던 것을 영조 때의 가객(歌客) 이세춘이 '시절가조(時節歌調, 당시에 유행하던 노래)'라는 새로운 곡조를 만들어 부른 데서 생긴 이름임.

❖ 시조의 형식

① 초장, 중장, 종장의 3장 6구 45자 내외로 구성된다.

② 각 장은 2구, 4음보, 15자 내외로 구성된다.

③ 대체로 3·4조 또는 4·4조의 기본 음수율로 되어 있다.

④ 종장의 첫 음보는 반드시 세 글자(3음절)로 고정되며, 제2음보는 5음절 이상이다.

❖ **시조의 종류**

① 형태상 갈래

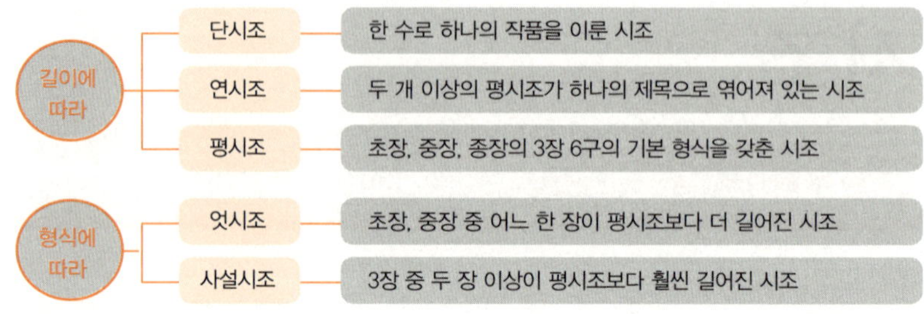

② 시대상 갈래

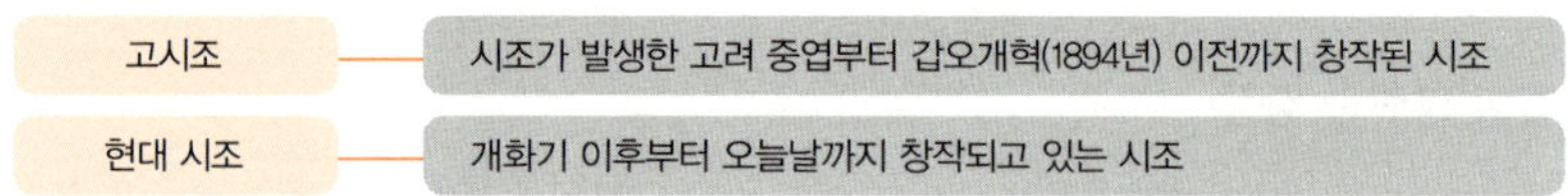

❖ **고시조와 현대 시조의 비교**

① 고시조가 유교 사상(충, 효, 신의), 안빈낙도, 풍류, 자연 친화 등을 노래하였으나, 현대 시조는 개인적 생활이나 정서 등을 노래한 것이 많다.

② 고시조는 대부분 제목이 없지만, 현대 시조는 제목이 있는 경우가 많다.

③ 고시조는 작가가 알려져 있지 않으나, 현대 시조는 대부분 작가가 알려져 있다.

④ 고시조는 주로 평시조로 창작되었으나, 현대 시조는 연시조의 형태가 많다.

⑤ 현대 시조는 고시조의 엄격한 정형성에서 벗어나서 시행의 배열이 비교적 자유롭다.

⑥ 고시조는 지배층(임금, 양반)에서 평민, 기녀에 이르기까지 다양한 계층에서 창작되었지만, 현대 시조는 주로 전문적인 시조 작가에 의해 창작된다.

소설

현실 세계에서 있음 직한 일을 작가가 상상하여 꾸며 쓴 이야기

❖ 소설의 특징

① **허구성** 사실이 아닌, 작가가 상상하여 꾸며 낸 이야기이다.

② **서사성** 인물, 사건, 배경을 갖추고 일정한 시간의 흐름에 따라 내용이 전개된다.

③ **산문성** 운문이 아닌, 줄글 형식으로 표현되는 산문 문학이다.

④ **개연성** 현실 세계에서 있음 직한 이야기를 다룬다.

⑤ **진실성** 꾸며 낸 이야기이나, 삶의 진실한 모습과 진리를 추구한다.

⑥ **예술성** 예술적인 형식미와 표현미를 통해 아름다움과 감동을 느낄 수 있다.

❖ 소설의 3요소

① **주제** 작가가 작품을 통해 전달하고자 하는 중심 생각

② **구성** 이야기의 내용을 효과적으로 전달하기 위해 필연적인 인과 관계에 따라 사건을 유기적으로 질서 있게 배열하는 것

③ **문체** 작가의 개성 있는 문장 표현

❖ 소설 구성의 3요소

① **인물** 소설 속에 등장하는 사람으로 행동의 주체

② **사건** 인물이 벌이는 일이나 행동으로, 소설에서 사건이란 갈등의 발생과 전개를 의미함.

③ 배경 인물이 생각을 펼치거나 행동을 하는 시간과 공간(장소), 또는 사회상

❖ **소설의 배경**

① 시간적 배경 인물이 행동하고 사건이 일어나는 시대나 기간

② 공간적 배경 인물이 행동하고 사건이 일어나는 모든 장소

③ 사회적 배경 작품 속에 나타나는 그 시대, 그 지역의 역사나 풍속 또는 삶의 모습을 가리키며 정치, 경제, 종교, 문화는 물론 직업, 계층, 연령까지 포함됨.

❖ **소설의 구성 단계**

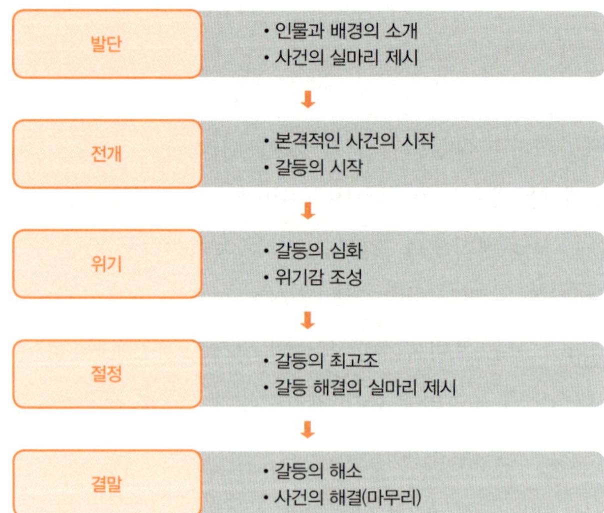

❖ **소설의 갈등**

① 내적 갈등 한 인물의 내면에서 일어나는 심리적 갈등

② 외적 갈등 인물과 외부 대상 사이에서 일어나는 갈등

인물과 인물의 갈등	작품 속 인물과 인물 사이에서 일어나는 갈등
인물과 사회의 갈등	한 인물이 살아가면서 겪는 사회의 제도나 윤리와의 갈등
인물과 자연의 갈등	한 인물이 자연 재해(자연환경)로 인해 겪는 갈등
인물과 운명의 갈등	한 인물이 자신에게 주어진 어쩔 수 없는 운명 때문에 겪는 갈등

❖ 소설의 인물 유형

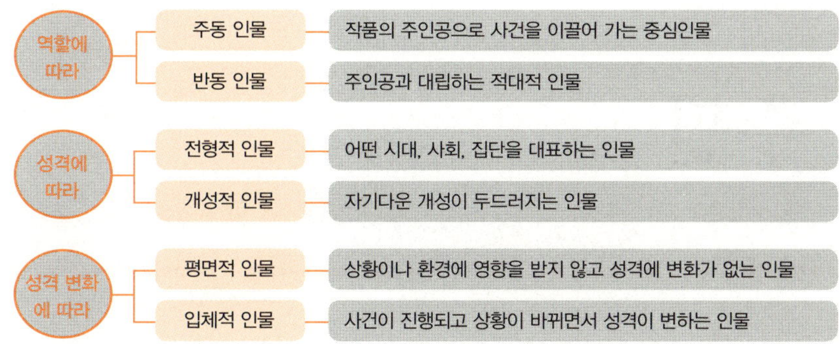

❖ 인물의 성격 제시 방법

① 직접적 제시(요약적, 설명적, telling) 서술자가 직접 인물의 성격이나 특성을 직접적으로 요약하여 설명하는 방법

② 간접적 제시(극적, showing) 인물의 말이나 행동, 갈등의 장면 등을 통해 인물의 성격이나 특성을 간접적으로 제시하는 방법

❖ 소설의 시점

서술자가 소설 속 이야기를 서술하여 나가는 방식이나 관점

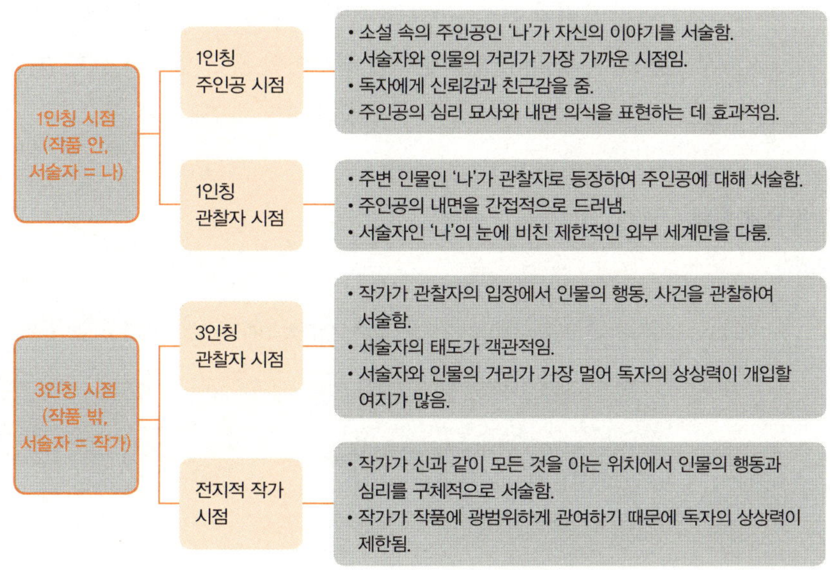

수필

인생이나 자연 또는 일상생활에서의 느낌이나 체험을 일정한 형식을 따르지 않고 자유롭게 쓴 글로 글쓴이의 개성과 가치관이 잘 드러나는 글

❖ 수필의 특성

① **자유로운 형식** 일정한 형식에 얽매이지 않고 붓 가는 대로 자유롭게 쓰는 글

② **비전문적(대중적)** 전문성이 요구되지 않아 누구나 쉽게 쓸 수 있는 대중적인 글

③ **제재의 다양성** 일생생활에서 보고, 듣고, 느낀 모든 것이 제재가 될 수 있는 글

④ **주관적, 개성적** 글쓴이의 생각과 느낌을 위주로 표현하며 글쓴이의 개성이 드러나는 글

⑤ **고백적** 글쓴이의 생각과 느낌, 가치관, 인생관 등을 솔직하게 고백하는 글

⑥ **사색과 통찰, 비평** 사물이나 인생에 대한 글쓴이의 깊이 있는 사색과 통찰이 담겨 있고, 대상에 대한 날카로운 비평 정신이 담겨 있는 글

❖ 수필의 종류

① 경(經)수필(미셀러니, miscellany)

뜻	일상생활 속에서 경험한 여러 가지 일들에 대한 글쓴이의 생각과 느낌을 표현한 수필
성격	체험적, 개성적, 신변잡기적
특징	• '나'가 겉으로 드러나며, 자기 고백적임. • 친근하고 가벼운 느낌을 줌.
종류	일기, 편지글, 기행문 등

② 중(重)수필(에세이, essay)

뜻	사회적인 문제나 공적인 문제, 사회적 관심거리에 대해 논리적으로 표현한 수필
성격	논리적, 사회적, 비평적
특징	• 일반적으로 '나'가 드러나지 않으며, 객관적인 근거를 들어 논리적으로 전개함. • 무겁고 딱딱한 느낌을 줌.
종류	평론, 칼럼 등

❖ **수필의 감상 방법**

① 글쓴이의 생각이나 가치관 및 제재에 대한 글쓴이의 입장, 글의 주제를 파악한다.

② 글쓴이의 개성적이고 독특한 문체, 표현 등을 살펴본다.

③ 글쓴이의 생각과 느낌, 인생관, 가치관 등을 자신과 비교해 본다.

④ 글쓴이가 독자에게 주려는 교훈을 파악하며 삶에 대해 성찰해 본다.

❖ **수필의 개성**

① **제재의 개성** 일상적인 제재는 참신성이 없으므로 수필은 독특한 사건이나 사물에서 받는 '지배적 인상' 등을 제재로 하여 개성을 드러냄.

② **관점의 개성** 같은 사물과 현상을 바라보더라도 글쓴이의 태도나 시각에 따라 주제와 표현이 달라지는데, 이처럼 소재를 선택하고 바라보는 글쓴이의 관점의 차이에 따라 수필의 개성이 드러남.

③ **표현의 개성** 단어의 선택, 문장의 길이, 묘사 · 서사 등의 서술 방법의 선택, 위트와 유머 감각, 심리 표현 등을 통해 개성이 드러남.

시나리오

드라마나 영화의 제작을 목적으로 쓴 대본

❖ 시나리오의 특징

① 대사와 지시문으로 표현되며, 장면(S#)을 기본 단위로 한다.

② 드라마나 영화의 촬영을 전제로 하고, 촬영을 고려한 특수 용어가 사용된다.

③ 시간적 · 공간적 제약을 크게 받지 않는다.

④ 등장인물 수나 장면의 전환에 제한을 받지 않는다.

⑤ 등장인물 간의 갈등과 대립을 중심으로 이야기가 전개되는 산문 문학이다.

⑥ 눈앞의 사건처럼 현재형으로 진행된다.

❖ 시나리오의 구성 요소

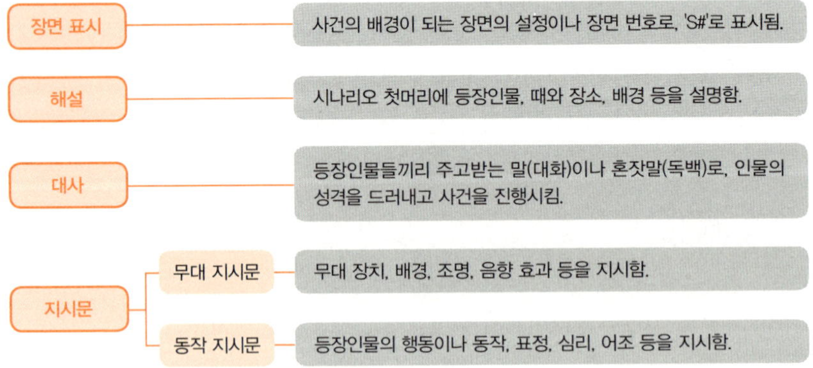

❖ **시나리오의 구성 단계**

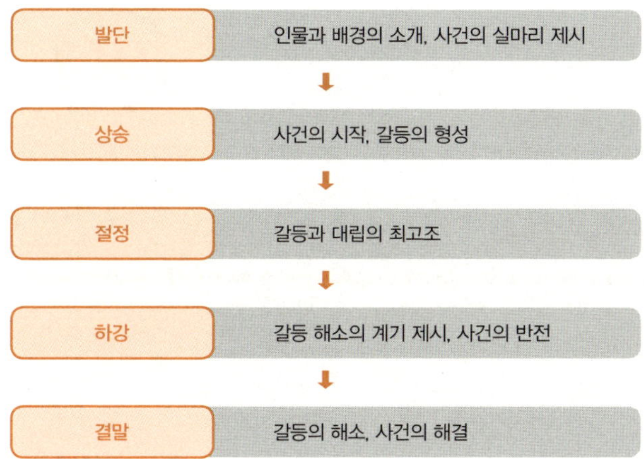

❖ **시나리오 용어**

① S#(scene number) 장면 번호

② NAR.(narration) 해설. 화면 밖에서 들리는 설명 형식의 대사

③ F.I.(fade in) 화면이 차츰 밝아지는 기법

④ F.O.(fade out) 화면이 차츰 어두워지는 기법

⑤ O.L.(overlap) 앞 화면에 다른 화면을 겹쳐서 장면을 전환하는 기법

⑥ C.U.(close—up) 어떤 특정 부분을 강조하기 위해 크게 확대하여 찍는 기법

⑦ INS.(insert) 삽입 화면. 화면과 화면 사이에 다른 화면을 끼워 넣는 것

⑧ E.(effect) 효과음. 주로 화면 밖에서의 음향이나 대사에 의한 효과

⑨ PAN.(panning) 카메라를 상하좌우로 움직이며 촬영하는 기법

⑩ 몽타주(montage) 따로따로 촬영한 화면을 적절하게 떼어 붙여서 하나의 긴밀
   하고도 새로운 장면이나 내용으로 만드는 기법

희곡

무대 상연을 목적으로 하는 연극의 대본

❖ 희곡의 특징

① 막과 장을 기본 단위로 한다.

② 현재 눈앞에서 일어나는 사건처럼 현재형으로 진행된다.

③ 등장인물 간의 대립과 갈등을 중심으로 사건이 전개된다.

④ 무대 상연을 목적으로 하므로 등장인물의 수, 시간과 공간적 배경, 작품의 길이 등에 제한이 있다.

⑤ 무대 상연을 전제로 하므로 사건 전개, 인물의 성격, 주제의 형상화 등이 등장인물의 대사와 행동을 통해 표현된다.

⑥ 인물의 대사와 행동만으로 모든 사건과 상황을 설명해야 하므로, 소설 등 다른 서사 문학에 비해 표현이 간결하고 압축적이다.

❖ 희곡의 구성 요소

① 내용적 요소

인물	희곡의 등장인물로, 사건을 이끌어 가는 주체
사건	등장인물들이 벌이는 갈등과 행동 양상
배경	사건이 일어나는 시간과 장소

② 형식적 요소

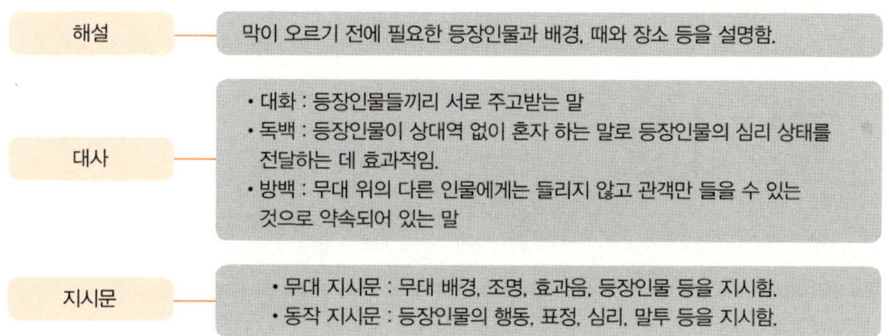

❖ 희곡의 구성 단계

발단	• 인물과 배경 제시 • 사건의 실마리 제시
전개	• 사건의 시작 • 갈등과 긴장감 고조
절정	• 갈등의 최고조 • 극적 장면 제시
하강	• 갈등 해결의 실마리 제시 • 사건의 반전
대단원	• 갈등의 해소 • 사건의 해결(마무리)

전기문

특정 인물의 생애, 업적, 언행, 성품 등을 사실을 바탕으로 쓴 글

❖ 전기문의 특징

① **사실성** 실제 인물의 삶을 기록한 글이므로 인물, 사건, 배경 등은 사실에 바탕을 두고 기록한다.

② **교훈성** 인물의 위대한 업적이나 성품, 삶의 태도를 통해 감동과 교훈을 전달한다.

③ **문학성** 사실적 자료를 바탕으로, 문학적 표현 방법과 구성을 사용하여 문학적 감동과 즐거움을 준다.

④ **서사성** 인물의 출생부터 사망까지의 생애를 시간의 흐름에 따라 쓴다.

⑤ **역사성** 실제로 존재한 인물의 생애를 기록한 글이므로 인물의 삶과 관련된 사회적 · 역사적 상황이 드러난다.

❖ 전기문의 종류

① **다른 사람이 쓴 글**

- **전기** 어떤 인물의 일생을 다른 사람이 쓴 글
- **평전** 어떤 인물에 대한 업적이나 활동 등에 대한 평가를 위주로 쓴 글
- **열전** 여러 사람의 전기를 한데 모아 차례로 기록한 글
- **행장** 죽은 이를 추모하여 쓴 글

② 자기 자신이 쓴 글

- 자서전 자신의 생애와 업적을 자신이 직접 쓴 글
- 회고록 자신의 생애 중 특히 중요한 활동 부분만을 골라 기록한 글

❖ 전기문의 구성 요소

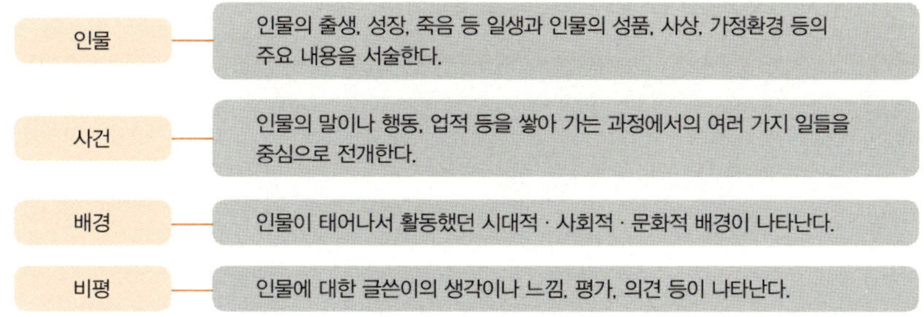

❖ 전기문의 구성 방식

① 일대기적 구성 인물의 출생부터 사망까지의 전 생애를 시간적 순서대로 기록함.

② 집중적 구성 인물의 생애 가운데 특정한 시기나 중요한 업적 부분만 집중적으로 기록함.

설명문

어떤 대상에 대한 정보나 사실, 지식, 원리 등을 알기 쉽게 풀어 쓴 글

❖ 설명문의 특징

① **사실성** 정확한 지식이나 정보를 사실에 근거하여 설명함.

② **객관성** 글쓴이의 주관적인 의견이나 감정을 배제하고 지식이나 정보를 객관적으로 설명함.

③ **명료성** 뜻이 명확하게 전달되도록 명확한 용어를 사용함.

④ **체계성** '머리말–본문–맺음말'의 구성으로 짜임새 있게 내용을 전개함.

⑤ **간결성** 읽는 이가 이해하기 쉽도록 간결하고 쉬운 문장으로 씀.

❖ 설명문의 구성

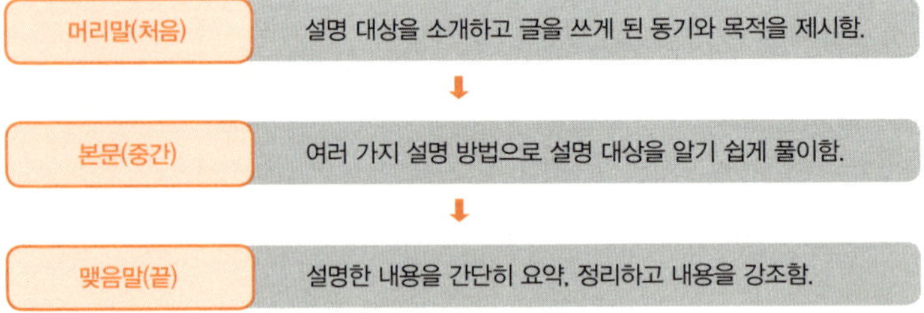

❖ 설명 방법

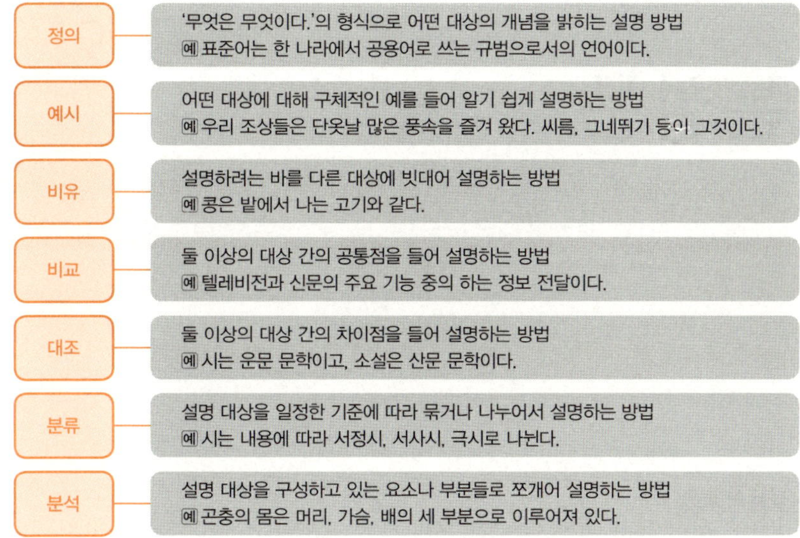

❖ 설명문을 읽는 방법

① 글 전체의 내용을 요약하고 주제를 파악한다.

② 제시된 정보를 정확하게 파악하고, 정보가 객관적인지 판단하며 읽는다.

③ 새로 알게 된 사실이나 글의 핵심 내용을 정리, 기억하며 읽는다.

④ 글쓴이가 설명하는 내용의 궁극적인 의도를 파악하며 읽는다.

논설문

어떤 문제에 대한 자신의 의견이나 주장을 타당한 근거를 들어 논리적으로 전개함으로써 읽는 이를 설득시키는 글

❖ 논설문의 특징

① **명확성** 사용한 용어가 정확하고, 의견이나 주장이 뚜렷하게 드러나야 한다.

② **타당성** 주장을 뒷받침하는 근거가 합리적이고 타당해야 한다.

③ **주관성** 글쓴이의 주관적인 생각이나 의견 등이 드러난다.

④ **체계성** 전개 과정이 '서론-본론-결론'에 따라 체계적이고 짜임새 있게 구성된다.

⑤ **공정성** 읽는 이가 인정할 수 있게 주장하는 바가 공정해야 한다.

❖ 논설문의 구성

머리말(처음)	글을 쓴 동기와 목적을 밝히고, 문제를 제기함.

↓

본문(중간)	주장을 전개하고, 타당한 근거를 제시하여 주장에 대하여 논리적으로 증명함.

↓

맺음말(끝)	주장한 내용을 요약, 정리하고, 앞으로의 전망과 과제를 제시함.

❖ **논설문의 종류**

① 논증적 논설문 객관적인 근거를 바탕으로 읽는 이의 지적인 판단에 호소하여
  어떤 사실이나 문제의 옳고 그름을 밝히는 논설문

② 설득적 논설문 자신의 의견이나 주장을 밝히고 읽는 이로 하여금 글쓴이의 의
  견대로 따르도록 설득하는 논설문

❖ **논설문의 논증 요소**

논증은 타당한 이유나 근거를 들어 의견을 내세우는 것을 말한다.

- 명제 사물이나 현상에 대한 주장이나 견해
- 추론 어떤 판단이나 논거를 바탕으로 의견이 옳음을 밝히는 논리적인 전개
  과정으로, 추론 방법으로 연역법, 귀납법, 변증법이 있음.
- 논거 의견을 뒷받침하는 이유나 근거

❖ **논설문을 읽는 방법**

① 사실과 의견을 구분하며 읽는다.

② 글쓴이의 주장과 의도를 파악하며 읽는다.

③ 글쓴이의 주장에 대한 근거가 타당한지 파악하며 읽는다.

④ 글쓴이가 문제의 성격을 바르게 파악하고 있는지, 주장과 근거가 논리적으
  로 연결되었는지, 사용한 근거가 객관적이고 신뢰할 만한 것인지 따져 가
  며 읽는다.

⑤ 글쓴이의 주장과 자신의 의견을 비교하여 비판하며 읽는다.

연설문

개인이 여러 사람을 대상으로 하여 자신의 의견이나 주장을 말하기 위하여 논리적으로 쓴 글

❖ 연설문의 특징

① 연설자의 의견이나 주장이 강하게 나타나고, 이에 대한 타당한 근거를 제시한다.

② 청중이 이해하기 쉽게 간단명료한 문장을 사용하되, 인상적인 표현을 통해 설득력을 높인다.

③ 다수의 대중 앞에서 말하기 위한 것이므로 높임말을 사용한다.

④ 청중의 나이, 관심, 수준 및 주어진 시간과 장소 등을 고려하여 내용을 구성한다.

❖ 연설문의 구성

처음	자신의 소개나 청중의 관심과 흥미를 유발할 수 있는 내용으로 시작함.
중간	주제를 명확히 정하고 그에 따른 일화나 의견, 요점 등을 정확하게 제시하여 연설자의 의도가 충분히 전달되도록 작성함.
끝	주장하고자 하는 요점을 간결하게 짚어 주고 청중이 내용을 각인할 수 있도록 하며, 청중의 변화를 이끌어 내기 위하여 희망적인 마무리를 함.

❖ **연설 내용의 요건**

① 통일성 주제가 하나로 통일되어야 함.

② 일관성 주장하고자 하는 바를 처음부터 끝까지 변경하지 않고 이끌어 가야 함.

③ 강조성 말하고자 하는 중심 내용을 강하게 주장해야 함.

❖ **연설문을 쓸 때의 유의점**

① 연설의 목적을 구체화하고, 이에 맞게 제목을 정한다.

② 연설을 들을 청중의 특성, 관심사, 요구 사항 등을 고려한다.

③ 주제를 뒷받침할 수 있는 자료를 수집하고 선정한다.

④ 연설할 내용을 조리 있게 구성한다.

❖ **연설문과 논설문의 비교**

① 공통점

　어떤 문제에 대해 타당한 근거를 제시하여 이치에 맞게 주장함.

② 차이점

　• 연설문 청중 앞에서 직접 말하기를 통해 주장하기 위한 글

　• 논설문 어떤 문제를 제기하거나 해결할 목적으로 자신의 의견이나 주장을
　　　　　　펼치는 글

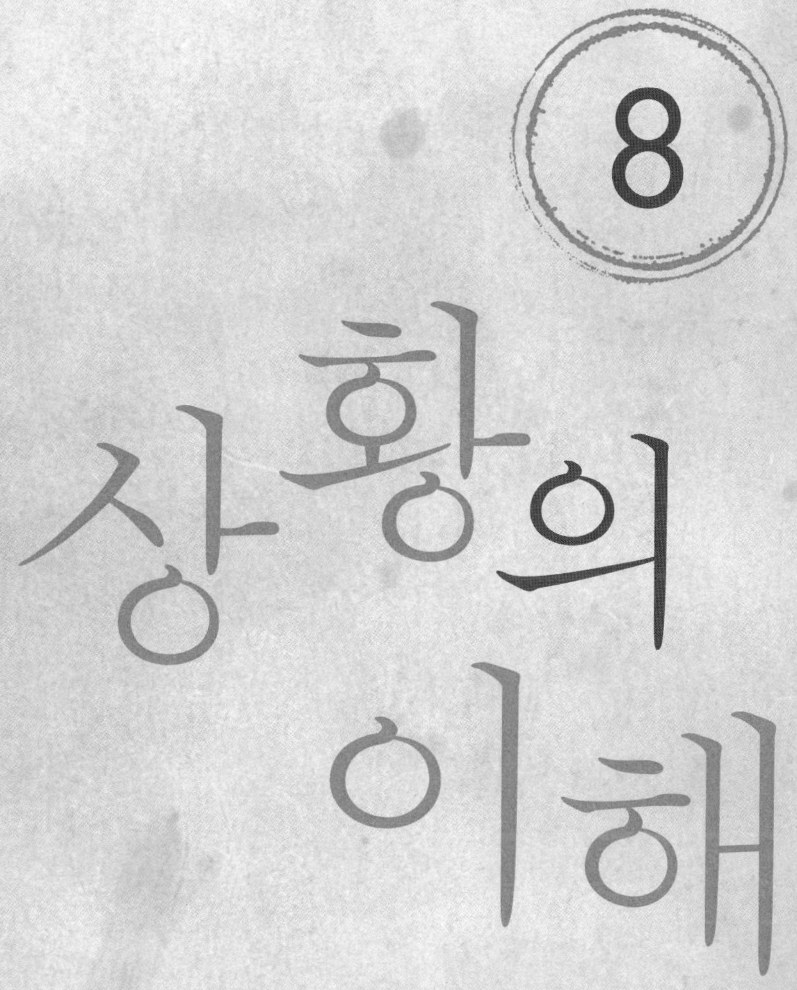

상황의 이해

8

소설 속에는 그 사회를 살아가는 인물들이 겪는 경험과 생각이 담겨 있다. 문학 작품에는 인물들의 삶, 사회·문화·역사적 상황이 반영되어 있다. 인물들의 행동과 생각은 사회·문화·역사적 상황과 밀접한 관계가 있다. 이러한 배경 지식을 알아야 작품의 의미를 더 정확하게 알 수 있을 것이다. 인물들의 대화를 통해 작품의 배경을 파악하여 사회·문화·역사적 상황을 파악해 보자.

'봄·봄', '기억 속의 들꽃', '꺼삐딴 리', '오마니별'

엄마가 숨을 거둔 겨울밤이었다. 폭격으로 반쯤

허물어진 빈집의 무너진 천장 사이로 밤하늘이

보였고, 찬 별들이 하늘 가득 보석처럼 박혀 있

었다. 헌 이불을 둘러쓰고 서로 껴안아 체온으로

밤을 새울 때, 밤하늘의 별을 보며 누이가 말했

다. 중길아, 저 하늘에 반짝이는 별 두 개를 봐.

아바지별과 오마니별이야. 천지 강산에 우리 둘

만 남기구 아버지가 오마니 데빌구 하늘에 가서

별루 떴어. 저기, 저기 오마니별 보여?

— '오마니별' 중에서

봄·봄

김유정

"장인님! 인젠 저……."

내가 이렇게 뒤통수를 긁고, 나이가 찼으니 성례를 시켜 줘야 하지 않겠느냐고 하면, 그 대답이 늘

"이 자식아! *성례구 뭐구 미처 자라야지!"

하고 만다.

이 자라야 한다는 것은 내가 아니라 내 안해가 될 점순이의 키 말이다.

내가 여기에 와서 돈 한 푼 안 받고 일하기를 삼 년 하고 꼬박이 일곱 달 동안을 했다. 그런데도 미처 못 자랐다니까 이 키는 언제야 자라는 겐지 *짜증 영문 모른다. 일을 좀 더 잘해야 한다든지, 혹은 밥을 (많이 먹는다고 노상

김유정(1908~1937)

소설가. 가난하고 순박한 사람들의 삶을 해학적으로 그려 냈다. 인간에 대한 훈훈한 정을 엿볼 수 있는 작가의 따뜻한 시선이 돋보인다. 주요 작품으로는 '금 따는 콩밭', '만무방', '동백꽃', '산골 나그네' 등이 있다.

걱정이니까) 좀 덜 먹어야 한다든지 하면 나도 얼마든지 할 말이 많다. 허지만, 점순이가 안죽 어리니까 더 자라야 한다는 여기에는 어째 볼 수 없이 고만 벙벙하고 만다.

이래서 나는 애최 계약이 잘못된 걸 알았다. 이태면 이태, 삼 년이면 삼 년, 기한을 딱 작정하고 일을 해야 원, 할 것이다. 덮어놓고 딸이 자라는 대로 성례를 시켜 주마 했으니, 누가 늘 지키고 섰는 것도 아니고 그 키가 언제 자라는지 알 수 있는가. 그리고 난 사람의 키가 무럭무럭 자라는 줄만 알았지 붙배기 키에 모로만 벌어지는 몸도 있는 것을 누가 알았으랴. 때가 되면 장인님이 어련하랴 싶어서 군소리 없이 꾸벅꾸벅 일만 해 왔다. 그럼 말이다, 장인님이 제가 다 알아채려서, "어 참, 너 일 많이 했다. 고만 장가들어라." 하고 살림도 내주고 해야 나도 좋을 것이 아니냐. 시치미를 딱 떼고 도리어 그런 소리가 나올까 봐서 지레 펄펄 뛰고 이 야단이다. 명색이 좋아 데릴사위지 일하기에 승겁기도 할뿐더러 이건 참 아무것도 아니다.

숙맥이 그걸 모르고 점순이의 키 자라기만 까맣게 기달리지 않았나.

언젠가는 하도 갑갑해서 자를 가지고 덤벼들어서 그 키를 한 번 재 볼까 했다마는, 우리는 장인님이 *내외를 해야 한다고 해서 마주 서 이야기도 한 마디 하는 법 없다. *움물길에서 어쩌다 마주칠 적이면 겨우 눈어림으로 재 보고 하는 것인데, 그럴 적마다 나는 저만침 가서

"제—미, 키두!"

하고 논둑에다 침을 퉤 뱉는다. 아무리 잘 봐야 내 겨드랑(다른 사람보다 좀 크긴 하지만) 밑에서 넘을락 말락 밤낮 요 모양이다. 개, 돼지는 푹푹 크는데 왜 이리도 사람은 안 크는지, 한동안 머리가 아프도록 궁리도 해 보았다. 아하, 물동이를 자꾸 이니까 뼉다귀가 옴츠라드나 부다 하고, 내가 넌짓넌지

*성례 혼인의 예식을 지냄.
*짜증 '짜장'의 방언. 과연, 정말로.
*내외 남의 남녀 사이에 서로 얼굴을 마주 대하지 않고 피함.
*움물길 '우물길'의 방언.

시 그 물을 대신 길어도 주었다. 그뿐만 아니라, 나무를 하러 가면 소낭당에 돌을 올려놓고, "점순이의 키 좀 크게 해 줍소사. 그러면 담엔 떡 갖다 놓고 고사 드립죠니까." 하고 *치성도 한두 번 드린 것이 아니다. 어떻게 돼먹은 킨지 이래도 막무관해니…….

그래 내 어저께 싸운 것이지 결코 장인님이 밉다든가 해서가 아니다.

모를 붓다가 가만히 생각을 해 보니까 또 승겁다. 이 벼가 자라서 점순이가 먹고 좀 큰다면 모르지만, 그렇지도 못할 걸 내 심어서 뭘 하는 거냐. 해마다 앞으로 축 거불지는 장인님의 아랫배(가 너머 먹은 걸 모르고 내병이라나, 그 배)를 불리기 위하야 심으곤 조곰도 싶지 않다.

"아이구 배야!"

난 몰 붓다 말고 배를 씨다듬으면서 그대루 논둑으로 기어올랐다. 그리고 겨드랑에 꼈든 벼 담긴 키를 그냥 땅바닥에 털썩 떨어치며 나도 털썩 주저앉었다. 일이 암만 바뻐도 나 배 아프면 고만이니까. 아픈 사람이 누가 일을 하느냐. 파릇파릇 돋아 오른 풀 한 숲을 뜯어 들고 다리의 거머리를 쓱쓱 문태며 장인님의 얼굴을 쳐다보았다.

논 가운데서 장인님도 이상한 눈을 해 가지고 한참 날 노려보드니

"너, 이 자식, 왜 또 이래, 응?"

"배가 좀 아파서유!"

하고 풀 우에 슬며시 쓰러지니까 장인님은 약이 올랐다. 저도 논에서 철벙철벙 둑으로 올라오드니 잡은 참 내 멱살을 웅켜잡고 뺨을 치는 것이 아닌가…….

"이 자식아, 일허다 말면 누굴 망해 놀 셈속이냐? 이 대가릴 까놀 자식."

우리 장인님은 약이 오르면 이렇게 손버릇이 아주 못됐다. 또, 사위에게

*치성 있는 정성을 다함. 또는 그 정성.

이 자식 저 자식 하는 이놈의 장인님은 어디 있느냐. 오죽해야 우리 동리에
서 누굴 물론하고 그에게 욕을 안 먹는 사람은 명이 짜르다 한다. 조고만 아
이들까지도 그를 돌라 세 놓고 '욕필이(번 이름이 봉필이니까), 욕필이' 하고
손가락질을 할 만치 두루 인심을 잃었다. 허나, 인심을 정말 잃었다면 욕
보다 읍의 배 참봉 댁 *마름으로 더 잃었다. 번이 마름이란 욕 잘하고, 사람
잘 치고, 그리고 생김 생기길 *호박개 같애야 쓰는 거지만, 장인님은 외양
이 똑 됐다. 작인이 닭 마리나 좀 보내지 않는다든가 애벌논 때 품을 좀 안
준다든가 하면 그해 가을에는 영락없이 땅이 뚝뚝 떨어진다. 그러면 미리부
터 돈도 먹이고 술도 먹이고 *안달재신으로 돌아치든 놈이 그 땅을 슬쩍 돌
라안는다. 이 바람에 장인님 집 빈 외양간에는 눈깔 커다란 황소 한 놈이 절
로 엉금엉금 기어들고, 동리 사람은 그 욕을 다 먹어 가면서도 그래도 굽실
굽실하는 게 아닌가…….

그러나 내겐 장인님이 감히 큰소리할 계제가 못 된다.

뒷생각은 못 하고 뺨 한 개를 딱 때려 놓고는 장인님은 무색해서 덤덤이
쓴 침만 삼킨다. 난 그 속을 퍽 잘 안다. 조금 있으면 갈도 꺾어야 하고, 모
도 내야 하고, 한창 바쁜 때인데 나 일 안 하고 우리 집으로 그냥 가면 고만
이니까. 작년 이맘때도 트집을 좀 하니까 늦잠 잔다구 돌멩이를 집어던져서
자는 놈의 발목을 삐게 해 놨다. 사날씩이나 건승 '끙, 끙.' 앓았드니 종당에
는 거반 울상이 되지 않았는가…….

"애, 그만 일어나 일 좀 해라. 그래야 올갈에 벼 잘되면 너 장가들지 않
니?"

그래 귀가 번쩍 뜨여서 그날로 일어나서 남이 이틀 품 들일 논을 혼자 삶
어 놓으니까 장인님도 눈깔이 커다랗게 놀랐다. 그럼 정말로 가을에 와서

---

*마름 지주를 대리하여 소작권을 관리하는 사람.

*호박개 뼈대가 굵고 털이 북슬북슬한 개. 중국에 많이 분포한다.

*안달재신 몹시 속을 태우며 여기저기로 다니는 사람.

혼인을 시켜 줘야 온 경오가 옳지 않겠나. 볏섬을 척척 들여쌓아도 다른 소리는 없고 물동이를 이고 들어오는 점순이를 담배통으로 가리키며,

"이 자식아, 미처 커야지. 조걸 데리구 무슨 혼인을 한다구 그러니, 온!"

하고 남 낯짝만 붉게 해 주고 고만이다. 골김에 그저 이놈의 장인님 하고 댓돌에다 메꽂고 우리 고향으로 내뺄까 하다가 꾹꾹 참고 말았다.

참말이지 난 이 꼴 하고는 집으로 차마 못 간다. 장가를 들러 갔다가 오작 못났어야 그대로 쫓겨 왔느냐고 손가락질을 받을 테니까…….

논둑에서 벌떡 일어나 한풀 죽은 장인님 앞으로 다가스며,

"난 갈 테야유. 그동안 *사경 쳐 내슈, 뭐."

"너, 사위로 왔지 어디 머슴 살러 왔니?"

"그러면 얼찐 성롈 해 줘야 안 하지유. 밤낮 부려만 먹구 해 준다, 해 준다……."

"글쎄, 내가 안 하는 거냐, 그년이 안 크니까……."

하고 어름어름 담배만 담으면서 늘 하는 소리를 또 늘어놓는다.

이렇게 따져 나가면 언제든지 늘 나만 밑지고 만다. 이번엔 안 된다 하고 대뜸 구장님한테로 단판 가자고 소맷자락을 내끌었다.

"아, 이 자식아 왜 이래, 어른을."

안 간다구 뻗디디고 이렇게 호령은 제 맘대로 하지만 장인님 제가 내 기운은 못 당한다. 막 부려먹고 딸은 안 주고, 게다 땅땅 치는 건 다 뭐야…….

그러나 내 사실 참, 장인님이 미워서 그런 것은 아니다.

그 전날, 왜 내가 새고개 맞은 봉우리 *화전 밭을 혼자 갈고 있지 않았느냐. 밭 가생이로 돌 적마다 야릇한 꽃내가 물컥물컥 코를 찌르고 머리 우에서 벌들은 가끔 '붕, 붕.' 소리를 친다. 바위틈에서 샘물 소리밖에 안 들리

---

*사경 머슴이 주인에게서 한 해 동안 일한 대가로 받는 돈이나 물건. =새경.
*화전 주로 산간 지대에서 풀과 나무를 불살라 버리고 그 자리를 파 일구어 농사를 짓는 밭.

는 산골짜기니까 맑은 하눌의 봄볕은 이불 속같이 따스하고 꼭 꿈꾸는 것 같다. 나는 몸이 나른하고 몸살(을 아즉 모르지만 병)이 날랴구 그러는지 가슴이 울렁울렁하고 이랬다.

"어러이! 말이! 맘 마 마……."

이렇게 노래를 하며 소를 부리면 여느 때 같으면 어깨가 으쓱으쓱한다. 웬일인지 밭 반도 갈지 않아서, 온몸의 맥이 풀리고 대구 짜증만 난다. 공연히 소만 들입다 두들기며

"안야! 안야! 이 망할 자식의 소(장인님의 소니까) 대리를 꺾어 들라."

그러나 내 속은 정말 안야 때문이 아니라 점심을 이고 온 점순이의 키를 보고 울화가 났든 것이다.

점순이는 뭐 그리 썩 이쁜 계집애는 못 된다. 그렇다구 또 개떡이냐 하면 그런 것두 아니고, 꼭 내 안해가 돼야 할 만치 그저 툽툽하게 생긴 얼굴이다. 나보다 십 년이 아래니까 올에 열여섯인데, 몸은 남보다 두 살이나 덜 자랐다. 남은 잘도 현칠이들 크건만 이건 우아래가 뭉툭한 것이 내 눈에는 헐없이 *감참외 같다. 참외 중에는 감참외가 젤 맛좋고 이쁘니까 말이다. 둥글고 커단 눈은 서글서글하니 좋고, 좀 지쳐 찢어졌지만 입은 밥술이나 혹혹히 먹음직하니 좋다. 아따, 밥만 많이 먹게 되면 팔자는 고만 아니냐. 헌데 한 가지 파가 있다면 가끔가다 몸이 (장인님이 이걸 채시니 없이 *들까분다고 하지만) 너머 빨리빨리 논다. 그래서 밥을 나르다가 때 없이 풀밭에다 깨빡을 쳐서 흙투성이 밥을 곧잘 먹인다. 안 먹으면 무안해할까 봐서 이걸 씹고 앉었노라면 으적으적 소리만 나고 돌을 먹는 겐지 밥을 먹는 겐지…….

그러나 이날은 웬일인지 성한 밥째루 밭머리에 곱게 나려놓았다. 그리고 또 내외를 해야 하니까 저만큼 떨어져 이쪽으로 등을 향하고 옹크리고 앉어

---

*감참외 참외의 하나. 속이 잘 익은 감같이 붉고 맛이 좋다.
*들까불다 몹시 경망스럽게 행동한다.

서 그릇 나기를 기다린다.

내가 다 먹고 물러섰을 때, 그릇을 와서 챙기는데 난 깜짝 놀라지 않았느냐. 고개를 푹 숙이고 밥함지에 그릇을 포개면서 날더러 들으래는지 혹은 제 소린지

"밤낮 일만 하다 말 텐가!"

하고 혼자서 쫑알거린다. 고대 잘 내외하다가 이게 무슨 소린가 하고 난 정신이 얼떨떨했다. 그러면서도 한편 무슨 좋은 수나 있는가 싶어서 나도 공중을 대고 혼잣말로

"그럼, 어떡해?"

하니까,

"성례시켜 달라지 뭘 어떡해."

하고 *되알지게 쏘아붙이고 얼굴이 발개져서 산으로 그저 도망질을 친다.

나는 잠시 동안 어떻게 되는 심판인지 맥을 몰라서 그 뒷모양만 덤덤히 바라보았다.

봄이 되면 온갖 초목이 물이 오르고 싹이 트고 한다. 사람도 아마 그런가 부다 하고 며칠 내에 부쩍(속으로) 자란 듯싶은 점순이가 여간 반가운 것이 아니다.

이런 걸 멀쩡하게 안죽 어리다구 하니까…….

우리가 구장님을 찾아갔을 때 그는 싸리문 밖에 있는 돼지우리에서 죽을 퍼 주고 있었다. 서울엘 좀 갔다 오드니 사람은 점잔해야 한다구 웃쉼이(얼른 보면 집웅 우에 앉은 제비 꼬랑지 같다.) 양쪽으로 뾰죽이 삐치고 그걸 에헴하고 늘 쓰담는 손버릇이 있다. 우리를 멀뚱히 쳐다보고 미리 알아챘는지

"왜 일들 허다 말구 그래?"

*되알지다　① 힘주는 맛이나 억짓손이 몹시 세다. ② 힘에 겨워 벅차다.

하드니 손을 올려서 그 에헴을 한 번 훅딱 했다.

"구장님, 우리 장인님과 츰에 계약하기를……."

먼저 덤비는 장인님을 뒤로 떼다밀고 내가 허둥지둥 달겨들다가 가만히 생각하고,

"아니, 우리 *빙장님과 츰에……."

하고 첫 번부터 다시 말을 고쳤다. 장인님은 빙장님 해야 좋아하고 밖에 나와서 장인님 하면 괜스리 골을 낼라구 든다. 뱀두 뱀이래야 좋냐구, 창피스러우니 남 듣는 데는 제발 빙장님, 빙모님 하라구 일상 말조짐을 받아 오면서 난 그것두 자꾸 잊는다. 당장두 장인님 하다 옆에서 내 발등을 꾹 밟고 곁눈질을 흘기는 바람에야 겨우 알았지만…….

구장님도 내 이야기를 자세히 듣드니 퍽 딱한 모양이었다. 하기야 구장님뿐만 아니라 누구든지 다 그럴 게다. 길게 길러 둔 새끼손톱으로 코를 후벼서 저리 탁 튀기며

"그럼 봉필 씨! 얼른 성렐 시켜 주구려, 그렇게까지 제가 하구 싶다는 걸……."

하고 내 짐작대루 말했다. 그러나 이 말에 장인님이 삿대질로 눈을 부라리고

"아, 성례구 뭐구 기집애년이 미처 자라야 할 게 아닌가?"

하니까 고만 *멀쑤룩해서 입맛만 쩍쩍 다실 뿐이 아닌가…….

"그것두 그래!"

"그래, 거진 사 년 동안에도 안 자랐다니 그 킨 은제 자라지유? 다 그만두구 사경 내슈……."

"글쎄, 이 자식아! 내가 크질 말라구 그랬니, 왜 날 보구 떼냐?"

"빙모님은 참새만 한 것이 그럼 어떻게 앨 낳지유?(사실 장모님은 점순이

*빙장 다른 사람의 장인을 이르는 말.
*멀쑤룩하다 머쓱해지다.

보다도 귓배기 하나가 적다.)”

장인님은 이 말을 듣고 껄껄 웃드니(그러나 암만 해두 돌 씹은 상이다.) 코를 푸는 척하고 날 은근히 골릴랴구 팔꿈치로 옆 갈비께를 퍽 치는 것이다. 더럽다. 나두 종아리의 파리를 쫓는 척하고 허리를 굽으리며 어깨로 그 궁둥이를 콱 떼밀었다. 장인님은 앞으로 우찔근하고 싸리문께로 씨러질 듯하다 몸을 바루 고치드니 눈총을 몹시 쏘았다. 이런 쌍년의 자식 하곤 싶으나, 남의 앞이라서 참아 못 하고 섰는 그 꼴이 보기에 퍽 *쟁그러웠다.

그러나 이 말에는 별반 신통한 *귀정을 얻지 못하고 도루 논으로 돌아와서 모를 부었다. 왜냐면 장인님이 뭐라구 귓속말로 수군수군하고 간 뒤다. 구장님이 날 위해서 조용히 데리구 아래와 같이 일러 주었기 때문이다.(뭉태의 말은 구장님이 장인님에게 땅 두 마지기 얻어 부치니까 그래 꾀였다구 하지만 난 그렇게 생각 않는다.)

“자네 말두 하기야 옳지. 암, 나이 찼으니까 아들이 급하다는 게 잘못된 말은 아니야. 허지만 농사가 한창 바쁠 때 일을 안 한다든가 집으로 달아난다든가 하면 손해죄루 그것두 징역을 가거든!(여기에 그만 정신이 번쩍 났다.) 왜 요전에 삼포 말서 산에 불 좀 놓았다구 징역 간 거 못 봤나. 제 산에 불을 놓아두 징역을 가는 이땐데 남의 농사를 버려 주니 죄가 얼마나 더 중한가. 그리고 자녠 *정장을(사경 받으러 정장 가겠다 했다.) 간대지만, 그러면 괜시리 죌 들쓰고 들어가는 걸세. 또 결혼두 그렇지. 법률에 성년이란 게 있는데 스물하나가 돼야지 비로소 결혼을 할 수가 있는 걸세. 자녠 물론 아들이 늦일 걸 염려지만, 점순이루 말하면 인제 겨우 열여섯이 아닌가. 그렇지만 아까 빙장님의 말씀이 올갈에는 열 일을 제치고라두 성례를 시켜 주겠다 하시니 좀 고마울 겐가. 빨리 가서 모 붓든 거나

---

*쟁그럽다 ‘쟁그랍다’의 북한어. 보거나 만지기에 소름이 끼칠 정도로 조금 흉하거나 끔찍하다.
*귀정 그릇되었던 일이 바른길로 돌아옴.
*정장 소장을 관청에 냄.

마저 붓게. 군소리 말구 어서 가…….”

그래서 오늘 아츰까지 끽소리 없이 왔다.

장인님과 내가 싸운 것은 지금 생각하면 전혀 뜻밖의 일이라 안 할 수 없다. 장인님으로 말하면 요즈막 작인들에게 행세를 좀 하고 싶다구 해서,

“돈 있으면 양반이지 별 게 있느냐!”

하고 일부러 아랫배를 툭 내밀고 걸음도 뒤틀리게 걷고 하는 이 판이다. 이 까진 나쯤 뚜들기다 남의 땅을 가지고 머처럼 닦어 놓았든 가문을 망친다든 지 할 어른이 아니다. 또 나로 *논지면 아무쪼록 잘 뵈서 점순이에게 얼른 장가를 들어야 하지 않느냐…….

이렇게 말하자면 결국 어젯밤 뭉태네 집에 마슬 간 것이 썩 나뻤다. 낮에 구장님 앞에서 장인님과 내가 싸운 것을 어떻게 알었는지 대구 빈정거리는 것이 아닌가.

“그래 맞구두 그걸 가만둬?”

“그럼 어떡하니?”

“임마, 봉필일 모판에다 거꾸루 박아 놓지 뭘 어떡해?”

하고 괜히 내 대신 화를 내 가지고 주먹질을 하다 등잔까지 쳤다. 놈이 본시 괄괄은 하지만 그래 놓고 날더러 석웃값을 물라구 막 *찌다우를 붙는다. 난 어안이 벙벙해서 잠자코 앉었으니까 저만 연신 지꺼리는 소리가

“밤낮 일만 해 주구 있을 테냐?”

“영득이는 일 년을 살구두 장갈 들었는데 넌 사 년이나 살구두 더 살아야 해?”

“네가 세 번째 사윈 줄이나 아니, 세 번째 사위.”

“남의 일이라두 분하다, 이 자식아. 우물에 가 빠져 죽어.”

---

*논지면 말하자면.
*찌다우 지다위. 자기의 허물을 남에게 덮어씌움.

　나중에는 겨우 손톱으로 목을 따라구까지 하고, 제 아들같이 함부루 혹닥이었다. 별의별 소리를 다 해서 그대로 옮길 수는 없으나 그 줄거리는 이렇다.

　우리 장인님이 딸이 셋이 있는데 맏딸은 재작년 가을에 시집을 갔다. 정말은 시집을 간 것이 아니라 그 딸도 데릴사위를 해 가지고 있다가 내보냈다. 그런데 딸이 열 살 때부터 열아홉, 즉 십 년 동안에 데릴사위를 갈아 들이기를, 동리에선 사위 부자라고 이름이 났지마는 열네 놈이란 참 너무 많다. 장인님이 아들은 없고 딸만 있는 고로 그담 딸을 데릴사위를 해 올 때까지는 부려먹지 않으면 안 된다. 물론 머슴을 두면 좋지만 그건 돈이 드니까, 일 잘하는 놈을 고르누라고 연팡 바꿔 들였다. 또 한편 놈들이 욕만 줄창 퍼붓고 심히도 부려먹으니까 밸이 상해서 달아나기도 했겠지. 점순이는 둘째 딸인데 내가 일테면 그 세 번째 데릴사위로 들어온 셈이다. 내 담으로 네 번째 놈이 들어올 것을 내가 일두 참 잘하구 그리고 사람이 좀 어수룩하니까 장인님이 잔뜩 붙들고 놓질 않는다. 셋째 딸이 인제 여섯 살, 적어두 열 살은 돼야 데릴사위를 할 테므로 그동안은 죽도록 부려먹어야 된다. 그러니 인제는 속 좀 채리고 장가를 들여 달라구 떼를 쓰고 나자뻐져라, 이것이다.

　나는 *건으로 ‘엉, 엉.’ 하며 귓등으로 들었다. 뭉태는 땅을 얻어 부치다가 떨어진 뒤로는 장인님만 보면 공연히 못 먹어서 으릉거린다. 그것두 장인님이 저 달라구 할 적에 제집에서 위한다는 그 감투(예전에 원님이 쓰던 것이라나, 옆구리에 뽕뽕 좀먹은 걸레)를 선뜻 주었드면 그럴 리도 없었든 걸…….

　그러나 나는 뭉태란 놈의 말을 *전수히 곧이듣지 않았다. 꼭 곧이들었다면 간밤에 와서 장인님과 싸웠지 무사히 있었을 리가 없지 않은가. 그러면

*건으로　건성으로.
*전수히　전수이. 모두 다.

딸에게까지 인심을 잃은 장인님이 혼자 나뻤다.

실토이지 나는 점순이가 아츰상을 가지고 나올 때까지는 오늘은 또 얼마나 밥을 담았나 하고 이것만 생각했다. 상에는 된장찌개하고 간장 한 종지, 조밥 한 그릇, 그리고 밥보다 더 수부룩하게 담은 산나물이 한 대접, 이렇다. 나물은 점순이가 틈틈이 해 오니까 두 대접이고 네 대접이고 멋대루 먹어도 좋나, 밥은 장인님이 한 사발 외엔 더 주지 말라고 해서 안 된다. 그런데 점순이가 그 상을 내 앞에 내려놓으며 제 말로 지껄이는 소리가

"구장님한테 갔다 그냥 온담 그래!"

하고 엊그제 산에서와 같이 *되우 쫑알거린다. 딴은 내가 더 단단히 덤비지 않고 만 것이 좀 어리석었다, 속으로 그랬다. 나도 저쪽 벽을 향하야 외면하면서 내 말로

"안 된다는 걸 그럼 어떡한담!"

하니까,

"쇰을 잡아채지 그냥 둬, 이 바보야!"

하고 또 얼굴이 빨개지면서 성을 내며 안으로 *샐죽하니 뛰들어가지 않느냐. 이때 아무도 본 사람이 없었게 망정이지, 보았다면 내 얼굴이 에미 잃은 황새 새끼처럼 가여웁다 했을 것이다.

사실 이때만치 슬펐던 일이 또 있었는지 모른다. 다른 사람은 암만 못생겼다 해두 괜찮지만 내 안해 될 점순이가 병신으로 본다면 참 신세는 따분하다. 밥을 먹은 뒤 지게를 지고 일터로 갈랴 하다 도루 벗어던지고 바깥마당 공석 우에 들어누어서, 나는 차라리 죽느니만 같지 못하다 생각했다.

내가 일 안 하면 장인님 저는 나이가 먹어 못 하고 결국 농사 못 짓고 만다. 뒷짐으로 트림을 꿀꺽 하고 대문 밖으로 나오다 날 보고서

*되우 아주 몹시.
*샐죽하니 샐쭉하니. 마음에 차지 아니하여서 약간 고까워하는 태도가 드러난다.

“이 자식아, 너, 왜 또 이러니?”

“*관객이 났어유, 아이구 배야!”

“기껏 밥 처먹구 무슨 관객이야? 남의 농사 버려 주면 이 자식아, 징역 간다, 봐라!”

“가두 좋아유. 아이구 배야!”

참말 난 일 안 해서 징역 가도 좋다 생각했다. 일후 아들을 낳아도 그 앞에서 ‘바보, 바보.’ 이렇게 별명을 들을 테니까 오늘은 열 쪽에 난대도 결정을 내고 싶었다.

장인님이 일어나라고 해도 내가 안 일어나니까 눈에 독이 올라서 저 편으로 힝하게 가더니 지게막대기를 들고 왔다. 그리고 그걸로 내 허리를 마치 돌 떠넘기듯이 쿡 찍어서 넘기고 넘기고 했다. 밥을 잔뜩 먹고 딱딱한 배가 그럴 적마다 퉁겨지면서 *밸창이 꼿꼿한 것이 여간 켕기지 않았다. 그래도 안 일어나니까 이번에는 배를 지게막대기로 우에서 쿡쿡 찌르고 발길로 옆구리를 차고 했다. 장인님은 원체 심정이 궂어서 그러지만, 나도 저만 못하지 않게 배를 채었다. 아픈 것을 눈을 꽉 감고 넌 해라 난 재미난 듯이 있었으나, 볼기짝을 후려갈길 적에는 나도 모르는 결에 벌떡 일어나서 그 수염을 잡아챘다마는, 내 골이 난 것이 아니라 정말은 아까부터 부엌 뒤 울타리 구멍으로 점순이가 우리들의 꼴을 몰래 엿보고 있었기 때문이다. 가뜩이나 말 한마디 톡톡히 못 한다고 바보라는데 매까지 잠자코 맞는 걸 보면 짜정 바보로 알 게 아닌가. 또 점순이도 미워하는 이까진 놈의 장인님 나곤 아무것도 안 되니까 막 때려도 좋지만 사정 보아서 수염만 채고(제 원대로 했으니까 이때 점순이는 퍽 기뻤겠지.) 저기까지 잘 들리도록

“이걸 *까셀라부다!”

*관객 관격. 먹은 음식이 갑자기 체하여 가슴속이 막히고 위로는 계속 토하며 아래로는 대소변이 통하지 않는 위급한 증상.

*밸창 배알. 창차를 비속하게 이르는 말.

*까셀라부다 ‘까세다’는 여기서는 ‘까실르다’의 뜻. ‘까실르다’는 ‘그슬리다’의 방언.

하고 소리를 쳤다.

장인님은 더 약이 바짝 올라서 잡은 참 지게막대기로 내 어깨를 그냥 나려갈겼다. 정신이 다 아찔하다. 다시 고개를 들었을 때 그때엔 나도 온몸에 약이 올랐다. 이 녀석의 장인님을 하고 눈에서 불이 퍽 나서 그 아래 밭 있는 *넝 알로 그대로 떼밀어 굴려 버렸다.

기어오르면 굴리고 굴리면 기어오르고, 이러길 한 너덧 번을 하며, 그럴 적마다

"부려만 먹구 왜 성례 안 하지유!"

나는 이렇게 호령했다. 허지만 장인님이 선뜻 오냐 낼이라두 성례시켜 주마 했으면 나도 성가신 걸 그만두었을지 모른다. 나야 이러면 때린 건 아니니까 나중에 장인 쳤다는 누명도 안 들을 터이고 얼마든지 해도 좋다.

한번은 장인님이 헐떡헐떡 기어서 올라오드니 내 바지가랭이를 요렇게 노리고서 담박 웅켜잡고 매달렸다. 악, 소리를 치고 나는 그만 세상이 다 팽그르 도는 것이

"빙장님! 빙장님! 빙장님!"

"이 자식! 잡아먹어라, 잡아먹어!"

"아! 아! 할아버지! 살려 줍쇼, 할아버지!"

하고 두 팔을 허둥지둥 내절 적에는 이마에 진땀이 쭉 내솟고 인젠 참으로 죽나 부다 했다. 그래두 장인님은 놓질 않드니 내가 기어히 땅바닥에 쓰러져서 거진 까무러치게 되니까 놓는다. 더럽다, 더럽다. 이게 장인님인가? 나는 한참을 못 일어나고 쩔쩔맸다. 그러다 얼굴을 드니(눈에 참 아무것도 보이지 않았다.) 사지가 부르르 떨리면서 나도 엉금엉금 기어가 장인님의 바지가랭이를 꽉 웅키고 잡아나꿨다.

*넝 알로 넝 아래로, '넝'은 둔덕을 뜻하는 말로, 논밭들이 두두룩하게 언덕진 곳.

내가 머리가 터지도록 매를 얻어맞은 것이 이 때문이다. 그러나 여기가 또한 우리 장인님의 유달리 착한 곳이다. 여느 사람이면 사경을 주어서라도 당장 내쫓았지, 터진 머리를 불솜으로 손수 지져 주고, 호주머니에 *히연 한 봉을 넣어 주고 그리고

"올갈엔 꼭 성례를 시켜 주마. 암말 말구 가서 뒷골의 콩밭이나 얼른 갈아라."

하고 등을 뚜덕여 줄 사람이 누구냐.

나는 장인님이 너무나 고마워서 어느덧 눈물까지 났다. 점순이를 남기고 인젠 내쫓기려니 하다 뜻밖의 말을 듣고,

"빙장님! 인제 다시는 안 그러겠어유……."

이렇게 맹서를 하며 *불랴살야 지게를 지고 일터로 갔다. 그러나 이때는 그걸 모르고 장인님을 원수로만 여겨서 잔뜩 잡아다렸다.

"아! 아! 이놈아! 놔라, 놔, 놔……."

장인님은 헷손질을 하며 솔개미에 챈 닭의 소리를 연해 질렀다. 놓긴 왜, 이왕이면 호되게 혼을 내 주리라 생각하고 짓궂이 더 댕겼다마는, 장인님이 땅에 쓰러져서 눈에 눈물이 피잉 도는 것을 알고 좀 겁도 났다.

"할아버지! 놔라, 놔, 놔, 놔놔."

그래도 안 되니까,

"애, 점순아! 점순아!"

이 *악장에 안에 있었든 장모님과 점순이가 헐레벌떡하고 단숨에 뛰어나왔다.

나의 생각에 장모님은 제 남편이니까 역성을 할는지는 모른다. 그러나 점순이는 내 편을 들어서 속으로 고수해서 하겠지……. 대체 이게 웬 속인지

---

*히연 희연. 일제 강점기 때의 담배 이름.
*불랴살야 부랴사랴. 매우 부산하고 급하게 서두르는 모양.
*악장 악을 쓰는 것.

(지금까지도 난 영문을 모른다.) 아버질 혼내 주기는 제가 내래 놓고 이제 와서
는 달겨들며

"에그머니! 이 망할 게 아버지 죽이네!"

하고 내 귀를 뒤로 잡어댕기며 마냥 우는 것이 아니냐. 그만 여기에 기운이
탁 꺾이어 나는 얼빠진 등신이 되고 말었다. 장모님도 덤벼들어 한쪽 귀마
저 뒤로 잡아채면서 또 우는 것이다.

이렇게 꼼짝 못 하게 해 놓고 장인님은 지게막대기를 들어서 사뭇 나려조
겼다. 그러나 나는 구태여 피할랴지도 않고 암만 해도 그 속 알 수 없는 점
순이의 얼굴만 멀거니 들여다보았다.

"이 자식! 장인 입에서 할아버지 소리가 나오도록 해?"

'봄·봄'은

머슴으로 일하는 데릴사위와 악독하다고 평판이 자자한 장인 간의 갈등을 매우 익살스럽고도 해학적으로 그린 농촌 소설이다.

1. 글을 떠올리며 ······

• '장인'이 내세우고 있는 '나'와 '점순이'의 성례를 반대하는 이유는 무엇인지 써 보자.

2. 글을 소화하며 ······

• 아래의 문장을 보고 '봄·봄'이라는 제목이 의미하는 것에 대해 써 보자.

> 봄이 되면 온갖 초목이 물이 오르고 싹이 트고 한다. 사람도 아마 그런가 부다 하고 며칠 내에 부쩍(속으로) 자란 듯싶은 점순이가 여간 반가운 것이 아니다.

3. 생각을 모으며 ······

• 이 작품의 갈등 상황을 희곡으로 각색하여 재구성해 보자.

기억 속의 들꽃

:
:

윤흥길

　한 떼거리의 피란민(避亂民)들이 머물다 떠난 자리에 소녀는 마치 처치하기 곤란한 짐짝처럼 *되똑하니 남겨져 있었다. 정갈한 청소부가 어쩌다가 실수로 흘린 쓰레기 같기도 했다. 하얀 수염에 붉은 털옷을 입고 주로 굴뚝으로 드나든다는 서양의 어느 뚱뚱보 할아버지가 간밤에 도둑처럼 살그머니 남기고 간 선물 같기도 했다.

　아무튼 소녀는 우리 마을 우리 또래의 아이들에게 어느 날 아침 갑자기 발견되었다. 선물치고는 무척이나 지저분하고 망측스러웠다. 미처 세수도 하지 못한 *때꼽재기, 우리 눈에 비친 그 애의 모습은 거의 거지나 다름없을 정도였다. 우리 역시 그다지 깨끗한 편이 못 되는데도 그랬다.

윤흥길(1942~)

소설가. 한국 전쟁을 소재로 한 작품과 1970년대 산업화 과정에서 소외된 우리 이웃들의 이야기를 소설로 썼다. 주요 작품으로는 '아홉 켤레 구두로 남은 사나이', '장마', '완장' 등이 있다.

먼저, 쫓기는사람들의 무리가 드문드문 마을에 나타나기 시작했다. 그리고 곧이어 포성이 울렸다. 돌산을 뚫느라고 멀리서 터뜨리는 *남포의 소리처럼 은은한 포성이 울릴 때마다 집 안의 기둥이나 서까래가 울고 흙벽이 떨었다. 포성과 포성의 사이사이를 뚫고 피란민의 행렬(行列)이 줄지어 밀어닥쳤고, 마을에서 잠시 머물며 *노독(路毒)을 푸는 동안에 그들은 옷가지나 금붙이 따위의 물건을 식량하고 바꾸었다. 바꿀 만한 물건이 없는 사람들은 동냥을 하거나 훔치기도 했다. 그러다가 전보다 더 많은 사람이 꽁무니에 포성을 매단 채 새롭게 밀어닥치면, 먼저 왔던 사람들은 들어올 당시와 마찬가지로 몇 가지 살림살이를 이고 지고 다시 홀연히 길을 떠났다.

어느 마을이나 다 사정이 비슷했지만, 특히 우리 마을로 유난히 피란민들이 많이 몰리는 것은 만경강 다리 때문이었다. 북쪽에서 다리를 건너 남쪽으로 내려오다 보면 자연 우리 마을을 통과하도록 되어 있었다. 우리가 알기로는 세상에서 제일 긴 그 다리가 폭격으로 아깝게 끊어진 뒤에도 피란민들은 거룻배를 이용하여 계속 내려왔다. 인민군한테 앞지름을 당할 때까지 피란민들의 발길은 그치지 않고 있었다.

어른들은 피란민을 별로 달가워하지 않았다. 난생처음 들어 보는 별의별 이상한 사투리를 쓰는 그들이 사랑방이나 헛간이나 혹은 마을 정자(亭子)에 묵다 떠나고 나면 으레 집 안에서 없어지는 물건이 생긴다는 것이었다. 굶주린 어린애를 앞세워 식량을 애원하는 그들 때문에 어른들은 골머리를 앓곤 했다. 언제 끝날지 모르는 전쟁 때문에 뒤주 속에 쌀바가지를 넣었다 꺼내는 어머니의 인심이 날로 얄팍해져 갔다.

그러나 우리 어린애들은 전혀 달랐다. 어른들 마음과는 아무 상관없이 누나와 나는 피란민들을 마냥 부러워하고 있었다. 세상의 저쪽 끝에서 와서

*되똑하다 오똑하다.
*때꼽재기 더럽게 엉켜 붙은 때의 조각이나 부스러기.
*남포 도화선 장치를 하여 폭발시킬 수 있게 만든 다이너마이트.
*노독 먼 길에 지치고 시달려서 생긴 피로나 병.

다른 저쪽 끝까지 가려는 사람들 같았다. 무거운 짐을 들고 불편한 몸을 이끌며 길을 떠나는 그들의 모습이 오히려 우리 눈에는 새의 깃털만큼이나 가벼워 보였다. 그들처럼 마음 내키는 대로 세상을 여기저기 떠돌아다니지 않고 우리는 왜 마을에 붙박여 살아야 하는지 도무지 이해할 수가 없었다. 그래서 우리도 피란을 떠나자고 아버지한테 조르기로 작정했다.

"밥을 굶어야 된다. 밥도 안 먹고 잠도 안 자고, 알았지야? *톳돌에서 오줌 누고 뜰팡에다 똥 싸고, 알았지야?"

삽짝 밖에서 누나가 내 귀에 대고 연방 끈끈한 목소리로 속삭였다. 집안에서 내 청이라면 웬만한 것은 다 들어주는 아버지의 성미를 누나는 십분(十分) 이용할 셈이었다. 나는 누나가 시키는 대로 했다. 그러나 아무리 그렇게 울고 떼를 써도 아버지 입에서는 좀처럼 허락이 내리지 않았다.

아버지한테서 마침내 피란을 가도 좋다는 말이 떨어진 것은 만경강 다리가 무시무시한 폭격으로 허리를 잘리고 난 그 이튿날이었다. 아직은 제법 멀찌막이서 노는 줄만 알았던 전쟁이란 놈이 어느새 어깨동무라도 하려는 기세로 *바투 다가와 있었으므로 우리 마을도 이젠 안심할 수가 없게 되었다. 그래서 아버지는 할머니 편에 우리 오뉘를 묶어 마을에서 삼십여 리 떨어진 고모네 집에 잠시 피란시킬 작정이었다. 아버지하고 어머니는 마을에 남아 집을 지키기로 이야기가 되었다.

간단한 옷 보따리를 챙겨 누나와 나는 할머니의 손을 잡고 피란길을 떠났다. 그토록 바라고 바라던 피란인지라 누나와 나는 소풍이라도 떠나는 즐거운 기분이었다. 한길엔 한여름 햇볕만이 쨍쨍할 뿐 강아지 새끼 한 마리 얼씬하지 않았다. 소리개 한 마리가 멀리 보이는 길가 공동묘지 위에 높이 떠 마치 하늘에다 못으로 고정시켜 놓은 박제의 표본인 양 오랫동안 꼼짝도

---

*톳돌 댓돌. 처마 아래로 빙 둘러서 놓은 돌.
*바투 바싹. 시간이나 길이가 아주 짧게.

하지 않았다.

다 늦게 피란을 떠나는 사람은 아무도 없었다. 더구나 여느 피란민의 물결을 거슬러 북쪽을 향해서 먼 길을 가는 사람은 우리뿐이었다. 고모네가 살고 있는 마을은 북쪽 산골이었다. 거기 말고는 달리 피란 갈 만한 데가 없었다.

적막에 싸인 공동묘지 옆을 지나면서도 나는 조금도 무서운 줄을 몰랐다. 남들처럼 우리도 지금 피란을 가고 있다는 흥분에 사로잡혀 임자 없는 무덤에 뻥 뚫린 여우 구멍을 보면서도 아무렇지도 않았다. 누나는 오히려 한술 더 떴다. 길가에서 아카시아 잎을 따 손에 들고 한 개씩 똑똑 떼 내면서 누나는 학교 운동장에서나 하는 노래를 입속으로 흥얼거리고 있었다.

"여우아 여우야, 뭐 허어니? 밥 먹느은다. 무슨 반찬? 개구리 반찬……. 이불 밑에 이 잡어먹고, 송장 밑에 피 빨어 먹고……."

갑자기 누나가 노래를 뚝 그쳤다. 그때 한길 저쪽 멀리에서 뿌연 먼지구름을 끌면서 달려오는 오토바이를 나는 보았다. 눈 깜짝할 사이에 나뭇가지와 잡초로 뒤덮인 두 개의 작은 언덕이 우리 바로 코앞으로 확 다가들었다. 속력을 줄이는 척하다가 오토바이들은 양쪽 겨드랑이를 스칠 듯이 무서운 기세(氣勢)로 우리를 그냥 지나쳐 갔다. 오토바이가 지나갈 때 나는 초록 덤불로 그럴싸하게 잘 위장된 그 가짜 언덕 속에 숨어서 우리를 뚫어지게 쏘아보는 날카로운 눈초리와 쇠붙이에 반사되는 햇빛의 파편들을 볼 수 있었다. 난생처음 인민군하고 맞닥뜨리는 순간이었다. 몸채 옆구리에 행랑채까지 딸린 괴상한 모양의 오토바이들이 지나간 다음에도 우리는 한동안 손과 손을 맞잡은 채 부들부들 떨면서 한길 복판에 오도카니 서 있었다.

"이불 밑에 이 잡어먹고……."

누나의 입에서 간신히 이런 중얼거림이 흘러나왔다. 그것은 이미 노래가 아니었다. 누나는 얼이 쑥 빠진 눈동자를 하고 있었다.

"송장 밑에 피 빨어 먹고……."

그러자 할머니의 손바닥이 냉큼 누나의 입을 틀어막았다. 잔뜩 부르쥔 누나의 주먹이 스르르 풀리면서 형편없이 짓눌린 아카시아 잎이 땅으로 떨어졌다.

누나와 나는 할머니에게 무섭게 *지청구를 먹어 가며 그러잖아도 빠른 걸음을 더욱 *재우쳤다. 그러나 얼마 가지도 않아 우리는 다시 수많은 인민군과 마주쳤다. 그들은 두 줄로 서서 양쪽 길가로 내려오고, 우리는 그 사이를 뚫고 도무지 떨어지지 않는 다리를 간신히 움직여 복판을 걸어갔다. 참으로 어처구니없는 피란길이었다. 북쪽을 향해서 피란을 가는 우리를 인민군들은 아무도 시비하지 않았다. 그들은 그저 까맣게 그을린 얼굴을 들어 퀭한 눈으로 우리를 흘끗흘끗 곁눈질하면서 말없이 행군(行軍)해 가고 있었다.

"죽어도 더는 못 가겠다. 해 넘기 전에 어서 집으로 돌아가자."

인민군의 굴속을 겨우 빠져나왔을 때 할머니는 말했다. 우리는 한길을 피해서 논두렁과 밭고랑을 멀리 돌아 깜깜해진 뒤에야 가까스로 마을에 닿을 수 있었다.

내가 소녀를 맨 처음 발견한 것은 한나절로 끝나 버린 그 우스꽝스런 피란길에서 돌아온 바로 그 이튿날이었다.

아침이었다. 마을엔 벌써 낯선 깃발이 펄럭이고 있었다. 마을 사람들이 재 너머 학교를 향해 몰려가고 있었다. 나는 삽짝을 젖히고 골목길로 나섰다.

*지청구 꾸지람.
*재우치다 빨리 몰아치거나 재촉하다.

"애."

생판 모르는 녀석이 간드러진 소리로 나를 부르고 있었다. 주제꼴은 꾀죄 죄해도 곱살스런 얼굴에 꼭 계집애처럼 생긴 녀석이었다. 우선 생김새에서 풍기는, 어딘지 모르게 도시 아이다운 냄새가 나를 당황하도록 만들었다. 더구나 사람을 부르는 방식부터가 우리하고는 딴판이었다. 그처럼 교과서 에서나 보던 서울 말씨로 나를 부르는 아이는 아직껏 마을에 한 명도 없었 던 것이다.

"왜 놀라니? 내가 무서워 보이니?"

조금도 무섭지는 않았다. 다만, 약간 얼떨떨한 기분일 뿐이었다. 피란민 이 줄을 잇는 동안 갖가지 귀에 *선 말씨들을 들어 왔으나, 녀석처럼 그렇 게 착 감기는 목소리에 겁 없는 눈빛을 보내는 아이는 처음이었다. 녀석은 토박이 아이들이 피란민 아이들한테 부리는 텃세가 조금도 두렵지 않은 모 양이었다.

"너희 엄마, 집에 계시지?"

내가 잠시 어물거리는 사이에 녀석은 계속해서 계집애같이 앵앵거리면서 앞으로 다가왔다. 나는 얼김에 고개를 끄덕였다.

"엊저녁부터 굶었더니 배고파 죽겠다. 엄마한테 가서 밥 좀 달래자."

오히려 녀석이 앞장을 서고 내가 그 뒤를 따랐다. 나는 녀석의 바지 주머 니가 불룩한 것을 보았다. 걸음을 옮길 적마다 불룩한 주머니가 연방 덜렁 거리고 있었다. 틀림없이 간밤에 누구네 밭에서 서리를 한 설익은 참외 아 니면 감자가 그 속에 들어 있을 것이었다.

"엄니! 엄니!"

마당에 들어서면서 어머니를 거푸 불렀다. 부엌에서 *기명을 부시던 어머니가 무심코 마당을 내다보다가 내 등 뒤에서 쏙 볼가져 나오는 녀석을 발견하고는 대번에 질겁을 했다.

"아줌마, 안녕하세요?"

녀석은 천연덕스럽게 인사를 챙겼다.

"아아니, 요 작것이!"

어머니가 소맷부리를 걷으며 단숨에 마당으로 내달아 나왔다. 참외 서리나 하고 다니는 피란민 아이한테 어머니가 이제 곧 본때 있게 손찌검을 하려나 보다고 나는 지레짐작을 했다. 그런데 웬걸, 어머니는 녀석 대신 내 귀를 잡아끌고는 *뒤란으로 향하는 것이었다.

"요 웬수야, 지 발로 들어와도 냉큼 쫓아내야 헐 놈을 어쩌자고, 어쩌자고……."

어머니는 내 머리통에 대고 거듭 군밤을 쥐어박았다. 도대체 어떻게 된 영문인지 전혀 깜깜이라서 울음보를 터뜨릴 수도 없는 노릇이었다.

"니가 *상객(上客) 뫼셔 왔으니께 니가 멕여 살리거라!"

어머니는 다시 군밤을 먹이려다가 뒤란까지 따라온 서울 아이를 발견하고는 갑자기 손을 거두었다.

"아침상 버얼써 다 치웠다. 따른 집에나 가 봐라."

어머니는 얼음처럼 차갑게 말했다.

"사나새끼가 똑 지집맹키로 야들야들허게 생긴 것이 영락없는 *물빤드기고만……."

혼잣말을 구시렁거리며 어머니는 한껏 야멸친 표정을 하고 도로 부엌으로 들어가려 했다.

"아줌마!"

---

*뒤란 집 뒤 울타리의 안.
*상객 자기보다 지위가 높은 손님.
*물빤드기 물방개 등의 물에 사는 곤충을 가리키는 말의 방언으로, 반들거리는 사람을 이름.

이때 녀석이 또 예의 그 계집애처럼 간드러진 소리로 어머니를 불러 세웠다.

"따른 집에나 가 보라니께!"

"아줌마한테 요걸 보여 주려구요."

녀석은 엄지와 인지를 붙여 동그라미를 만들어 보였다. 그 동그라미 위에 다른 또 하나의 작은 동그라미가 노란 빛깔을 띠면서 날름 올라앉아 있었다. 뒤란 그늘 속에서도 그것은 충분히 반짝이고 있었다. 그걸 보더니 어머니의 눈에 환하게 불이 켜졌다.

"아아니, 너, 고거 금가락지 아니냐!"

말이 채 끝나기도 전에 금반지는 어느새 어머니의 손에 건너가 있었다. 솔개가 병아리를 채듯이 서울 아이의 손에서 금반지를 낚아채어 어머니는 한참을 *칩떠보고 내립떠보는가 하면, 헛바닥으로 침을 묻혀 무명 저고리 앞섶에 싹싹 문질러 보다가 나중에는 이빨로 깨물어 보기까지 했다. 마침내 어머니의 얼굴에 만족스런 미소가 떠올랐다.

"아가, 너 요런 것 어디서 났냐?"

옷고름의 실밥을 뜯어 그 속에 얼른 금반지를 넣고 *웅숭깊은 저 밑바닥까지 확실히 닿도록 두어 번 흔들고 나서 어머니는 서울 아이한테 물었다. 놀랍게도 어머니의 목소리는 서울 아이의 그것보다 훨씬 더 간드러지게 들렸다.

"땅바닥에서 주웠어요. 숙부네가 떠난 담에 그 자리에 가 봤더니 글쎄 요게 떨어져 있잖아요?"

녀석이 이젠 아주 의기양양한 태도로 당당하게 대답했다. 그 말을 어머니는 귀담아듣는 기색이 아니었다. 어머니는 연방 벙글벙글 웃어 가며 녀석의

---

*칩떠보다 눈을 치뜨고 노려보다.
*웅숭깊다 사물이 되바라지지 않고 깊숙하다.

잔등을 요란스레 토닥거리고 쓰다듬어 주는 것이었다.

"아가, 요담 번에 또 요런 것 생기거들랑 다른 누구 말고 꼬옥 이 아줌니 한테 가져와야 된다. 알었냐?"

"네, 꼭 그렇게 하겠어요."

다음에 다시 금반지를 줍기로 무슨 예정이라도 되어 있는 듯이 녀석의 입에서는 대답이 무척 시원스럽게 나왔다.

"어서어서 방 안으로 들어가자. 에린것이 천 리 타관(他官)서 부모 잃고 식구 놓치고 얼매나 배고프고 속이 짜겄냐?"

이런 *곡절 끝에 명선이는 우리 집에서 살게 되었다. 마지막으로 마을에 남게 된 유일한 피란민이었다. 인민군한테 발뒤꿈치를 밟혀 가며 피란을 내려왔던 명선네 친척들은 역시 인민군보다 한 걸음 앞서 *부랴사랴 우리 마을을 떠나면서 명선이를 버리고 갔다. 그래서 명선이는 피란민 일가가 묵다가 떠난 자리에서 동네 사람들에게 하나의 골치 아픈 *뒤퉁거리로 발견되었다. 누나하고 내가 할머니를 따라 피란을 떠나던 바로 그날 아침의 일이었다.

명선이는 누나나 나하고 같은 방 쓰기를 바라는 눈치였다. 그러나 어머니는 먼촌 일가로 어린 나이에 우리 집에 와서 말만 한 처녀가 되기까지 부엌데기 노릇 하는 정님이한테 명선이를 내맡겨 버렸다. 당분간 집에서 머슴처럼 부리면서 제 밥값이나 하도록 하자고 어머니와 아버지가 공론하는 소리를 나는 밤중에 얼핏 들을 수 있었다.

애당초 명선이를 머슴으로 부리려던 어른들의 생각은 큰 잘못이었다. 세상의 어떤 끈으로도 그 애를 한곳에 얌전히 붙들어 둘 수 없음이 이내 밝혀졌다. 쇠여물로 쓸 꼴이라도 베어 오라고 낫과 망태기를 쥐여 주면 그걸 그

---

*곡절 순조롭지 아니하게 얽힌 이런저런 복잡한 사정이나 까닭.

*부랴사랴 매우 부산하고 급하게 서두르는 모양.

  *뒤퉁거리 미련하거나 찬찬하지 못하여 일을 잘 저지르는 사람.

애는 아무 데나 내버리고 누나와 내 뒤를 기를 쓰고 쫓아오고는 했다. 한 번도 해 보지 않은 일이라서 죽어도 못 하겠다는 것이었다. 그 애가 자신 있게 할 수 있는 일이란 그저 먹고 노는 것뿐이었다.

흔히 닭들이 그러듯이 혹은 개들이 그러듯이 동네 아이들의 텃세가 갈수록 *우심해져서 아무도 명선이를 패거리에 넣어 주려 하지 않았다. 어느 날, 명선이는 유독 가탈스럽게 구는 어떤 아이하고 *대판거리로 싸움을 했다. 싸움을 하는데 역시 생긴 모양에 어울리게 상대방의 얼굴을 손톱으로 할퀴고 머리끄덩이를 잡는 바람에 우리 또래 사이에서 크나큰 웃음거리가 되었다.

서울 아이들은 싸움도 가시내처럼 간사스럽게 하는 모양이었다. 상대방이 딴죽을 걸어 넘어뜨리고 위에서 덮쳐누르자. 한창 열세(劣勢)에 몰려 맥을 못 추던 명선이가 별안간 날라리 소리 비슷한 괴상한 비명과 함께 엄청난 기운으로 상대방의 몸뚱이를 벌렁 *떠둥그뜨려 버렸다. 첫 번째 싸움에서 명선이는 승리자가 되었다. 그리고 그 후로 계속된 두 번째, 세 번째 싸움에서도 으레 상대방의 밑에 깔렸다가 무서운 힘으로 떨치고 일어나서는 승리를 했다.

어느 날, 명선이는 부모가 죽던 순간을 나에게 이야기했다. 피란길에서 공습을 만나 가까운 곳에 폭탄이 떨어졌는데, 한참 정신을 잃었다가 깨어나 보니 어머니의 커다란 몸뚱이가 숨도 못 쉴 정도로 전신을 무겁게 덮어 누르고 있더라는 것이었다.

"그래서 마구 소릴 지르면서 엄마를 떠밀었단다. 난 그때 엄마가 죽은 줄도 몰랐어."

그리고 명선이는 숙부네가 저를 버리고 도망치던 때의 이야기도 들려주

*우심하다 더욱 심하다.
*대판거리 크게 치러지거나 벌어진 판.
*떠둥그뜨리다 물체의 한 부분을 들고 밀어 엎어지게 하거나 기울여 쓰러뜨리다.

었다.

"실은 말이지, 숙부가 날 몰래 내버리고 도망친 게 아니라 내가 숙부한테
서 도망친 거야. 숙부는 기회만 있으면 날 죽일라구 그랬거든."

숙부가 널 죽이려 한 이유가 뭐냐는 내 질문에 그 애는 무심코 대답하
려다 말고 갑자기 입을 꾹 다물더니만, 언제까지고 나를 경계하는 눈으로
잔뜩 노려보고 있었다.

같은 방을 쓰는 정님이가 어머니한테 불평을 늘어놓기 시작했다. 원래 잠
버릇이 험한 정님이가 어쩌다 다리를 올려놓으면 명선이는 비명을 꽥꽥 지
르며 벌떡 일어나 눈에다 불을 켜고 노려본다는 하소연이었다. 오랫동안 옷
을 갈아입지 않아 명선이 몸에서 지독한 냄새가 난다고 정님이는 오만상을
찡그리기도 했다. 갈아입을 여벌의 옷이 없는 줄 번연히 알면서도 정님이가
그처럼 사사건건 트집을 잡는 까닭은 나이 때문에 내외를 시작한 탓이라고
어머니가 말했다. 머슴애하고 어떻게 한방을 쓰란 말이냐고 정님이는 처음
부터 울상을 지었던 것이다. 가슴이 얼른 알아보게 봉긋 솟고 엉덩이가 제
법 펑퍼짐해서 정님이는 이제 처녀티가 완연해져 있었다.

오래지 않아 명선이를 머슴으로 부리려던 속셈을 어머니는 깨끗이 포기
했다. 괜히 여기저기에서 말썽이나 부리고 편둥편둥 놀면서 삼시 세 끼 밥이
나 축내는 그 뒤퉁거리를 어떻게 하면 내쫓을 수 있을까 하고 궁리하는 게
어머니의 일과였다. 아버지 앞에서 어머니는 그동안 먹여 주고 재워 준 값
과 금반지 한 개의 값어치를 면밀히 따지기 시작했다.

"천지신명(天地神明)을 두고 허는 말이지만 갸한티 죄로 가지 않을 만침
헌다고 혔구만요."

"허기사 난리 때 금가락지 한 *돈쭝은 똥 가락지여. 금 먹고 금 똥 싼다면

*돈쭝 귀금속이나 한약재 따위의 물건을 잴 때 쓰는 단위.

혹 몰라도……, 쌀 톨이 금쪽보담 귀헌 세상인디……."

"그러니 저 작것을 어쩌지요?"

"밥을 굶겨 봐. 지가 배고프고 허기지면 더 있으래도 지 발로 나가겄지."

"갸가 나가겄소? 물빤드기마냥 *빤들거림시로 무신 수를 써서라도 절대
안 굶을 아요."

어머니의 판단이 전적으로 옳았다. 끼니때만 되면 눈알을 딱 부릅뜨고 부
엌 사정을 낱낱이 감시하다가 염치 불구하고 밥상머리를 안 떠나는 명선이
를 두고 우리는 차마 밥 덩이를 목구멍으로 넘길 수가 없었다.

갈수록 밥 얻어먹는 설움이 심해지자, 하루는 또 명선이가 금반지 하나를
슬그머니 내밀어 왔다. 먼젓번 것보다 약간 굵어 보였다. 찬찬히 살피고 나
더니 어머니는 한 돈하고도 반짜리라고 조심스럽게 감정을 내렸다.

"길에서 주웠다니까요."

어머니의 다그침에 명선이는 천연덕스럽게 대꾸했다.

"거참, 요상도 허다. 따른 사람은 눈을 까뒤집어도 안 뵈는 노다지가 어
째 니 눈에만 유독 들어온다냐?"

어머니는 명선이가 지껄이는 말을 하나도 믿으려 하지 않았다. 명선이가
처음 금반지를 주워 왔을 때처럼 흥분하거나 즐거워하는 기색도 아니었다.
명선이의 얼굴을 유심히 들여다보는 어머니의 눈엔 크고 작은 의심들이 호
박처럼 올망졸망 매달려 있었다.

그날 밤에 아버지는 명선이를 안방으로 불러 아랫목에 앉혀 놓고, 밤늦도
록 타일러도 보고 으름장도 놓아 보았다. 하지만, 명선이의 대답은 한결같
았다.

"거짓말이 아니라구요, 참말이라구요. 길에서 놀다가……."

"너 이놈, 바른대로 대지 못허까!"

아버지의 호통 소리에 명선이는 비죽비죽 울기 시작했다. 우는 명선이를 아버지는 또 부드러운 말로 달래기 시작했다.

"말은 안 혔어도 너를 친자식 *진배없이 생각혀 왔다. 너 같은 어린것이 그런 물건을 갖고 있으면은 덜 좋은 법이다. 이 아저씨가 잘 맡아 놨다가 *후제 크면 줄 테니께 얻다 숨겼는지 바른대로 대거라."

아무리 달래고 타일러도 소용이 없자, 아버지는 마침내 화를 버럭 내면서 명선이의 몸뚱이를 뒤지려 했다. 아버지의 손이 옷에 닿기 전에 명선이는 미꾸러라지같이 안방을 빠져나가 자취를 감추어 버렸다. 그리고 그날 밤 끝내 우리 집에 돌아오지 않았다.

"틀림없다. 몇 개난 되는지는 몰라도 더 있을 게다. 어디다 감췄는지 니가 살살 알어봐라. 혼자서 어딜 가거든 눈치 안 채게 따러가 봐라."

입맛을 쩝쩝 다시던 아버지는 나한테 이렇게 분부했다.

"옷 속에다 누볐는지도 모른다."

어머니가 옆에서 거들었다. 어머니 역시 아버지 못잖게 아쉬운 표정이었다. 아버지의 이마에서는 땀방울이 찌걱찌걱 배어 나오고 있었다. 아버지는 벌겋게 충혈(充血) 된 눈을 등잔 불빛에 번들번들 빛내면서 숨을 씩씩거렸다. 꼭 무슨 일을 저지르고야 말 것만 같은 모습이었다.

그 이튿날 점심 무렵부터 명선이에 관한 소문이 마을에 파다하게 퍼졌다. 난리 통에 *혈혈단신(子子單身)이 된 서울 아이가 금반지를 많이 가지고 있다는 이야기였다. 어떤 사람들은 그 아이가 열 개도 넘는 금반지를 저만 아는 곳에 꽁꽁 감춰 두고 하나씩 꺼낸다더라고 쑤군거리기도 했다. 입이 방정이라고 정님이가 어머니한테 호되게 꾸중을 들었다. 어머니의 지시에

*진배없다 그보다 못하거나 다를 것이 없다.
*후제 뒷날의 어느 때.
*혈혈단신 의지할 곳이 없는 외로운 홀몸

따라 누나와 나는 돌아오지 않는 명선이를 찾아 마을 안팎을 온통 헤매고 다녔다.

낮더위가 한풀 꺾이고 어둠살이 켜켜이 내려앉을 무렵에야 명선이는 *당산(堂山) 숲 속에서 발견되었다. 우리가 그 애를 찾아낸 것이 아니라, 그 애가 돼지 멱따는 소리로 한바탕 비명을 질러 사람들을 불러 모은 결과였다. 이 나무 저 나무 옮아 다니는 매미처럼 당산 숲 속을 *팔모로 헤집고 다니며 거듭거듭 내지르는 비명 소리를 듣고서 맨 처음 달려간 사람들 축에 아버지도 끼여 있었다.

"너그 놈들이 누구누군지 내 다 안다아! 어디 사는 누군지 내 다 봐 뒀으니께 날만 샜다 허면 *물고(物故)를 낼 것이다아!"

*해뜩해뜩 뒷모습을 보이며 당산 골짜기 어둠 속으로 꽁지가 빠지게 달아나는 남자들을 향해 아버지는 길길이 뛰며 입에 거품을 물었다.

"아가, 이자 아모 염려 없다. 어서 내려오니라, 어서."

한 걸음 뒤늦어 득달 같이 달려온 어머니가 소나무 위를 까마득히 올려다보며 한껏 보드라운 말씨로 달랬다. 소나무 둥치에 딱정벌레처럼 달라붙어 꼼짝도 않는 하얀 궁둥이가 보였다. 놀랍게도 명선이는 시원스런 알몸뚱이로 있었다. 어느 겨를에 어떻게 거기까지 기어올라 갔는지 명선이는 까마득한 높이에 매달려 홀랑 벌거벗은 채 흐느끼고 있었다. 아무리 내려오라고 타일러도 반응이 없자, 아버지가 팔소매를 걷어붙이고 올라가, 위험을 무릅쓰고 곡예라도 하듯이 그 애를 등에 업고 내려왔다.

"오매오매, 쟈가 지집애 아녀!"

땅에 내려서기 무섭게 얼른 돌아서며 사타귀를 가리는 명선이를 보고 누군가 이렇게 고함을 질렀다. 나 또한 초저녁 어스름 속에 얼핏 스쳐 지나가

*당산 토지나 마을의 수호신이 있다고 하여 신성시하는 마을 근처의 산이나 언덕.
*팔모 여러 방면.
*물고를 내다 '죽이다'를 속되게 이르는 말.
*해뜩해뜩 갑자기 얼굴을 돌리어 살짝살짝 자꾸 돌아보는 모양.

는 눈길만으로도 그 애한테는 고추가 없다는 사실을 넉넉히 알아차릴 수 있었다.

"그러게 말이네. 머슴앤 줄만 알았더니 인제 보니 지집애구먼."

"참말로 *재변이네, 재변이여!"

모여 서 있던 마을 사람들이 저마다 탄성을 지르며 혀를 찼다. 어머니가 잽싸게 치마폭으로 명선이의 알몸을 감쌌다. 모닥불이라도 뒤집어쓴 것같이 공연히 얼굴이 화끈거려서 나는 차마 명선이를 바로 볼 수가 없었다.

"요, 요것이. *개패같이 달린 요것이 뭣이다야!"

명선이의 하얀 가슴께를 들여다보며 어머니가 소리를 질렀다. 곁에 있던 아버지가 얼른 그것을 가리려는 명선이의 손을 뿌리치고 뚝 잡아챘다. 줄에 매달린 이름표 같은 것이었다. 아직도 한 줌의 빛살이 옹색하게 남아 있는 서쪽 하늘에 대고 거기에 적힌 글씨를 읽은 다음, 아버지는 마치 무슨 보물섬의 지도나 되듯 소중스레 바지춤에 찔러 넣었다. 그리고 마을 사람들을 향해 돌아서면서 눈을 딱 브릅떠 엄포를 놓는 것이었다.

"나허고 원수 척질 생각 아니면 앞으로 야한티 터럭손 하나 건딜지 마시오!"

언젠가 가뭄 흉년(凶年) 때 이웃 논의 임자하고 *물꼬 싸움을 벌이면서 시퍼렇게 삽날을 들이대던 그때의 그 표정보다 훨씬 더 포악해 보였다.

우리 논에 떨어지는 빗물이나 마찬가지로 아버지는 우리 집안에 우연히 굴러들어 온 명선이의 소유권을 마을 사람들 앞에서 우격다짐으로 가리고 있었다.

"우리가 친자식 이상으로 애끼고 기르는 아요. 만에 일이라도 야한티 해꼬지헐라거든 *앙화(殃禍)가 무섭다는 걸 맹심허도록 허시요!"

---

*재변 재앙으로 인해 생긴 갑작스러운 사고.
*개패 '이름표'를 이르는 말.
*물꼬 논에 물을 대거나 빼려고 논둑에 낸 좁은 물길.
*앙화 지은 죄의 앙갚음으로 받는 재앙.

덩달아 어머니도 위협을 잊지 않았다. 명선이가 입은 손해는 바로 우리 집안의 손해나 마찬가지라는 주장이었다. 물론 어머니는 명선이 때문에 생기는 이익이 곧바로 우리 이익이란 말을 입 밖에 비치지도 않았다.

사람들을 따돌리고 집 안에 들어서자마자, 어머니는 더 이상 참지를 못하고 아버지한테 다그쳤다.

"개패에 무신 사연이 적혔든가요?"

"갸네 부모가 쓴 편지여."

"누구한티요?"

"누구긴 누구여, 나지."

"오매, 그 사람들이 어떻게 알고 당신한티 편지를……."

"이런 딱헌 사람 봤나? 아, 갸를 맡어서 기를 사람한티 쓴 편지니께 받는 사람이 나지 누구겠어?"

"뭐라고 썼습디여?"

"자기네가 혹 난리 바람에 무슨 일이라도 당허게 되면 무남독녀 혈육(血肉)을 잘 부탁헌다고, 저승에 가서도 그 은혜는 잊지 않겠다고, 서울 어디 사는 누네 딸이고, 본관(本貫)이 어디고, 생일이 언제라고……."

"가락지 말은 안 썼어라우?"

"안 썼어."

아버지는 딱 잘라 대답했다. 그러나 다음 순간, 아버지는 *득의연(得意然)한 미소와 함께 어머니한테 나직이 속삭이고 있었다.

"금가락지 말은 없어도, 저 먹을 건 다소 딸려 났다고 써 있어. 사연이 복잡헌 부잣집인 것만은 틀림없다고."

명선이를 달아나지 못하게 감시하는 새로운 임무가 나한테 주어졌다. 우리 식구 모두는 상전을 모시듯이 명선이에게 한결같이 친절했다. 동네 사람 어느 누구도 감히 넘볼 마음을 못 먹도록 뚝심 좋은 아버지는 그 애의 주위에 이중 삼중으로 보호의 울타리를 쳐 놓고도 언제나 안심하지 못했다. 나는 그 애의 그림자 노릇을 착실히 했다. 그러나 금반지를 어디다 감춰 뒀는지 그것만은 차마 묻지를 못했다. 시간이 흐를수록 그 애는 내 사투리를 닮아 가고, 나는 반대로 그 애의 서울말을 어색하게 흉내 내기 시작했다.

타고난 본래의 여자 모양을 되찾은 후에도 명선이는 갈 데 없는 머슴애였다. 하는 짓거리마다 시골 아이들 뺨치는 개구쟁이였고, 토박이의 텃세를 계집애라는 이유로 쉽사리 물리칠 수 있게 되면서부터 온갖 망나니짓에 오히려 우리의 앞장을 서곤 했다. 다람쥐처럼 나무도 뽀르르 잘 타고, 둠벙에서는 물오리나 다름없이 헤엄도 잘 쳤다. 수놈 날개에 노랗게 호박 꽃가루를 칠해서 암놈으로 위장하여 왕잠자리를 우리보다 솜씨 있게 낚는가 하면, 남의 집 울타리에 달린 호박에 말뚝도 박고, 여름밤에 개똥벌레를 여러 마리 종이 봉지 안에 가두어 어른이 담뱃불 흔드는 시늉을 하면서 다가와 술래를 따돌리는 재간도 부릴 줄 알았다. *인공 치하에서 학교가 쉬는 동안을 우리는 마냥 키드득거리며 떼뭉쳐 어울려 다녔다.

심심할 때마다 명선이는 나를 끌고 끊어진 만경강 다리로 놀러 가곤 했다. 계집애답지 않게 배짱도 여간이 아니어서, 그 애는 아무도 흉내 낼 수 없는 위험천만한 곡예를 부서진 다리 위에서 예사로 벌여 우리의 입을 딱 벌어지게 만드는 것이었다.

"누가 제일 멀리 가는지 내기하는 거다."

폭격으로 망가진 그대로 기나긴 다리는 방치되어 있었다. 난간이 떨어져 달아나고, 바닥에 커다란 구멍들이 뻥뻥 뚫린 채 쌀뜨물보다도 흐린 싯누런

*인공 '인민 공화국'의 준말.

물결이 일렁이는 *강심(江心) 쪽을 향해 곧장 뻗어 나가다 갑자기 앙상한 철근을 엿가락 모양으로 어지럽게 늘어뜨리면서 다리는 끊겨져 있었다. 얽히고설킨 철근의 거미줄이 간댕간댕 허공(虛空)을 가로지르고 있는 마지막 그곳까지 기어가는 내기였다. 그리고 내기에서 승리자는 언제나 명선이였다. 웬만한 배짱이라면 구멍이 숭숭 뚫린 콘크리트 바닥을 기는 것은 누구나 할 수 있는 일이었다. 하지만 콘크리트가 끝나면서 강바닥이 까마득한 간격을 두고 저 아래에서 빙글빙글 맴을 도는 철골 근처에 다다르면 누구나 오금이 굳고 팔이 떨려 한 발짝도 더는 나갈 수가 없었다. 오로지 명선이 혼자만이 얼키설키 허공을 건너지른 엿가락 같은 철근에 위태롭게 매달려, 세차게 불어 대는 강바람에 누나한테 얻어 입은 치맛자락을 펄렁거리며 끝까지 다 건너가서 지옥의 저쪽 가장자리에 날름 올라앉아 귀신인 양 이쪽을 보고 낄낄거리는 것이었다. 그렇게 낄낄거리며 우리 머슴애의 용기 없음을 놀릴 때 그 애의 몸뚱이는 마치 널을 뛰듯이 위아래로 훌쩍훌쩍 까불리면서 구부러진 철근의 탄력에 한바탕씩 놀아나고 있었다.

어느 날 나는 명선이하고 단둘이서만 다리에 간 일이 있었다, 그때도 그 애는 나한테 내기를 걸어왔다. 나는 남자로서의 위신을 걸고 명선이의 비아냥거림 앞에서 최선의 노력을 다해 봤으나, 결국 강바닥에 깔린 뽕나무밭이 갑자기 거대한 팽이가 되어 어찔어찔 맴도는 걸 보고 뒤로 물러서지 않을 수 없었다. 이제 명선이한테서 겁쟁이라고 꼼짝없이 수모를 당할 차례였다.

"야아, 저게 무슨 꽃이지?"

그런데 그 애는 놀림 대신 갑자기 뚱딴지같은 소리를 질렀다. 말 타듯이 철근 뭉치에 올라앉아서 그 애가 손가락으로 가리키는 곳을 내려다보았다. 거대한 교각(橋脚) 바로 위, 무너져 내리다 만 콘크리트 더미에 이전에 보이

지 않던 꽃송이 하나가 피어 있었다. 바람을 타고 온 꽃씨 한 알이 교각 위에 두껍게 쌓인 먼지 속에 어느새 뿌리를 내린 모양이었다.

"꽃 이름이 뭔지 아니?"

난생처음 보는 듯한, 해바라기를 축소해 놓은 모양의 동전만 한 들꽃이었다.

"쥐바라숭꽃……."

나는 간신히 대답했다. 시골에서 볼 수 있는 거라면 명선이는 내가 뭐든지 다 알고 있다고 믿는 눈치였다. 쥐바라숭이란 이 세상에 없는 꽃 이름이었다. 엉겁결에 어떻게 그런 이름을 지어낼 수 있었는지 나 자신도 어리벙벙할 지경이었다.

"쥐바라숭꽃……, 이름처럼 정말 이쁜 꽃이구나. 참 앙증맞게두 생겼다."

또 한바탕 위험한 곡예 끝에 그 애는 기어코 그 쥐바라숭꽃을 꺾어 올려 손에 들고는 냄새를 맡아 보다가 손바닥 사이에 넣어 *대궁을 비벼서 양산처럼 팽글팽글 돌리다가 끝내는 머리에 꽂는 것이었다. 다시 이쪽으로 건너오려는데, 이때 바람이 획 불어 명선이의 치맛자락이 훌렁 들리면서 머리에서 꽃이 떨어졌다. 나는 해바라기 모양의 그 작고 노란 쥐바라숭꽃 한 송이가 바람에 날려, 싯누런 흙탕물이 도도히 흐르는 강심을 향해 바람개비처럼 맴돌며 떨어져 내리는 모양을 아찔한 현기증을 느끼며 지켜보고 있었다.

우리가 명선이한테서 순순히 얻어 낸 금반지는 두 번째 것으로 마지막이었다. 아버지와 어머니가 온갖 지혜를 짜내어 백방으로 숨겨 둔 장소를 알아내려 안간힘을 다해 보았으나 금반지 근처에만 얘기가 닿아도 명선이는 입을 굳게 다문 채 침묵 속의 도리질로 완강히 버티곤 했다.

날이 가고 달이 갔다. 어느덧 초가을로 접어드는 날씨였다. 남쪽에서 쳐

*대궁 '식물의 줄기'를 뜻하는 '대'의 방언.

올라오는 국방군에 밀려 인민군이 북쪽으로 쫓겨 가기 시작한다는 소문이 돌았다. 생각보다 전쟁이 일찍 끝나, 남쪽으로 피란 갔던 명선이네 숙부가 어느 날 불쑥 마을에 다시 나타날 경우를 생각하면서 어머니는 딱할 정도로 조바심치기 시작했다. 내가 벌써 귀띔을 해 줘서 어른들은 명선이가 숙부에게 버림받은 게 아니라 스스로 도망쳤다는 사실을 이미 알고 있었다. 전쟁이 끝나기 전에 어떻게 하든 명선이의 입을 열게 하려고 아버지는 수단 방법을 안 가릴 기세였다.

그날도 나는 명선이와 함께 부서진 다리에 가서 놀고 있었다. 예의 그 위험천만한 곡예 장난을 명선이는 한창 즐기는 중이었다. 콘크리트 부위를 벗어나 그 애가 앙상한 철근을 타고 거미처럼 지옥의 가장귀를 향해 조마조마하게 건너갈 때였다. 그때 우리 머리 위의 하늘을 두 쪽으로 가르는 꽝장한 폭음이 귀뺨을 갈기는 기세로 갑자기 울렸다. 푸른 하늘 바탕을 질러 하얗게 호주기 편대가 떠가고 있었다. 비행기의 폭음에 가려 나는 철근 사이에서 울리는 비명을 거의 듣지 못하였다. 다른 것은 도무지 무서워할 줄 모르면서도 유독 비행기만은 병적으로 겁을 내는 서울 아이한테 얼핏 생각이 미쳐, 눈길을 하늘에서 허리가 동강이 난 다리로 끌어내렸을때, 내가 본 것은 강심을 겨냥하고 빠른 속도로 멀어져 가는 한 송이 쥐바라숭꽃이었다.

명선이가 들꽃이 되어 사라진 후, 어느 날 한적한 오후에 나는 그때까지 한 번도 성공한 적 없는 모험을 혼자서 시도해 보았다. 겁쟁이라고 비웃는 사람이 아무도 없으니까 의외로 용기가 나고 마음이 차갑게 가라앉는 것이었다. 나는 눈에 띄는 그 즉시 거대한 팽이로 둔갑해 버리는 까마득한 강바닥을 보지 않으려고 생땀을 흘렸다. 엿가락처럼 흘러내리다가 그 밑을 가로지르는 다른 선 위에 얹혀 다시 오르막을 타는 녹슨 철근의 우툴두툴한 표면만을 무섭게 응시하면서 한 뼘 한 뼘 신중히 건너갔다.

철근의 끝에 가까이 갈수록 강바람을 맞는 몸뚱이가 사정없이 까불렸다. 그러나 나는 천신만고(千辛萬苦) 끝에 마침내 그 일을 해내고 말았다. 이젠 어느 누구도, 제아무리 쥐바라숭꽃일지라도 나를 비웃을 수는 없게 되었다.

지옥의 가장귀를 타고 앉아 잠시 숨을 고른 다음 바로 되돌아 나오려는데, 그때 이상한 물건이 얼핏 시야에 들어왔다. 낚싯바늘 모양으로 꼬부라진 철근의 끝자락에다 천으로 친친 동여맨 자그만 헝겊 주머니였다. 명선이가 들꽃을 꺾던 때보다 더 위태로운 동작으로 나는 주머니를 어렵게 손에 넣었다. 가슴을 잡죄는 긴장 때문에 주머니를 열어 보는 내 손이 무섭게 *경풍을 일으키고 있었다. 그리고 그 주머니 속에서 말갛게 빛을 발하는 동그라미 몇 개를 보는 순간, 나는 손에 든 물건을 송두리째 강물에 떨어뜨리고 말았다.

*경풍 어린아이들에게 나타나는 증상의 하나로, 풍으로 인해 갑자기 의식을 잃고 경련하는 병증.

'기억 속의 들꽃'은

전쟁으로 혼자 남은 아이의 혹독한 현실을 담담하게 보여 주는 소설이다. 인간적인 따뜻함이 상실된 시대에서 살아남기 위해 노력했던 아이의 삶을 통해 전쟁의 비극을 이야기하고 있다.

1. 글을 떠올리며 ······

• 이 소설에 등장하는 어른들이 명선이에게 금반지가 있는 곳을 알려 달라고 했던 이유를 6.25 전쟁이라는 당시 시대 상황을 생각하며 이야기해 보자.

2. 글을 소화하며 ······

• 작가가 어린아이인 '나'를 통해 이야기를 전해 주는 이유가 무엇일지 생각해 보자. 또한 이렇게 어린이의 눈을 통해 이야기를 전하는 다른 소설을 찾아보자.

3. 생각을 모으며 ······

• 이 소설 속 명선이의 성격에 대해 토론해 보자.

꺼삐딴 리

:

전광용

　수술실에서 나온 이인국 박사는 응접실 소파에 파묻히듯이 깊숙이 기대어 앉았다.

　그는 백금 무테안경을 벗어 들고 이마의 땀을 닦았다. 등골에 축축이 밴 땀이 잦아들어 감에 따라 피로가 스며 왔다. 두 시간 이십 분의 *집도. 위장 속의 *균종 적출. 환자는 아직 혼수 상태에서 깨지 못하고 있다.

　수술을 끝낸 찰나 스쳐 가는 육감, 그것은 성공 여부의 적중률을 암시하는 계시 같은 것이다. 그러나 오늘은 웬일인지 뒷맛이 꺼림칙하다.

　그는 항생질 의약품이 그다지 발달하지 않았던 일제 시대부터 개복 수술에 최단 시간의 기록을 세웠던 것을 회상해 본다.

전광용(1919~1988)

소설가. 국문학자. 냉철한 사실적 시선을 바탕으로 현실의 부조리를 고발하면서 인간의 끈질긴 생명력을 부각하는 태도를 보여 주었다. 주요 작품으로는 '흑산도', '충매화' '꺼삐딴 리' 등이 있다.

맹장염이나 포경 수술, 그 정도의 것은 약과다. 젊은 의사들에게 맡겨 버리면 그만이다. 대수술의 경우에는 그렇게 방임할 수만은 없다. 환자 측에서도 대개 원장의 직접 집도를 조건부로 입원시킨다. 그는 그것을 자랑으로 삼아 왔고 스스로 집도하는 쾌감마저 느꼈었다.

그의 병원 부근은 거의 한 집 건너 병원이랄 수 있을 정도로 밀집한 지대다. 이름 없는 신설 병원 같은 것은 숫제 비 장날 시골 전방처럼 한산한 속에 찾아오는 손님을 기다리고 있는 형편이다.

그러나 이인국 박사는 일류 대학 병원에서까지 손을 쓰지 못하여 밀려오는 급환자들 틈에 끼여 환자의 감별에는 각별한 신경을 쓰고 있다.

그것은 마치 여관 보이가 현관으로 들어서는 손님의 옷차림을 훑어보고 그 등급에 맞는 방을 순간적으로 결정하거나 즉석에서 서슴지 않고 거절하는 경우와 흡사한 것이라고나 할까.

이인국 박사의 병원은 두 가지의 전통적인 특징을 가지고 있다.

병원 안이 먼지 하나도 없이 정결하다는 것과, 치료비가 여느 병원의 갑절이나 비싸다는 점이다.

그는 새로운 환자의 초진에서는 병에 앞서 우선 그 부담 능력을 감정하는 데서부터 시작한다. 신통치 않다고 느껴지는 경우에는 무슨 핑계를 대든 그 것도 자기가 직접 나서는 것이 아니라 간호원더러 따돌리게 하는 것이다.

그렇게 중환자가 아닌 한 대부분의 경우, *예진은 젊은 의사들이 했다. 원장은 다만 기록된 진찰 카드에 따라 환자의 증세에 아울러 경제 정도를 판정하는 최종 진단을 내리면 된다.

상대가 지기나 거물급이 아닌 한 외상이라는 명목은 붙을 수가 없었다. 설령 있다 해도 이 양면 진단은 한 푼의 *미수나 결손도 없게 한, 그의 반생

---

*집도 수술이나 해부를 하기 위하여 수술칼을 잡음.
*균종 적출 곰팡이 종류의 세균이 침입하여 생기는 혹과 비슷한 종기를 끄집어내거나 솎아 냄.
*예진 환자의 병을 자세하게 진찰하기 전에 미리 간단하게 진찰하는 일. 또는 그렇게 하는 진찰.
*미수 돈이나 물건 따위를 아직 다 거두어들이지 못함.

을 통한 의술 생활의 신조요 비결이었다.

그러기에 그의 고객은, *왜정 시대는 주로 일본인이었고, 현재는 권력층이 아니면 재벌의 셈속에 드는 축들이어야만 했다.

그의 일과는 아침에 진찰실에 나오자 손가락 끝으로 창틀이나 탁자 위를 훑어 무테안경 속 움푹한 눈으로 응시하는 일에서 출발한다.

이때 손가락 끝에 먼지만 묻으면 불호령이 터지고, 간호원은 하루 종일 원장의 신경질에 부대껴야만 한다.

아무튼 단골 고객들은 그의 정결한 결벽성에 감탄과 경의를 표해 마지않는다.

1·4 후퇴 시 청진기가 든 손가방 하나를 들고 월남한 이인국 박사다. 그는 수복되자 재빨리 셋방 하나를 얻어 병원을 차렸다. 그러나 이제는 평당 오십만 환을 호가하는 도심지에 타일을 바른 이 층 양옥을 소유하게 되었다. 그는 자기 전문의 외과 외에 내과, 소아과, 산부인과 등 개인 병원을 집결시켰다. 운영은 각자의 주머니 셈속이었지만 종합 병원의 원장 자리는 의젓이 자기가 차지하고 있다.

이인국 박사는 양복 조끼 호주머니에서 십팔금 *회중시계를 꺼내어 시간을 보았다.

두 시 사십 분!

미국 대사관 브라운 씨와의 약속 시간은 이십 분밖에 남지 않았다. 이 시계에도 몇 가닥의 유서 깊은 이야기가 숨어 있다. 이인국 박사는 시계를 볼 때마다 참말 '기적'임에 틀림없었던 사태를 연상하게 된다.

왕진 가방과 삼팔선을 넘어온 피난 유물의 하나인 시계. 가방은 미군 의

*왜정 일본이 침략하여 강점하고 다스리던 정치.
*회중시계 몸에 지닐 수 있게 만든 작은 시계.

사에게서 얻은 새것으로 갈아 매어 흔적도 없게 된 지금, 시계는 목숨을 걸고 삶의 도피행을 같이한 유일품이요, 어찌 보면 인생의 *반려이기도 한 것이다.

밤에 잘 때에도 그는 시계를 머리맡에 풀어 놓거나 호주머니에 넣은 채로 버려두지 않는다. 반드시 풀어서 등기 서류, 저금통장 등이 들어 있는 비상용 캐비닛 속에 넣고야 잠자리에 드는 것이었다. 거기에는 또 그럴 만한 연유가 있었다. 이 시계는 제국 대학을 졸업할 때 받은 영예로운 수상품이다. 뒤쪽에는 자기 이름이 새겨져 있다.

그 후 삼십여 년, 자기 주변의 모든 것이 변하여 갔지만 시계만은 옛 모습 그대로다. 주변뿐만 아니라 자기 자신은 얼마나 변한 것인가. 이십 대 *홍안을 자랑하던 젊음은 어디로 사라진 것인지 머리카락도 반백이 넘었고 이마의 주름은 깊어만 간다. 일제 시대, 소련국 점령하의 감옥 생활, 6·25 사변, 삼팔선, 미군 부대, 그동안 몇 차례의 아슬아슬한 죽음의 고비를 넘긴 것인가.

'*월삼 17석'

우여곡절 많은 세월 속에서 아직도 제시간을 유지하는 것만도 신기하다. 시간을 보고는 습성처럼 째각째각 소리에 귀 기울이는 때의 그의 가느다란 눈매에는 흘러간 인생의 축도가 서리는 것이었다. 그 속에서도 각모와 *쓰메에리 학생복을 벗어 버리고 신사복으로 갈아입던 그날의 감회를 더욱 새롭게 해 주는 충동을 금할 길 없는 것이었다.

이인국 박사는 수술 직전에 서랍에 집어넣었던 편지에 생각이 미쳤다.

미국에 가 있는 딸 나미. 본래의 이름은 일본식의 나미코다. 해방 후 그것이 거슬린다기에 나미로 불렀고 새로 기류계에 올릴 때에는 코 자를 완전히

*반려 짝이 되는 동무.
*홍안 붉은 얼굴이라는 뜻으로, 젊어서 혈색이 좋은 얼굴을 이르는 말.
*월삼 17석 미국의 월섬사에서 만든, 17개의 보석이 박힌 회중시계.
*쓰메에리 깃의 높이가 4센티미터쯤 되게 하여, 목을 둘러 바싹 여미게 지은 양복.

떼어 버렸다.

나미 짱! 딸의 모습은 단란하던 지난날의 추억과 더불어 떠올랐다.

온 집안의 재롱둥이였던 나미, 그도 이젠 성숙했다. 그마저 자기 옆에서 떠난 지금 새로운 정에서 산다고는 하지만 이인국 박사는 가끔 물밀어 오는 허전한 감을 금할 길 없었다.

아내는 거제도 수용소에 있을 때 죽었고 아들의 생사는 지금껏 알 길이 없다.

서울에서 다시 만나 후처로 들어온 혜숙. 이십 년의 연령 차에서 오는 세대의 거리감을 그는 억지로 부인해 본다. 그러나 혜숙의 피둥피둥한 탄력에 윤기가 더해 가는 살결에 비해 자기의 주름 잡힌 까칠한 피부는 육체적 위축감마저 느끼게 하는 때가 없지 않았다. 그들 사이에서 난 돌 지난 어린것, 앞날이 아득한 이 핏덩이만이 지금의 이인국 박사의 곁을 지켜 주는 유일한 피붙이다.

이인국 박사는 기대와 호기에 가득 찬 심정으로 항공 우편의 *피봉을 뜯었다.

저번 편지에서 가타부타 *단안은 내리지 않고 잘 생각해서 결정하라고 한 그 후의 경과다.

'결국은 그렇게 되고야 마는 건가…….'

그는 편지를 탁자 위에 밀어 놓았다. 어쩌면 이러한 결말은 딸의 출국 이전에서부터 이미 싹튼 것인지도 모른다는 생각이 들었다.

대학에서 영문과를 택한 딸, 개인 지도를 하여 준 외인 교수, *스칼러십을 얻어 준 것도 그고, 유학 절차의 재정 보증인을 알선해 준 것도 그가 아닌가, 우연한 일은 아니다.

*피봉 봉투의 겉면.
*단안 어떤 사항에 대한 생각을 딱 잘라 결정함. 또는 그렇게 결정된 생각.
*스칼러십 장학금.

그러나 시류에 따라 미국 유학을 해야만 한다고 주장한 것은 오히려 아버지 자기가 아닌가.

동양학을 연구하고 있는 외인 교수. 이왕이면 한국 여성과 결혼했으면 좋겠다던 솔직한 고백에, 자기의 학문을 위한 탁월한 견해라고 무심코 *찬의를 표한 것도 자기가 아니던가. 그것도 지금 생각하면 하나의 암시였음이 분명하지 않은가.

이인국 박사는 상아로 된 오존 파이프를 앞니에 힘을 주어 지그시 깨물며 눈을 감았다.

꼭 풀 쑤어 개 좋은 일을 한 것만 같은 분하고도 허황된 심정이다.

'코쟁이 사위.'

생각만 해도 전신의 피가 역류하는 것 같은 몸서리가 느껴졌다.

'더러운 년 같으니, 기어코…….'

그는 큰기침을 내뱉었다.

그의 생각은 왜정 시대 *내선일체의 혼인론이 떠돌던 이야기에까지 꼬리를 물었다. 그때는 그것을 비방하거나 굴욕처럼 느끼지는 않았다. 오히려 당연한 것으로 해석했고 어찌 보면 우월한 것으로 생각하지 않았던가. 그런데 이 경우는…….

그는 딸의 편지 구절을 곱씹었다.

"애정에 국경이 있어요?"

이것은 벌써 진부하다. 아비도 학창 시절에 그런 풍조는 다 마스터했다. 건방지게, 이게 새삼스레 아비에게 설교조로……. 좀 더 솔직하지 못하고…….

그러니 외딸인 제가 그런 국제결혼의 *시금석이 되겠단 말인가.

---

*찬의 어떤 행동, 견해, 제안 따위가 옳거나 좋다고 판단하여 수긍하는 마음.
*내선일체 일본과 조선은 한 몸이라는 뜻으로, 일제 강점기 때 일본이 조선을 착취하기 위하여 만들어 낸 구호.
*시금석 가치, 능력, 역량 따위를 알아볼 수 있는 기준이 되는 기회나 사물을 비유적으로 이르는 말.

‘아무튼 아버지께서 쉬 한 번 오신다니 최종 결정은 아버지의 의향에 따라 결정할 예정입니다만…….’

그래 아버지가 안 가면 그대로 정하겠단 말인가.

이인국 박사는 일대 잡종의 유전 법칙이 떠오르자 머리를 내저었다. ‘흰둥이 외손자’, 생각만 해도 징그럽다.

그는 내던졌던 사진을 다시 집어들었다.

대학 캠퍼스 같은 석조전의 거대한 건물, 그 앞의 정원, 뒤쪽에 짝을 지어 걸어가는 남녀 학생, 이 배경 속에 딸과 그 외인 교수가 나란히 어깨를 짚고 서서 웃음을 짓고 있다.

‘흥 놀기는 잘들 논다…….’

응, 신음 소리를 치며 그는 자리에서 일어섰다. 아무튼 미스터 브라운을 만나 이왕 가는 길이면 좀 더 서둘러야겠다. 그 가장 대우가 좋다는 국무성 초청 케이스의 확정 여부를 빨리 확인해야겠다는 생각이 조바심을 쳤다.

그는 아내 혜숙이 있는 살림방 쪽으로 건너갔다.

“여보, 나미가 기어코 결혼하겠다는구려.”

“그래요?”

아내의 어조에는 별다른 감동이나 의아도 없음을 이인국 박사는 직감했다.

그는 가능한 한 혜숙이 앞에서 전실 소생의 애들 이야기를 하는 것을 삼가 왔다.

어떻게 보면 나미의 미국 유학을 간접적으로 자극한 것은 가정 분위기의 *소치라는 자격지심이 없지 않기도 했다.

나미는 물론 혜숙을 단 한 번도 어머니라고 불러 준 일이 없었다.

*소치 어떤 까닭으로 생긴 일.

혜숙 또한 나미 앞에서 어머니라고 버젓이 행세한 일도 없었다.

지난날의 간호원과 오늘의 어머니, 그 사이에는 따져서 표현할 수 없는 미묘한 감정들이 *복재되어 있었다.

"선생님의 일이라면 무엇이든지 돕겠어요."

서울에서 이인국 박사를 다시 만났을 때 마음속 그대로 털어놓은 혜숙의 첫마디였다.

처음에는 혜숙이도 부인의 별세를 몰랐고 이인국 박사도 혜숙이의 혼인 여부를 참견하지 않았다.

혜숙은 곧 대학 병원을 그만두고 이리로 옮겨 왔다.

나미는 옛정이 다시 살아 혜숙을 언니처럼 따랐다.

이들의 혼인이 익어 갈 때 이인국 박사는 목에 걸리는 딸의 의향을 우선 듣기로 했다.

딸도 아버지의 외로움을 동정하고 있었다. 자기 자신도 아버지의 시중이 힘에 겨웠고 또 그사이 실지의 아버지 뒤치다꺼리를 혜숙이 해 왔으므로 딸은 즉석에서 진심으로 찬의를 표했다.

그러나 시간이 흐를수록 혜숙과 나미의 간격은 벌어졌고 혜숙도 남편과의 정상적인 가정생활에 나미가 장애물이 되는 것 같은 느낌을 차츰 가지게 되었다.

혜숙 자신도 처음에는 마음 놓고 이인국 박사를 남편이랍시고 일대일로 부르진 못했다.

나미의 출발, 그 후 어린애의 해산, 이러한 몇 고개를 넘는 사이에 이제 겨우 아내답게 늠름히 남편을 대할 수 있고 이인국 박사 또한 제대로의 남편의 *체모로 아내에게 농을 걸 수 있게끔 되었다.

*복재 몰래 숨어 있음.
*체모 체면.

"기어코 그 외인 교수하군가 가까워지는 모양인데."

이인국 박사는 아내의 얼굴을 직시하지는 못하고 마치 독백하듯이 뇌까렸다.

"할 수 있어요, 제 좋다는 대로 해야지요."

마치 남의 이야기를 하는 것처럼 이인국 박사에게는 들려왔다.

"글쎄, 하기는 그렇지만……."

그는 입맛만 다시며 더 이상 계속하지 못했다.

잠을 깨어 울고 있는 어린것에게 젖을 물리고 있는 아내의 젊은 육체에서 자극을 느끼면서 이인국 박사는 자기 자신이 죄를 지은 것만 같은 나미에 대한 강박 관념을 금할 길이 없었다.

저 어린것이 자라서 아들 원식이나 또 나미 정도의 말 상대가 되려도 아직 이십여 년의 세월이 흘러야 한다.

그때 자기는 칠십이 넘는 할아버지다.

현대 의학이 인간의 평균 수명을 연장하고, 암 같은 고질이 아닌 한 불의의 죽음은 없다 하지만, 자기 자신이 의사이면서 스스로의 생명 하나를 보장할 수 없다.

'마누라는 눈앞에서 나는 새 놓치듯이 죽이지 않았던가.'

아무리 해도 저놈이 대학을 나올 때까지는 살아야 한다. 아무렴, 때가 때인 만큼 미국 유학까지는 내 생전에 시켜 주어야 하지.

하기야 그런 의미에서도 일찌감치 미국 혼반을 맺어 두는 것도 그리 해로울 건 없지 않나. 아무렴, 우리보다는 낫게 사는 사람들인데. 좀 남 보기 체면이 안 서서 그렇지.

그는 *자위인지 체념인지 모를 푸념을 곱씹었다.

*자위 자기 마음 스스로를 위로함.

"여보, 저걸 좀 꾸려요."

이인국 박사의 말씨는 점잖게 가라앉았다.

"뭐 말이에요?"

아내는 젖꼭지를 물린 채 고개만을 돌려 되묻는다.

"저 병 말이오."

그는 화장대 위에 놓은 골동품을 가리켰다.

"어디 가져가셔요?"

"저 미 대사관 브라운 씨 말이야. 늘 신세만 졌는데……."

아내가 꼼꼼히 싸 놓은 포장물을 들고 이인국 박사는 천천히 현관을 나섰다.

벌써 석간신문이 배달되었다.

아무리 생각해도 그것은 분명 기적임에 틀림없는 일이었다. *간헐적으로 반복되어 공포와 감격을 함께 휘몰아치는 착잡한 추억. 늘 어제 일마냥 생생하기만 하다.

1945년 8월 하순.

아직 해방의 감격이 온 누리를 뒤덮어 소용돌이칠 때였다.

말복도 지난 날씨건만 여전히 무더웠다. 이인국 박사는 이 며칠 동안 불안과 초조에 휘몰려 잠도 제대로 자지 못했다. 무엇인가 닥쳐올 사태를 오돌오돌 떨면서 대기하는 상태였다.

그렇게 붐비던 환자도 얼씬하지 않고 쉴 사이 없던 전화도 뜸하여졌다. 입원실은 최후의 *복막염 환자였던 도청의 일본인 과장이 끌려간 후 텅 비었다.

---

*간헐적 얼마 동안의 시간 간격을 두고 되풀이하여 일어나는. 또는 그런 것.
*복막염 복막에 급성 또는 만성으로 생기는 염증.

조수와 약제사는 궁금증이 나서 고향에 다녀오겠다고 떠나갔고, 서울 태생인 간호원 혜숙이만이 남아 빈집 같은 병원을 지키고 있었다.

이 층 십 *죠 *다다미방에 '*훈도시'와 '*유카타' 바람에 뒹굴고 있던 이인국 박사는 견디다 못해 부채를 내던지고 일어났다.

그는 목욕탕으로 갔다. 찬물을 퍼서 대야째로 머리에서부터 몇 번이고 내리부었다. 등줄기가 시리고 몸이 가벼워졌다.

그러나 수건으로 몸을 닦으면서도 무엇인가 짓눌려 있는 것 같은 가슴속의 갑갑증을 가셔 낼 수가 없었다.

그는 창문으로 기웃이 한길 가를 내려다보았다. 우글거리는 군중들은 아직도 소음 속으로 밀려가고 있다.

굳게 닫혀 있는 은행 철문에 붙은 벽보가 한길을 건너 하얀 윤곽만이 두드러져 보인다.

아니 그곳에 씌어 있는 구절.

"친일파, 민족 반역자를 타도하자."

옆에 붉은 동그라미를 두 겹으로 친 글자가 그대로 눈앞에 선명하게 보이는 것만 같다.

어제 저물녘에 그것을 처음 보았을 때의 전율이 되살아왔다.

순간 이인국 박사는 방 쪽으로 머리를 획 돌렸다.

'나야 괜찮겠지……'

혼자 뇌까리면서 그는 다시 부채를 들었다.

그러나 벽보를 들여다보고 있을 때 자기와 눈이 마주치는 순간, 일그러지는 얼굴에 경멸인지 통쾌인지 모를 웃음을 비죽거리면서 아래위로 훑어보던 그 춘석이 녀석의 모습이 자꾸만 머릿속으로 엄습하여 어두운 밤에 거미

---

*죠 일본식 돗자리인 다다미 한 장 넓이를 가리키는 말.
*다다미방 일본식 돗자리를 깐 방.
*훈도시 일본의 남자들이 입었던 속옷의 일종.
*유카타 목욕 후나 여름철에 입는 일본식 무명 홑옷.

줄을 뒤집어쓴 것처럼 꺼림텁텁하기만 했다.

그깟 놈 하고 머리에서 씻어 버리려도 거머리처럼 자꾸만 감아 붙는 것만 같았다.

벌써 육 개월 전의 일이다.

형무소에서 병보석으로 가출옥되었다는 중환자가 업혀서 왔다.

휑뎅그렁한 눈에 앙상하게 뼈만 남은 몸을 제대로 가누지도 못하는 환자, 그는 간호원의 부축으로 겨우 진찰을 받았다.

청진기의 상아 꼭지를 환자의 가슴에서 등으로 옮겨 두 줄기의 고무줄에서 *감득되는 숨소리를 감별하면서도, 이인국 박사의 머릿속은 최후 판정의 분기점을 방황하고 있었다.

'입원시킬 것인가, 거절할 것인가…….'

환자의 몰골이나 업고 온 사람의 옷매무새로 보아 경제 정도는 뻔한 일이라 생각되었다.

그러나 그것보다도 더 마음에 켕기는 것이 있었다. 일본인 간부급들이 자기 집처럼 들락날락하는 이 병원에 이런 사상범을 입원시킨다는 것은 관선 시의원이라는 체면에서도 떳떳지 못할뿐더러, 자타가 공인하는 모범적인 *황국 신민의 공든 탑이 하루아침에 무너지는 결과를 가져오는 것이라는 생각이 들었다.

순간 그는 이런 경우의 *가부 결정에 *일도양단하는 자기 식으로 찰나적인 단안을 내렸다.

그는 응급 치료만 하여 주고 입원실이 없다는 가장 떳떳하고도 정당한 구실로 애걸하는 환자를 돌려보냈다.

*감득하다 느껴서 알다.
*황국 신민 일제 강점기에, 천황이 다스리는 나라의 신하 된 백성이라 하여 일본이 자국민을 이르던 말.
*가부 옳고 그름.
*일도양단하다 어떤 일을 머뭇거리지 아니하고 선뜻 결정하다.

환자의 집이 병원에서 멀지 않은 건너편 골목 안에 있다는 것은 후에 간호원에게서 들었다. 그러나 그쯤은 예사로운 일이었기에 그는 그대로 아무렇지도 않게 흘려버렸다.

그런데 며칠 전 시민대회 끝에 있는 해방 경축 시가행진을 자기도 흥분에 차 구경하느라고 혜숙이와 함께 대문 앞에 나갔다가, *자위대 완장을 두르고 대열에 끼인 젊은이와 눈이 마주쳤다.

이쪽을 노려보는 청년의 눈에서 불똥이 튀는 것 같은 살기를 느꼈다.

무슨 영문인지 모르고 어리벙벙하던 이인국 박사는, 그것이 언젠가 입원을 거절당한 사상범 환자 춘석이라는 것을 혜숙에게서 듣고야 슬금슬금 주위의 눈치를 살피며 집으로 기어들어 왔다.

그 후 그는 될 수 있는 대로 거리로 나가는 것을 피하였지마는 공교롭게도 어제저녁에 그 벽보 앞에서 마주쳤었다.

갑자기 밖이 왁자지껄 떠들어 대었다. 머리에 깍지를 끼고 비스듬히 누워서 갈피를 잡을 수 없는 생각에 골똘하던 이인국 박사는 일어나 앉아 한길 쪽에 귀를 기울였다. 들끓는 소리는 더 커 갔다. 궁금증에 견디다 못해 그는 엉거주춤 꾸부린 자세로 밖을 내다보았다. *포도에 뒤끓는 사람들은 손에 손에 태극기와 *적기를 들고 환성을 울리고 있었다.

'무엇일까?'

그는 고개를 갸웃하며 다시 자리에 주저앉았다.

계단을 구르며 급히 올라오는 발소리가 들려왔다.

혜숙이다.

"아마 소련군이 들어오나 봐요. 모두들 야단법석이에요……."

*자위대 자기 나라의 평화와 독립을 지키고, 나라의 안전을 유지하기 위하여 조직한 단체.
*포도 포장도로.
*적기 공산주의를 상징하는 기.

숨을 헐레벌떡이며 이야기하는 혜숙이의 말에 이인국 박사는 아무 대꾸도 없이 눈만 껌벅이며 도로 앉았다. 여러 날째 라디오에서 오늘 입성 예정이라고 했으니 인제 정말 오는가 보다 싶었다.

혜숙이 내려간 뒤에도 이인국 박사는 한참 동안 아무 거동도 못 하고 바깥쪽을 내다보고만 있었다.

무엇을 생각했던지 그는 움찔 자리에서 일어났다. 그러고는 벽장문을 열었다. 안쪽에 손을 뻗쳐 액자들을 끄집어내었다.

'*국어 *상용의 가(家)'

해방되던 날 떼어서 집어넣어 둔 것을 그동안 깜박 잊고 있었다.

그는 액자 틀 뒤를 열어 음식점 면허장 같은 두터운 모조지를 빼내어 글자 한 자도 제대로 남지 않게 손끝에 힘을 주어 꼼꼼히 찢었다.

이 종잇장 하나만 해도 일본인과의 교제에 있어서 얼마나 떳떳한 구실을 할 수 있었던 것인가. 야릇한 미련 같은 것이 섬광처럼 머릿속을 스쳐 갔다.

환자도 일본 말 모르는 축은 거의 오는 일이 없었지만 대외 관계는 물론 집 안에서도 일체 일본 말만을 써 왔다. 해방 뒤 부득이 써 오는 제 나라 말이 오히려 의사 표현에 어색함을 느낄 만큼 그에게는 거리가 먼 것이었다.

마누라의 솔선수범하는 *내조지공도 컸지만 애들까지도 곧잘 지켜 주었기에 이 종잇장을 탄 것이 아니던가. 그것을 탄 날은 온 집안이 무슨 경사나 난 것처럼 기뻐들 했었다.

"잠꼬대까지 국어로 할 정도가 아니면 이 영예로운 기회야 얻을 수 있겠소."

하던 국민 총력 연맹 지부장의 웃음 띤 치하 소리가 떠올랐다.

그 순간 자기 자신은 아이들을 소학교부터 일본 학교에 보낸 것을 얼마나

*국어 여기서는 일본어를 가리킴.
*상용 일상적으로 씀.
*내조지공 아내가 남편을 도운 공로.

다행으로 여겼던 것인가.

그는 후 한숨을 내뿜었다. 그러고는 저금통장의 잔액을 깡그리 내주던 은행 지점장의 호의에 새삼 고마움을 느끼는 것이었다.

그것마저 없었더라면……. 등골에 오싹하는 한기가 느껴 왔다.

무슨 정치가 오든 그것만 있으면 시내 사람의 절반 이상이 굶어 죽기 전에야 우리 집 차례는 아니겠지. 그는 손금고가 들어 있는 안방 *단스를 생각하면서 혼자 중얼거렸다.

이인국 박사는 무슨 일이 일어나도 꼭 자기만은 살아남을 것 같은 막연한 기대를 곱씹고 있다.

주위가 어두워 왔다. 지축이 흔들리는 것 같은 동요와 소음이 가까워졌다. 군중들의 환호성이 터져 나왔다. 만세 소리가 연방 계속되었다.

세상 형편을 알아보려고 거리에 나갔던 아내가 돌아왔다.

"여보, *당꾸 부대가 들어왔어요. 거리는 온통 사람들 사태가 났는데 집 안에 처박혀 뭘 하구 있어요……."

"뭘 하기는?"

"나가 보아요. *마우재가 들어왔어요."

어둠 속에서 아내의 음성은 격했으나 감격인지 당황인지 알 길이 없었다.

'계집이란 저렇게 우둔하고도 대담한 것일까…….'

이인국 박사는 엷은 어둠 속에서 마누라 쪽을 주시하면서 입맛을 다셨다.

"불두 여태 안 켜구."

마누라가 전등 스위치를 틀었다. 이인국 박사는 백 촉 전등이 너무 환한 것이 못마땅했다.

"불은 왜 켜는 거요?"

---

*단스 서랍이나 문이 달린 장롱을 가리키는 일본어.

*당꾸 '탱크'를 일본식으로 읽은 것.

*마우재 '러시아 인'을 가리키는 사투리.

“그럼 켜지 않구, 캄캄한데……. 자, 어서 나가 봅시다.”

마누라의 이끄는 데 따라 이인국 박사는 마지못하면서 시침을 떼고 따라 나섰다.

헤드라이트의 눈부신 광선. 탱크 부대의 *진주는 끝을 알 수 없이 계속되고 있다.

이인국 박사는 부신 불빛을 피하면서 가로수에 기대어 섰다. 박수와 환호성, 만세 소리가 그칠 줄 모르는 *양안을 끼고 탱크는 물밀듯 서서히 흘러간다. 위 뚜껑을 열고 반신을 내민 중대가리의 병정은 간간이 “우라아.” 하면서 손을 내흔들고 있다.

이인국 박사는 자기와는 아무 관련도 없는 *이방 부대라는 환각을 느끼면서 박수도 환성도 안 나가는 멋쩍은 속에서 멍하니 쳐다보고만 있다. 그는 자기의 거동을 주시하지나 않나 해서 주위를 두리번거렸다.

그러나 아무도 그에게는 관심을 두는 일 없이 탱크를 향하여 목청이 터지도록 거듭 만세만 부르고 있지 않은가.

‘어떻게 되겠지…….’

그는 밑도 끝도 없는 한마디를 뇌이면서 유유히 집으로 들어왔다.

민요 뒤에 계속되던 행진곡이 그치고 주둔군 사령관의 포고문이 방송되고 있다.

이인국 박사는 라디오 앞에 다가앉아 귀를 기울였다.

시민의 생명·재산은 절대 보장한다, 각자는 안심하고 자기의 직장을 수호하라, 총기·일본도 등 일체의 무기 소지는 금하니 즉시 반납하라는 등의 요지였다.

그는 문득 단스 속에 넣어 둔 엽총에 생각이 미치었다. 그러면 저것도 바

---

*진주 군대가 쳐들어가거나 파견되어 가서 주둔함.
*양안 강이나 하천 따위의 양쪽 기슭
*이방 풍속이나 습관 따위가 다른 지방.

쳐야 하는 것일까. 영국제 *쌍발, 손때 묻은 애완물같이 느껴져 누구에게 단 한 번 빌려 주지 않았던 최신형 특제품이다.

이인국 박사는 다이얼을 돌렸다. 대체 서울에서는 어떻게들 하고 있는 것일까.

거기도 마찬가지다. 민요가 아니면 행진곡이 나오고 그러다가는 건국 준비 위원회 누구인가의 연설이 계속된다.

대체 앞으로 어떻게 될 것인가 궁금증을 해결할 방법이 없다.

해방 직후 이삼일 동안은 자기도 태연하였지만 뻔질나게 드나들던 몇몇 친구들도 소련군 입성이 보도된 이후부터는 거의 나타나질 않는다. 그렇다고 자기 자신이 뛰어다니며 물을 경황은 더욱 없다.

밤이 이슥해서야 중학교와 국민학교를 다니는 아들딸이 굉장한 구경이나 한 것처럼 탱크와 *로스케의 이야기를 늘어놓으며 돌아왔다.

그들은 아버지의 *심중은 아랑곳없다는 듯이 어머니, 혜숙이와 함께 저희들 이야기에만 꽃을 피우고 있었다.

이인국 박사는 슬그머니 일어나 이 층으로 올라와 다다미방에서 혼자 뒹굴었다.

앞일은 대체 어떻게 전개될 것인지, 뛰어넘을 수가 없는 큰 바다가 가로놓인 것만 같았다. 풀어낼 수 있는 실마리가 전연 더듬어지지 않는 뒤헝클어진 상념 속에서 그래도 이인국 박사는 꺼지려는 짚불을 불어 일으키는 심정으로 막연한 한 가닥의 기대만을 끝내 포기하지 않은 채 천장을 멍청히 쳐다보고만 있었다.

지난 일에 대한 뉘우침이나 가책 같은 건 아예 있을 수 없었다.

자동차 속에서 이인국 박사는 들고 나온 석간을 펼쳤다.

*쌍발 총구가 두 개인 것.
*로스케 러시아 사람을 낮잡아 이르는 말.
*심중 마음속.

1면의 제목을 대강 훑고 난 그는 신문을 뒤집어 꺾어 3면으로 눈을 옮겼다.

"북한 소련 유학생 서독으로 탈출."

바둑돌 같은 굵은 활자의 제목. 왼편 전단을 차지한 외신 기사. 손바닥만한 사진까지 곁들여 있다.

그는 코허리에 내려온 안경을 올리면서 눈을 부릅떴다.

그의 시각은 활자 속을 헤치고, 머릿속에는 아들의 환상이 뒤엉켜 들이차왔다. 아들을 모스크바로 유학시킨 것은 자기의 억지에서였던 것만 같았다.

출신 계급, 성분, 어디 하나나 부합될 조건이 있었단 말인가. 고급 중학을 졸업하고 의과 대학에 입학된 바로 그해다.

이인국 박사는 그때나 지금이나 자기의 처세 방법에 대하여 절대적인 자신을 가지고 있다.

"얘, 너 그 *노어 공부를 열심히 해라."

"왜요?"

아들은 갑자기 튀어나오는 아버지의 말에 의아를 느끼면서 반문했다.

"야, 원식아, 별수 없다. 왜정 때는 그래도 일본 말이 출세를 하게 했고 이제는 노어가 또 판을 치지 않니. 고기가 물을 떠나서 살 수 없는 바에야 그 물속에서 살 방도를 궁리해야지. 아무튼 그 *노서아 말 꾸준히 해라."

아들은 아버지 말에 새삼스러이 자극을 받는 것 같진 않았다.

"내 나이로도 인제 이만큼 뜨내기 회화쯤은 할 수 있는데, 새파란 너희 *나쎄로야 그걸 못 하겠니?"

"염려 마세요, 아버지……."

아들의 대답이 그에게는 믿음직스럽게 여겨졌다.

---

*노어 러시아 어

*노서아 '러시아'의 음역어. 음역어는 한자를 가지고 외국어의 음을 나타낸 말.

*나쎄 그만한 나이를 속되게 이르는 말.

이인국 박사는 심각한 표정으로 말을 이었다.

"어디 코 큰 놈이라구 별것이겠니, 말 잘해서 진정이 통하기만 하면 그것들두 다 그렇지……."

이인국 박사는 끝내 스텐코프 소좌의 배경으로 *요직에 있는 당 간부의 추천을 받아 아들의 소련 유학을 결정짓고야 말았다.

"여보, 보통으로 삽시다. 거저 표나지 않게 사는 것이 이런 세상에선 가장 편안할 것 같아요, 이제 겨우 죽을 고비를 면했는데 또 쟤까지 그 '높이 드는' 복판에 휘몰아 넣으면 어쩔라구……."

"가만있어요, 호랑이두 굴에 가야 잡는 법이오. 무슨 세상이 되던 할 대로 해 봅시다."

"그래도 저 어린것을 어떻게 노서아까지 보낸단 말이오."

"아니, 중학교 애들도 가지 못해 골들을 싸매는데 대학생이 못 가 견딜라구."

"그래도 어디 앞일을 알겠소……."

"괜한 소리, 쟤가 소련 바람을 쏘이구 와야 내게 허튼소리 하는 놈들도 찍소리를 못할 거요. 어디 보란 듯이 다시 한번 살아 봅시다."

아들의 출발을 앞두고 걱정하는 마누라를 우격다짐으로 무마시키고 그는 아들의 유학을 관철하였다.

'흥, 혁명 유가족두 가기 힘든 구멍을 친일파 이인국의 아들이 뚫었으니 어디 두구 보자…….'

그는 만장의 기염을 토하며 혼자 중얼거리고는 희망에 찬 미소를 풍겼다.

그다음 해에 사변이 터졌다.

잘 있노라는 서신이 계속하여 왔지만 동란 후 후퇴할 때까지 소식은 두절

*요직 중요한 직책이나 직위.

된 대로였다.

마누라의 죽음은 외아들을 사지로 보낸 것 같은 수심에도 그 원인이 있었다고 그는 생각하고 있다.

이인국 박사는 신문 *타치키리 속에 채워진 글자를 하나도 빼지 않고 다 훑어 내려갔다.

그러나 아들의 이름에 연관되는 사연은 한마디도 없었다.

'이 자식은 무얼 꾸물꾸물하느라고 이런 축에도 끼지 못한담……. 사태를 판별하고 임기응변의 선수를 쓸 줄 알아야지, 멍추같이…….'

그는 신문을 포개어 되는대로 말아 쥐었다.

'개천에서 용마가 난다는데 이건 제 애비만도 못한 자식이야…….'

그는 혀를 찍찍 갈겼다.

'어쩌면 가족이 월남한 것조차 모르고 주저하고 있는 것이나 아닐까. 아니, 이제는 그쪽에도 소식이 가서 제게도 *무언중의 압력이 퍼져 갈 터인데……. 역시 고지식한 놈이 아무래도 모자라…….'

그는 자동차에서 내리자 건 가래침을 내뱉었다.

'독또오루 리, 내가 책임지고 보장하겠소. 아들을 우리 조국 소련에 유학시키시오.'

스텐코프의 목소리가 고막에 와 부딪는 것만 같았다.

자위대가 치안대로 바뀐 다음 날이다. 이인국 박사는 치안대에 연행되었다.

시멘트 바닥에 무릎을 꿇고 앉은 그는 입술이 파랗게 질려 있었다. 하반신이 저려 오고 옆구리가 쑤신다. 이것만으로도 자기의 생애를 통한 가장 큰 고역이라고 그는 생각하고 있다. 그러나 그것보다는 앞으로 닥쳐올 예기할 수 없는 사태가 공포 속에 그를 휘몰았다.

지나가고 지나오는 구둣발 소리와 목덜미에 퍼부어지는 욕설을 들으면서 꺾이듯이 축 늘어진 그의 머리는 들릴 줄을 몰랐다.

시간만이 흘러가고 있었다.

그의 머릿속에는 짓눌렸던 생각들이 하나씩 꼬리를 치켜들기 시작했다.

'이럴 줄 알았더면 어디든지 가 숨거나, 진작으로 남으로라도 도피했을 걸……. 그러나 이 판국에 나를 감싸 줄 사람이 어디 있담. 의지할 만한 곳은 다 나와 같은 코스를 밟았거나 조만간에 밟을 사람들이 아닌가. 일본인! 가장 믿었던 성벽이 다 무너지고 난 지금 누구를…….'

'그래도 어떻게 되겠지…….'

이 막연한 기대는 절박한 이 순간에도 그에게서 완전히 떠나 버리지는 않았다.

'다행이다. 인민재판의 첫 코에 걸리지 않은 것만 해도. 끌려간 사람들의 행방은 전연 알 길이 없다. 즉결 처형을 당하였다는 소문도 떠돈다. 사흘의 여유만 더 있었더라면 나는 이미 이곳을 떴을는지도 모른다. 다 운명이다. 아니, 그래도 무슨 수가 있겠지…….'

"*쪽발이 *끄나풀, 야 이 새끼야."

고함 소리에 놀라 이인국 박사는 흠칫 머리를 들었다.

때도 묻지 않은 일본 병사 군복에 완장을 찬 젊은이가 쏘아보고 있다. 춘석이다.

이인국 박사는 다시 쳐다볼 힘도 없었다. 모든 사태는 짐작되었다.

이제는 죽는구나, 그는 입 속으로 뇌까렸다.

---

*쪽발이 일본 사람을 낮잡아 이르는 말.

*끄나풀 남의 앞잡이 노릇을 하는 사람을 이르는 말.

"왜놈의 밑바시, 이 개새끼야."

일본 군용화가 그의 옆구리를 들이찬다.

"이 새끼, 어디 죽어 봐라."

구둣발은 앞뒤를 가리지 않고 전신을 내지른다.

등골 척수에 다급한 충격을 받자 이인국 박사는 비명을 지르고 꼬꾸라졌다.

그는 현기증을 일으켰다. 어깻죽지를 끌어 바로 앉혀도 몸을 가누지 못하고 한쪽으로 쓰러졌다.

"민족과 조국을 팔아먹은 이 개돼지 같은 놈아, 너는 총살이야, 총살⋯⋯."

어렴풋이 꿈속에서처럼 들려왔다. 그러나 그에게는 그 말도 아무런 반항을 일으키지 못했다.

시간이 얼마나 흘렀을까, 자기 앞자락에서 부스럭거리는 감촉과 금속성의 부닥거리는 소리를 듣고 어렴풋이 정신을 차렸다.

노란 털이 엉성한 손목이 시곗줄을 끄르고 있다. 그는 반사적으로 앞자락의 시계 주머니를 부둥켜 쥐면서 손의 임자를 힐끔 쳐다보았다. 눈동자가 파란 중대가리 소련 병사가 시곗줄을 거머쥔 채 이빨을 드러내고 히죽이 웃고 있다.

그는 두 손으로 있는 힘을 다해 양복 안주머니를 감싸 쥐었다.

"흥⋯⋯. *야폰스키⋯⋯."

병사의 눈동자는 점점 노기를 띠어 갔다.

"아니, 이것만은!"

그들의 대화는 서로 통하지 않는 대로 손아귀와 눈동자의 대결은 그대로

---

*야폰스키 '일본인'이라는 뜻의 러시아 어.

지속되고 있다.

병사는 됫박만 한 손으로 이인국 박사의 손을 뿌리치면서 시계를 채어 냈다. 시곗줄은 끊어져 고리가 달린 끝머리가 이인국 박사의 손가락 끝에서 달랑거렸다.

병사는 밖으로 나가 버렸다.

'죽음과 시계……'

이인국 박사는 토막 난 푸념을 되풀이하고 있다.

양쪽 팔목에 팔뚝시계를 둘씩이나 차고도 만족이 안 가 자기의 회중시계 까지 앗아 가는 그 병정의 모습을 머릿속에 똑똑히 되새겨 갈 뿐이다.

감방 속은 빼곡히 찼다.

그러나 고참자와 신입자의 서열은 분명했다. *달포가 지나는 사이에 맨 안쪽 똥통 위에 자리 잡았던 이인국 박사는 삼분지 이의 지점으로 점차 승 격되었다.

그는 하루 종일 말이 없었다. 범인 속에 섞여 있던 감방 *밀정이 출감된 다음 날부터 불평만을 늘어놓던 축들이 불려 나가 반송장이 되어 들어왔지 만, 또 하루 이틀이 지나자 감방 속의 분위기는 여전히 불평과 음식 이야기 로 소일되었다.

이인국 박사는 자기의 죄상이라는 것을 폭로하기도 싫었지만 예전에 고 등계 형사들에게서 실컷 얻어들은 지식이 약이 되어 함구령이 지상 명령이 라는 신념을 일관하고 있었다.

그는 간밤에 출감한 학생이 내던지고 간 노어 회화책을 첫 장부터 꼼꼼히 뒤지고 있을 뿐이다.

*달포 한 달이 조금 넘는 기간.
*밀정 남몰래 사정을 살핌. 또는 그런 사람.

등골이 쏘고 옆구리가 결려 온다. 이것으로 고질이 되는가 하는 생각이 없지 않다. 아침저녁으로 기온이 사뭇 내려가고 있다. 아무리 체념한다면서도 초조감을 막을 길 없다.

노어 책을 읽으면서도 그의 청각은 늘 감방 속의 이야기를 놓치지 않고 있다. 그들이 예측하는 식대로의 중형으로 치른다면 자기의 죄상은 너무도 어마어마하다. 양곡 조합의 쌀을 몰래 팔아먹은 것이 칠 년, 양민을 강제로 *보국대에 동원했다는 것이 십 년, 감정적인 즉결이 아니라 법에 의한 처단이라고 나대지만 이 난리 판국에 법이고 뭣이고 있을까, 마음에만 거슬리면 총살일 판인데…….

'친일파, 민족 반역자, 반일 투사 치료 거부, 일제의 간첩 행위…….'

이건 너무도 어마어마한 죄상이다. 취조할 때 나열하던 그대로 한다면 고작해야 무기 징역, 사형감일지도 모른다.

그는 방 안을 둘러보며 후 큰숨을 내쉬었다.

처마 밑에 바싹 달라붙은 환기창에서 들이비치던 손수건만 한 햇살이 *참대 자처럼 길어졌다가 실오리만큼 가늘게 떨리며 사라졌다. 그 창살을 거쳐 아득히 보이는 가을 하늘이, 잊었던 지난 일을 한 덩어리로 얽어 휘몰아 오곤 했다. 가슴이 찌릿했다.

밖의 세계와는 영원한 단절이다.

그는 눈을 감았다. 마누라, 아들, 딸, 혜숙이, 누구누구……. 그러다가 외과계의 원로 이인국 박사에 이르자 목구멍이 타는 것같이 꽉 막혔다.

그는 헛기침을 하고 침을 삼켰다.

'그럼, 어쩐단 말이야, 식민지 백성이 별수 있었어. 날고뛴들 소용이 있었느냐 말이야, 어느 놈은 일본 놈한테 아첨을 안 했어. 주는 떡을 안 먹은

놈이 바보지. 흥, 다 그놈이 그놈이었지.'

이인국 박사는 자기변명을 합리화시키고 나면 가슴이 좀 후련해 왔다.

거기다 어저께의 최종 취조 장면에서 얻은 소련 고문관의 표정은 그에게 *일루의 희망을 던져 주는 것이 있었다. 물론 그것이 억지의 자위일지도 모른다고 생각되었지만.

아마 스텐코프 소좌라고 했지. 그 혹부리 장교. 직업이 의사라고 했을 때, 독또오루 하고 고개를 기웃거리던 순간의 표정, 그것이 무슨 기적의 예시 같기만 하였다.

이인국 박사는 신음 소리에 놀라 눈을 떴다.

복도에 켜 있는 엷은 전등 불빛이 쇠창살을 거쳐 방 안에 줄무늬를 놓으며 비쳐 들어왔다. 그는 환기창 쪽을 올려다보았다. 아직도 동도 트지 않은 깜깜한 밤이다.

생똥 냄새가 코를 찌른다. 바짓가랑이 한쪽이 축축하다. 만져 본 손을 코에 갖다 댔다. 구역질이 난다. 역시 똥 냄새다.

옆에 누운 청년의 앓는 소리는 계속되고 있다. 찬찬히 눈여겨보았다. 청년 궁둥이도 젖어 있다.

'설산가 보다.'

그는 살창문을 흔들며 교화소원을 고함쳐 불렀다.

"뭐야!"

자다가 깬 듯한 흐린 소리가 들려왔다.

"환자가……. 이거 봐요."

창살 사이로 들여다보는 소원의 얼굴은 역광 속에서 챙 붙은 모자 밑의

*일루 한 오리의 실이라는 뜻으로, 몹시 미약하거나 불확실하게 유지되는 상태를 이르는 말.

둥그스름한 윤곽밖에 알려지지 않는다.

이인국 박사는 청년의 궁둥이께를 손가락으로 가리키며 들여다보고 있다.

"이거, 피로군, 피야."

그는 그제야 붉은빛을 발견하곤 놀란 소리를 쳤다.

"*적리야, *이질……."

그는 직업의식에서 떠오르는 대로 큰 소리를 질렀다.

"뭐, 적리?"

바깥 소리는 확실히 납득이 안 간 음성이다.

"피똥 쌌소, 피똥을……. 이것 봐요."

그는 언성을 더욱 높였다.

"응, 피똥……."

아우성 소리에 감방 안의 사람들은 하나둘 눈을 뜨며 저마다 놀란 소리를 쳤다.

"적리, 이건 전염병이오, 전염병."

"뭐, 전염병……."

그제야 교화소원이 문을 열고 들어왔다.

얼마 후 환자는 격리되었고 남은 사람들은 똥을 닦느라고 한참 법석을 치고 다시 잠을 불러일으키질 못했다.

이튿날 *미결감 다른 감방에서 또 같은 증세의 환자가 두셋 발생했다. 날이 갈수록 환자는 늘기만 했다.

이 판국에 병만 나면 열의 아홉은 죽는 길밖에 없다고 생각한 이인국 박사는 새로운 위협에 사로잡히기 시작했다.

---

*적리 급성 전염병인 이질의 하나.
*이질 변에 곱이 섞여 나오며 뒤가 잦은 증상을 보이는 법정 전염병.
*미결감 법적 판결이 나지 않은 상태로 구금되어 있는 미결수를 가두어 두는 감방.

저녁 후 이인국 박사는 고문관실로 불려 나갔다.

"동무는 당분간 환자의 응급 치료실에서 일하시오."

이게 무슨 청천벽력 같은 기적일까, 그는 통역의 말을 의심했다. 소련 장교와 통역관을 번갈아 쳐다보는 그의 눈동자는 생기를 띠어 갔다.

"알겠소, 엥······?"

"네."

다짐에 따라 이인국 박사는 기쁨을 억지로 감추며 평범한 어조로 대답했다.

'글쎄 하늘이 무너져도 솟아날 구멍은 있다니까.'

그는 아무 표정도 나타내지 않으려고 이를 악물었다.

죽어 넘어진 송장이 개 치우듯 꾸려져 나가는 것을 보고 이인국 박사는 꼭 자기 일같이만 느껴졌다.

"의사, 이것은 나의 천직이다."

그는 몇 번이고 감격에 차 중얼거렸다. 그는 있는 힘을 다해 자기 담당의 환자를 치료했다. 이러한 일은 그의 실력이 혹부리 고문관의 유다른 관심을 끌게 한 계기를 만들어 주었다.

사상범을 옥사시킨 경우는 책임자에게 큰 문책이 온다는 것은 훨씬 후에야 그가 안 일이다.

소련 군의관에게 기술이 인정된 이인국 박사는 계속 병원에 근무하게 되었다. 그러나 죄상 처벌의 결말에 대하여는 알 길이 없었다.

그는 이 절호의 기회를 최대한으로 활용하고 싶었다. 이제는 죽어도 한이 없을 것만 같았다.

이렇게 하여 이 보이지 않는 구속에서까지 완전히 벗어날 수는 없을까.

그는 환자의 치료를 하면서도 늘 스텐코프의 왼쪽 뺨에 붙은 오리알만 한 혹을 생각하고 있었다.

불구라면 불구로 볼 수 있는 그 혹을 가지고 고급 장교에까지 승진했다는 것은 소위 말하는 *당성이 강하거나 그렇지 않으면 *전공이 특별했음에 틀림없다는 생각이 들었다.

그것 하나만 물고 늘어지면 무엇인가 완전히 살아날 틈새기가 생길 것만 같았다.

이인국 박사의 뜨내기 노어도 가끔 순시하는 스텐코프와 인사말을 주고받을 수 있을 정도로 진전되었다.

이 안에서의 모든 독서는 금지되었지만 노어 교본과 *당사만은 허용되었다.

이인국 박사는 마치 생명의 열쇠나 되는 듯이 초보 노어책을 거의 암송하다시피 했다.

크리스마스를 전후하여 장교들의 주연이 베풀어지는 기회가 거듭되었다.

얼근히 *주기를 띤 스텐코프가 순시를 돌았다.

이인국 박사는 오늘의 이 기회를 놓치지 않겠다고 마음먹었다.

수일 전 소군 장교 한 사람이 급성 맹장염이 터져 복막염으로 번졌다.

그 환자의 실을 뽑는 옆에 온 스텐코프에게 이인국 박사는 말 절반 손짓 절반으로 혹을 수술하겠다는 의사를 표명했다.

스텐코프는 "*하라쇼"를 연발했다.

그 후 몇 번 통역을 사이에 두고 수술 계획에 대한 자세한 의사를 진술할

---

*당성 당원이 자신이 속한 당의 이익을 위하여 거의 무조건 가지는 충실한 마음과 행동.
*전공 전투에서 세운 공로.
*당사 정당의 역사.
*주기 술기운.
*하라쇼 "아주 좋다."라는 뜻의 러시아 어.

기회가 생겼다.

이인국 박사는 일본인 시장의 혹을 수술하던 일을 회상하면서 자신 있는 설복을 했다.

'동경 경응 대학 병원에서도 못 하겠다는 것을 내가 거뜬히 해치우지 않았던가.'

그는 혼자 머릿속에서 *자문자답하면서 이번 일에 도박 같은 심정으로 생명을 걸었다.

소련 군의관을 입회시키고 몇 차례의 예비 진단이 치러졌다.

수술일은 왔다.

이인국 박사는 손에 익은 자기 병원의 의료 *기재를 전부 운반하여 오게 했다.

군의관 세 사람이 보조하기로 했지만 집도는 이인국 박사 자신이 했다. 야전 병원의 젊은 군의관들이란 그에게 있어선 한갓 풋내기로밖에 보이지 않았다.

그는 수술을 진행하는 동안 그들 군의관들을 자기 집 조수 부리듯 했다. 집도 이후의 수술대는 완전히 자기 전단하의 왕국이라고 생각되었다.

그러나 아까 수술 직전에 사인한, 실패되는 경우에는 총살에 처한다는 서약서가 통일된 정신을 순간순간 흐려 놓곤 했다.

수술대에 누운 스텐코프의 침착하면서도 긴장에 찼던 얼굴, 그것도 전신 마취가 끝난 후 삼 분이 못 갔다.

간호부는 가제로 이인국 박사의 이마에 내맺힌 땀방울을 연방 찍어 내고 있다.

기구가 부딪는 금속성과 서로의 숨소리만이 고촉의 반사등이 내리비치는

---

*자문자답하다 스스로 묻고 스스로 대답하다.
*기재 기구와 재료를 아울러 이르는 말.

방 안의 질식할 것 같은 침묵을 *헤살 짓고 있다.

수술은 예상 이상의 단시간으로 끝났다.

위생복을 벗은 이인국 박사의 전신은 땀으로 흠뻑 젖었다.

완치되어 퇴원하는 날 스텐코프는 이인국 박사의 손은 부서져라 쥐면서 외쳤다.

"*꺼비딴 리, *스바씨보."

이인국 박사는 입을 헤벌리고 웃기만 했다. 마음의 감옥에서 해방된 것만 같았다.

"*아진, 아진……. *오첸 하라쇼."

스텐코프는 엄지손가락을 높이 들면서 네가 첫째라는 듯이 이인국 박사의 어깨를 치며 칭찬했다.

다음 날 스텐코프는 이인국 박사를 자기 방으로 불렀다.

그가 이인국 박사에게 스스로 손을 내밀어 예절적인 악수를 청한 것은 이것이 처음이다.

'적과 적이 맞부딪치면서 이렇게 백팔십도로 전환될 수가 있을까. 노랑대가리도 역시 본심에서는 하나의 인간임에는 틀림없는 것이 아닌가.'

"내일부터는 집에서 통근해도 좋소."

이인국 박사는 막혔던 둑이 터지는 것 같은 큰 숨을 삼켜 가면서 내쉬었다.

이번에는 이인국 박사가 스텐코프의 손을 잡았다.

"스바씨보, 스바씨보."

"혹 나한테 무슨 부탁이 없소?"

---

*헤살 물 따위를 젓거나 하여 흩뜨림. 또는 그런 짓.

*꺼비딴 '까삐딴'의 와전된 표기. '까삐딴'은 영어의 'captain'에 해당하는 러시아 어.

*스바씨보 "고맙다."라는 뜻의 러시아 어.

*아진 '하나'라는 뜻의 러시아 어.

*오첸 하라쇼 "참으로 좋다."라는 뜻의 러시아 어.

이인국 박사는 문득 시계가 머리에 떠올랐다.

그러면서도 곧이어 이 마당에 그런 이야기를 꺼낸다는 것은 오히려 꾀죄죄하게 보이지 않을까 하는 생각이 뒤따랐다. 그러나 아무래도 그 미련이 가셔지지 않았다.

이인국 박사는 비록 찾지 못하는 경우가 있더라도 솔직히 심중을 털어놓으리라고 마음먹었다.

그는 통역의 보조를 받아 가며 시간과 장소를 정확히 회상하면서 시계를 약탈당한 경위를 상세히 설명했다.

스텐코프는 혹이 붙었던 뺨을 쓰다듬으면서 긴장된 모습으로 듣고 있었다.

"염려 없소, 독또오루 리. 위대한 붉은 군대가 그럴 리가 없소. 만약 있었다 하더라도 그것은 무슨 착각이었을 것이오. 내가 책임지고 찾도록 하겠소."

스텐코프의 얼굴에 결의를 띤 심각한 표정이 스쳐 가는 것을 이인국 박사는 똑바로 쳐다보았다.

'공연한 말을 끄집어내어 일껏 잘되어 가는 일이 부스럼을 만드는 것은 아닐까.'

그는 솟구치는 불안과 후회를 짓눌렀다.

"안심하시오, 독또오루 리, 하하하."

스텐코프는 큰 웃음으로 넌지시 말끝을 막았다.

이인국 박사는 죽음의 직전에서 풀려나 집으로 향했다.

어느 사이에 저렇게 노어로 의사 표시를 할 수 있게 되었느냐고 스텐코프가 감탄하더라는 통역의 말을 되뇌면서…….

차가 브라운 씨의 관사 앞에 닿았다.

성조기를 보면서 이인국 박사는 그날의 적기와 돌려 온 시계를 생각하고 있었다.

응접실에 안내된 이인국 박사는 주인이 나오기를 기다리면서 방 안을 둘러보았다. 대사관으로는 여러 번 찾아갔지만 집으로 찾아온 것은 이번이 처음이다.

삼 년 전 딸이 미국으로 갈 때부터 신세 진 사람이다.

벽 쪽 책꽂이에는 "이조실록", "대동야승" 등 *한적이 빼곡히 차 있고 한쪽에는 *고서의 *질책이 가지런히 쌓여져 있다.

맞은편 책장 위에는 작은 금동 불상 곁에 몇 개의 골동품이 진열되어 있다. 십이 폭 *예서 병풍 앞 탁자 위에 놓인 재떨이도 세월의 때 묻은 백자기다.

저것들도 다 누군가가 가져다준 것이 아닐까 하는 데 생각이 미치자 이인국 박사는 얼굴이 화끈해졌다.

그는 자기가 들고 온 상감 진사 고려청자 화병에 눈길을 돌렸다. 사실 그것을 내놓는 데는 얼마간의 아쉬움이 없지 않았다. 국외로 내어 보낸다는 자책감 같은 것은 아예 생각해 본 일이 없는 그였다.

차라리 이인국 박사에게는, 저렇게 많으니 무엇이 그리 소중하고 달갑게 여겨지겠느냐는 망설임이 더 앞섰다.

브라운 씨가 나오자 이인국 박사는 웃으며 선물을 내어놓았다. 포장을 풀고 난 브라운 씨는 만면에 미소를 띠며 기쁨을 참지 못하는 듯 "생큐"를 거듭 부르짖었다.

"참 이거 귀중한 것입니다."

---

*한적 한문으로 쓴 책.
*고서 아주 오래전에 간행된 책.
*질책 여러 권으로 한 벌을 이루는 책.
*예서 한문 글씨체의 하나.

"뭐 대단한 것이 아닙니다만 그저 제 성의입니다."

이인국 박사는 안도감에 잇닿은 만족을 느끼면서 브라운 씨의 기쁨에 맞장구를 쳤다.

브라운 씨가 영어 반 한국말 반으로 섞어 하는 이야기를 들으면서 이인국 박사는 흐뭇한 기분에 젖었다.

"닥터 리는 영어를 어디서 배웠습니까?"

"일제 시대에 일본말 식으로 배웠지요. 예를 들면 '잣도 이즈 아 캿도' 식으루."

"그런데 지금 발음은 좋은데요. 문법이 아주 정확한 스탠더드 잉글리시입니다."

그는 이 말을 들을 때 문득 스텐코프의 말이 연상됐다. 그러고 보면 영국에 조상을 가진다는 브라운 씨는 아르(R) 발음을 그렇게 나타내지 않는 것 같게 여겨졌다.

"얼마 전부터 개인 교수를 받고 있습니다."

"아, 그렇습니까?"

이인국 박사는 자기의 어학적 재질에 은근히 *자긍을 느꼈다.

브라운 씨가 부엌 쪽으로 갔다 오더니 양주 몇 병이 놓인 쟁반이 따라 나왔다.

"아무거라도 마음에 드는 것으로 하십시오."

이인국 박사는 보드카 한 잔을 신통한 안주도 없이 억지로라도 단숨에 들이켜야 속 시원해하던 스텐코프를 브라운 씨 얼굴에 겹쳐 보고 있다.

그는 혈압 때문에 술을 조절해야 하는 자기 체질에 알맞게 스카치 잔을 핥듯이 조금씩 목을 축이면서 브라운 씨의 이야기를 기다렸다.

*자긍 스스로에게 긍지를 가짐. 또는 그 긍지.

"그거, 국무성에서 통지가 왔습니다."

이인국 박사는 뛸 듯이 기뻤으나 솟구치는 흥분을 억제하면서 천천히 손을 내밀어 악수를 청했다.

"생큐, 생큐."

어쩌면 이것은 수술 후의 스텐코프가 자기에게 하던 방식 그대로인지도 모른다는 생각이 들었다.

이인국 박사는 지성이면 감천이라고, 나의 *처세법은 유에스에이에도 통하는구나 하는 *기고만장한 기분이었다.

청자병을 몇 번이고 쓰다듬으면서 술잔을 거듭하는 브라운 씨도 몹시 즐거운 표정이었다.

"미국에 가서의 모든 일도 잘 부탁합니다."

"네, 염려 마십시오. 떠나실 때 소개장을 써 드리지요."

"감사합니다."

"역사는 짧지만, 미국은 지상의 *낙토입니다. 양국의 우호와 친선에 도움이 되기를 바랍니다……."

"생큐……."

다음 날 휴전선 지대로 같이 수렵하러 가기로 약속하고 이인국 박사는 브라운 씨 대문을 나섰다.

이번 새로 장만한 영국제 쌍발 엽총의 짙푸른 총신을 머리에 그리면서 그의 몸은 날기라도 할 듯이 두둥실 가벼웠다. 이인국 박사는 아까 수술한 환자의 경과가 궁금했으나 그것은 곧 씻겨 갔다.

그의 마음속에는 새로운 포부와 희망이 부풀어 올랐다.

신체검사는 이미 끝난 것이고 외무부 출국 수속도 국무성 통지만 오면

---

*처세법 사람들과 사귀며 살아가는 방법.

*기고만장하다 일이 뜻대로 잘될 때, 우쭐하여 뽐내는 기세가 대단하다.

*낙토 늘 즐겁고 행복하게 살 수 있는 좋은 땅.

*즉일 될 수 있게 담당 책임자에게 교섭이 되어 있지 않은가? 빠르면 일주일 내에 떠나게 될지도 모른다는 브라운 씨의 말이 떠올랐다.

대학을 갓 나와 *임상 경험도 신통치 않은 것들이 미국에만 갔다 오면 별이라도 딴 듯이 날치는 꼴이 눈꼴사나웠다.

'어디 나도 다녀오고 나면 보자!'

문득 딸 나미와 아들 원식의 얼굴이 한꺼번에 망막으로 휘몰아 왔다. 그는 두 주먹을 불끈 쥐며 얼굴에 경련을 일으키듯이 긴장을 띠다가 어색한 미소를 흘려보냈다.

'흥, 그 사마귀 같은 일본 놈들 틈에서도 살았고, *닥싸귀 같은 로스케 속에서도 살아났는데, *양키라고 다를까……. 혁명이 일겠으면 일고, 나라가 바뀌겠으면 바뀌고, 아직 이 이인국의 살 구멍은 막히지 않았다. 나보다 얼마든지 날뛰던 놈들도 있는데, 나쯤이야…….'

그는 허공을 향하여 마음껏 소리치고 싶었다.

'그러면 *위선 비행기 회사에 들러 형편이나 알아볼까…….'

이인국 박사는 캘리포니아 특산 시가를 비스듬히 문 채 지나가는 택시를 불러 세웠다.

그는 스프링이 튈 듯이 박스에 털썩 주저앉았다.

"반도 호텔로……."

차창을 거쳐 보이는 맑은 가을 하늘이 이인국 박사에게는 더욱 푸르고 드높게만 느껴졌다.

---

*즉일 바로 그날.

*임상 환자를 진료하거나 의학을 연구하기 위하여 병상에 임하는 일.

*닥싸귀 닥사리. 국화과의 한해살이풀인 '도깨비바늘'의 사투리. 거꾸로 된 가시가 있어 다른 물체에 잘 붙음.

*양키 미국 사람을 낮잡아 이르는 말.

*위선 우선.

'꺼삐딴 리'는

격동의 세월 속에서 친일 · 친소 · 친미로 이어지는 변절의 과정을 통해 부를 축적하며 살아온 이인국 박사의 삶을 풍자적으로 그리고 있다.

1. 글을 떠올리며 ······

• 이 소설의 제목인 '꺼삐딴 리'의 뜻은 무엇인가?

2. 글을 소화하며 ······

• 이인국이 '회중시계'를 특별하게 생각하는 이유를 써 보자.

3. 생각을 모으며 ······

• 다음 글을 근거로 이인국의 삶의 태도를 비판하는 글을 써 보자.

> 벽 쪽 책꽂이에는 "이조실록", "대동야승" 등 한적이 빼곡히 차 있고 한쪽에는 고서의 질책이 가지런히 쌓여져 있다.
>
> 맞은편 책장 위에는 작은 금동 불상 곁에 몇 개의 골동품이 진열되어 있다. 십이 폭 예서 병풍 앞 탁자 위에 놓인 재떨이도 세월의 때 묻은 백자기다.
>
> 저것들도 다 누군가가 가져다준 것이 아닐까 하는 데 생각이 미치자 이인국 박사는 얼굴이 화끈해졌다.
>
> 그는 자기가 들고 온 상감 진사 고려청자 화병에 눈길을 돌렸다. 사실 그것을 내놓는 데는 얼마간의 아쉬움이 없지 않았다. 국외로 내어 보낸다는 자책감 같은 것은 아예 생각해 본 일이 없는 그였다.

오마니별

·
·
·

김원일

[앞부분의 줄거리]

조평안 노인은 어렸을 적 피란 중 비행기 폭격으로 어머니와 누이를 잃고 당주골로 흘러들어오게 되었다. 조 노인은 전쟁의 충격으로 어머니가 먼저 죽은 뒤 누이가 죽었다는 기억만 있을 뿐 다른 기억은 잃어버리고 말았다. 한편 당주골에 사는 '현 선생'은 인터넷에서 6·25 전쟁 때 잃어버린 남동생을 찾는다는 '안나 리' 여사의 소식을 듣게 되고, 그 사람이 조 노인일 수 있다는 희망을 갖고 글을 올린 '줄리 선생'과 연락을 한다.

줄리 선생으로부터 현 선생에게 전자 우편이 온 것은 추석 전날이었다. 본가가 대전이라 추석 차례를 지내러 하숙집을 막 나서기 전 혹시나 하고

김원일(1942~)

소설가. 주로 민족 분단의 비극을 주제로 한 작품을 썼다. 대표적인 분단 문학 작가이다. 주요 작품으로는 '진토', '도요새에 관한 명상', '전갈' 등이 있다.

전자 우편을 열어 보니 받은 편지함에 편지 한 통이 떠 있었다.

─현 선생님, 소식이 늦어 죄송합니다. 모든 것을 확실히 하기 위해 그동안 여러 절차가 필요했습니다. 먼저 알려 드릴 말은, 안나 리 여사가 가족 동반으로 한국을 방문하겠다는 반가운 소식입니다. 안나 리 여사와 통화한 내용은, 지난 오십여 년 세월 동안 소녀 시절에 받은 상처가 너무 컸기에 한국 방문은 생각조차 안 했는데, 이번 기회에 한국 땅을 찾기로 자녀와 합의했다는 것입니다. 동생을 만날 수 있다는 부푼 희망이 계기가 된 것 같았습니다.

여사의 동생일 거라며 연락해 온 네 분 중에 직접 만나 확인할 분은 두 사람으로 최종 결정했고, 그중 한 분이 조평안 노인입니다. 그동안의 접촉 결과 나머지 두 분은 핏줄이 아님이 판명되었습니다. 6·25 전쟁 직후의 가족 *정황정보가 서로 너무 정확했기에 쉽게 결론이 났고, 안나 리 여사가 만나 보고 싶어 하는 두 분은 불충분한 정보가 오히려 신뢰감을 준 듯합니다. 어떤 예감, 느낌이 온다는 말 있잖습니까. 조평안 노인과 함께 만나게 될 다른 한 분 역시 조 노인처럼 전쟁 전의 기억을 상실한 분입니다. 조 노인과 같은 장소에서, 비슷한 나이에 미군 비행기 공습을 받았다니, 세상에 그런 우연의 일치가 어디 있겠어요? 충청남도 성환에서 포도 농사하는 자녀분과 함께 사는 그분은 조 노인보다 더 철저히 과거를 잊어버렸습니다. 미군 비행기 폭격으로 많은 피란민이 사망했을 때 기적적으로 목숨을 건진 분입니다. 그곳 마을 사람들이 참혹하게 죽은 시신을 치우다 채 숨이 끊어지지 않은 소년을 발견했답니다. 참외 농사 짓던 이가 집으로 데려와 살려 내서, 그분이 장성하자 데릴사위로 삼았답니다. 이 씨 노인은 훌륭한 자녀분을 두어 그 자녀분이 아버지의 *망각된 전쟁 전 과거를 밝혀내려 헌신적으로 노력한 결과 성과를 거두었습니다. *이북 5도청을 여러 차례 방문한 끝에 당시 비행기 폭격에서 살아남은 분을 찾아내어 아버지 고향이 평안남도 안주군이란 사실을 알아냈고, 이 씨 집안 자제임을 증언한 고향 분을 만났던 겁니다. 이 씨 노인 자녀 분이 거제도까지 저를 찾아와 눈물 흘리며, 소설로 쓴다면 모를까 지구 상에 이런 비극이 현실적으로 가능하겠느냐고 말했습니다. 6 · 25 전쟁이 수많은 죽음과 가족 이별을 남겼지만 과거의 기억을 상실한 분이 오십여 년 만에 가족을 찾게 되는 경우도 있느냐고 말입니다. 그 기막힌 사연을 두고 우리는 함께 울었습니다. 그러나 성환에 사는 이 씨 노인도 과거 기억 상실자라 안나 리 여사와 *동기간이란 확정적인 증거는 대면하거나 유전자 검사를 하지 않는 이상 아직은 밝힐 단계가 아니군요. 그 모든 문제를 해결하기 위해 안나 리 여사 가족이 동양의 먼 나라로 여행을 오게 되었습니다. 자녀 두 분과 며느님이 오십사 년 만에 이루어지는 안나 리 여사의 조국 방문에 동행한다고 합니다. 그 가족이 거제도를 방문하게 된다면 6 · 25 전쟁으로 인해 그동안의 어두웠던 안나 리 여사의 한국에 대한 고정 관념이 크게 수정될 것입니다. 호수는 많지만 바다가 없는 스위스라, 배편에 한려수도를 관광하게 되면 그 아름다움에 탄성을 지를 게 분명합니다. 자녀 두 분 다 각자 개인 사정이 있어서 스케줄을 조정 중입니다. 제가 스위스에서 올 때처럼 제네바에서 독일 프랑크푸르트로 나와 한국행 비행기를 탈 예정이니, 비행기 편이 결정되는 대로 다시 연락드리겠습니다.

현 선생이 운전대를 잡은 꼬마 승용차 편에 조 씨와 황 이장이 동승하여 서울 ○○○ 호텔 커피숍에 도착하기는 오후 한 시 오십 분이었다. 오후 두 시에 호텔 커피숍에서 줄리 선생과 만나기로 약속되어 있었던 것이다.

"조 씨, 현 선생 말처럼 곧 만나게 될 이 여사가 설령 자네 누님이 아니라

---

*이북 5도청 이북 5도(황해도, 평안남도, 평안북도, 함경남도, 함경북도)를 관리하기 위한 도청.
*동기간 형제자매 사이.

하더라도 실망 말더라고. 마음을 침착하게 가져. 묻는 말에만 사실대로 답하면 돼. 알았어?"

양복을 차려입고 중절모를 젖혀 쓴 황 이장이 커피를 마시며 옆에 앉은 조 씨에게 말했다.

"누가 뭐랬나."

조 씨가 시침 떼듯 덤덤하게 되받았다.

"설마 누이가 되살아났을라구. 난 아직도 못 믿겠는걸."

어제 현 선생 차편으로 *면소에 나가 목욕과 이발을 한 조 씨는 새로 사입은 뻣뻣한 점퍼를 걸치고 있었다. 삔 발목에 침을 맞으러 현 선생 차편에 면소로 나다니다 선생 권유로 오랜만에 군청색 모직바지와 구두까지 샀는데, 이번 기회에 갖추고 나서니 머리에서 발끝까지 새 치장을 한 셈이었다.

카메라를 목에 건 현 선생은 줄리 선생이 나타나기를 기다리며 줄곧 주위를 두리번거렸다. 아니, 줄리 선생보다 안나 리 여사 가족과 먼저 *접견이 이루어졌을지 모르는 성환에 산다는 이 씨 가족이 커피숍에 있나 없나를 눈짐작으로 찾고 있었다. 성장한 선남선녀들만 자리를 채웠을 뿐 시골에서 올라온 사람으로 여겨지는 성환 가족은 눈에 띄지 않았다. 조 씨가 안나 리 여사 동생이 맞을 가능성이 팔십 퍼센트쯤 된다면 성환에 산다는 이 씨 노인이 맞을 확률은 구십 퍼센트쯤이라고 현 선생은 짐작하고 있었다. 줄리 선생 전자 우편 정보로 미루어 여러 정황은 성환 이 씨 노인이 동기간일 확률이 높았던 것이다. 그래서 상경하는 차 안에서도 안나 리 여사와의 만남이 섭섭하게 마무리된다면 조 씨가 심적 타격을 받을까 봐 그 점을 누누이 설명해 두었다. 현 선생의 그런 말에도 조 씨는 추수가 끝난 차창 밖 황량한 늦가을 들녘만 내다볼 뿐 별 반응을 나타내지 않았기에 다행이었다. 조 씨는 겨울이 코앞에 닥쳤으니 부지런히 *건초를 장만해야 한다고 키우는 염소 걱정만 주절댔다.

감색 투피스에 핸드백을 든 줄리 선생이 손수건으로 눈자위를 훔치며 커피숍으로 들어섰다. 그네가 너른 커피숍을 살피더니 자리에서 엉거주춤 일어선 현 선생과 눈을 맞추자 굵은 몸을 흔들며 이쪽으로 걸어왔다. 현 선생은 쉰 초반의 줄리 선생을 처음 보았음에도 금방 알아보았다. '맞아요, 성환 사는 이 씨 노인이 안나 리 여사 동생이 틀림없어요.' 현 선생은 줄리 선생의 그 말이 먼저 떨어질까 봐 조마조마했다.

세 사람은 줄리 선생과 첫인사를 나누었다.

"오래 기다리셨죠?"

하곤 줄리 선생이 맞은편에 자리한 조 씨를 보았다.

"조평안 어르신 맞죠?"

"예, 예, 평안입니다."

조 씨는 건성으로 대답하며 구리색 머리에 눈동자가 파란 서양 아녀자가 우리말을 썩 잘하는 게 신기하다는 듯 멍청히 바라보았다.

"성환에서 오신 이 씨 노인 가족은 만나 보셨습니까?"

현 선생이 줄리 선생에게 궁금한 점부터 물었다.

"오전에 접견했습니다."

"그렇다면 결과는요?"

현 선생은 그네가 쥔 손수건에 눈을 주었다.

"참, 점심은 드셨어요?"

줄리 선생이 말을 바꾸었다. 휴게소에서 간단히 먹었다고 현 선생이 대답하자, 우리 측에서 대접해야 하는데 *결례가 되었다며, 줄리 선생이 서둘러

---

*건초 베어서 말린 풀. 주로 사료나 퇴비로 씀.
*결례 예의범절에서 벗어나는 짓을 함. 또는 예의를 갖추지 못함.

자리에서 일어섰다.

"다들 기다리고 있으니 객실로 올라가십시다. 그쪽 가족이 묵는 객실에서
접견하기로 했으니깐요."

테이블 사이를 빠져나오다 현 선생과 황 이장 눈길이 마주쳤다. 황 이장
이 이미 결판이 났다는 듯 눈을 찔끔했다. 현 선생 직감도 그랬다. 줄리 선
생이 묻는 말에는 대답 않고 *딴전을 피운 것만 봐도 동기간 *상봉에 감격
한 나머지 잠시 잊고 있던 조 씨를 떠올리고 급히 커피숍으로 나왔음이 틀
림없다고 판단했다. 만나 봐야 헛수고이겠지만 서울까지 힘든 걸음 했으니
접견하지 않을 수 없는, 마지못한 걸음임에 틀림없었다.

커피숍 계산대 앞에 현 선생이 나서는 걸 줄리 선생이 앞질러 찻값을
냈다. 네 사람은 객실로 올라가는 엘리베이터를 탔다. 황 이장은 층수를 더
해 가며 깜박대는 숫자를 보다 더 못 참겠다는 듯 답답한 침묵을 깼다.

"성환 부근 도로에서 비행기 폭격당했겠다, 평안도 안주군 출신에다, 성
씨가 이 씨라면, 그분이 틀림없겠군요. 기왕지사 이렇게 된 일, 우리는
모처럼 서울 구경이나 하고 내려갈랍니다."

황 이장이 헛기침 끝에 *볼멘소리로 말했다.

"그렇지 않습니다. 제가 당사자가 아니라 말을 조금 아끼고 있을 뿐입
니다. 지금 곧 안나 리 여사 가족을 만나 보세요."

줄리 선생 목소리에 당황기가 스며 있었다. 그네가 현 선생에게 속삭이듯
말했다.

"퀴즈의 숨은 그림을 찾듯, 안나 리 여사 질문이 용의주도했습니다. 디엔
에이 검사까지 가야 할 정도로는……. 이 세상 하늘 아래 전쟁으로 이별
한 후 평생 동안 소식 모른 채 살고 있는 혈육이 그렇게 많다니. 한국은

*딴전 어떤 일을 하는 데 그 일과는 전혀 관계없는 일이나 행동.
*상봉 서로 만남.
*볼멘소리 서운하거나 성이 나서 퉁명스럽게 하는 말투.

지구 상에 혈육의 이별을 가장 많이 체험한 사람들이 살고 있는 나라 같
아요. 아직도 풀리지 않은 그 맺힌 한을 천상에서나 풀려는지……."
줄리 선생이 손수건으로 눈자위를 찍었다.

십이 층에서 일행은 엘리베이터를 빠져나왔다. 줄리 선생이 앞장섰다. 코
너를 돌아 첫 번째 객실 문 앞에서 그네가 손기척을 냈다. 기다리고 있었다
는 듯 사십 대 초반의 금발 머리 서양 여자가 문을 열어 주었다. 안나 리 여
사 며느리였다. 줄리 선생이 비켜서며 길을 내주자 현 선생이 주춤거리는
조 씨를 뒤허리를 밀어 앞장세웠다.

침대 방은 따로 있는 듯 넓은 거실에 아들딸을 양쪽에 거느린 몸매 여윈
안나 리 여사가 정중앙 자리 휠체어에 앉아 있었다. 나이치고 별 주름살 없
이 곱게 늙은 그네는 *반백이 된 머리칼을 쪽머리로 단정히 빗어 묶었고 자
주색 스웨터 차림이었다. 군살 없는 달걀형 얼굴에 뾰조록한 턱이 조 씨와
닮았음을 현 선생과 황 이장이 한눈에 알아보았다. 그러면 그렇지 이 늙은
이 눈은 못 속여, 하고 황 이장이 입속말을 중얼거리며 조금 전과 달리 어깨
에 으쓱 힘을 주었다.

안나 리 여사의 자녀는 동서양 피가 섞여 혼혈 티가 났다. 남매는 근엄한
표정의 안나 리 여사와 달리 푸근한 미소를 머금은 채 의자에서 일어나 조
씨를 맞았다. 조 씨는 어설픈 웃음을 입가에 물고 *연방 머리를 조아렸다.
줄리 선생이 나서서 서로를 소개하자 그들은 한국말과 프랑스 말로 인사를
교환했다.

안나 리 여사만이 휠체어에 꼿꼿이 앉아 *정기 반짝이는 눈으로 꾸부정
한 조 씨를 뜯어보고 있었다.

"모두 앉으시지요."

*반백 흰색과 검은색이 반반 정도인 머리털.
*연방 연속해서 자꾸.
*정기 생기 있고 빛이 나는 기운.

줄리 선생이 준비된 의자에 조 씨 일행을 권했다.

조 씨를 가운데로 하여 현 선생과 황 이장이 자리를 정하자, 열심히 서로 면면을 살피는 가운데 입을 떼는 사람이 없었다. 안나 리 여사 며느리가 *차반에 올린 오렌지 주스를 탁자로 날랐으나 아무도 잔에 손을 대지 않았다. 현 선생이 줄리 선생에게 조평안 노인이 귀가 어둡다는 점을 작은 소리로 환기시켰다 .

재판정에 나온 피고인처럼 탁자 건너에 꾸부정히 앉은 조 씨를 찬찬히 보던 안나 리 여사가 직감으로 무엇을 잡았는지 프랑스 어 입속말로, 아버지가 살아 계셔 나이 들었다면 저런 모습일까 하고 가볍게 탄식을 흘렸는데 그 말은 양옆에 앉은 두 자식 귀에도 들릴락 말락 했다.

"선생은 자녀가 없습니까?"

제네바 대학에서 동양사를 가르치는 안나 리 여사 딸이 조 씨를 보고 먼저 입을 떼었다. 검은 머리칼에 피부색은 동양인이었으나 동그란 이마에 깊은 갈색 눈이 아름다운 중년 여인이었다.

"뭐랍니까?"

중절모를 벗어 무릎에 얹은 황 이장이 윗몸을 앞으로 빼고 탁자 옆에 자리를 정한 줄리 선생에게 물었다.

줄리 선생이 조 씨를 보며 통역을 했다.

"자식 말이오? 없습니다. 그게 말입니다……."

조 씨가 뒤통수를 긁으며 수줍게 웃었다.

"내가 말하지요."

큰기침하며 황 이장이 나섰다.

"혈혈단신이라 마을에서 장가를 보내 주었지요. 그런데 조 씨 팔자가 그런지, 여편네가 한 달을 못 넘겨 도망쳐 버렸으니. 조 씨가 *밤마을 나왔을 때 염소까지 몰고 줄행랑을 놓았답니다. 자식 만들기에는 지장이 없는 것 같은데, 조 씨가 사람이 좀 그렇다 보니 마누라 간수를 잘 못한거지요. 그래서 제사상 차려 줄 손이라도 봐야 하잖느냐며 마을에서 새로 여자를 맞춰 주려 했더니 본인이 한사코 싫대요. 또 전쟁 나면 어쩌냐며 그 후론 쭉 궁상맞은 홀아비로 살아왔지요."

줄리 선생 통역에 안나 리 여사만 빼고 그쪽 가족이 모두 웃었다. 코발트 색 양복의 정장 차림인 아들이 가장 큰 소리로 웃자, 안나 리 여사가 아들에게 눈총을 주었다.

이제 어머님이 말씀하시라며, 제 남편이 앉은 의자에 기대어 선 안나 리 여사 며느리가 프랑스 말로 말했다. 손수건으로 입을 가리고 있던 안나 리 여사가 혼잣말인 듯 중얼거렸다.

"불쌍한 사람, 제 이름조차 잊었다니."

줄리 선생이 그 중얼거림을 옮길까 말까 망설이다 그만두었다. 안나 리 여사가 손수건으로 눈자위를 찍었다. 그네 눈이 충혈되어 있었다.

"조 씨 말이오, 전쟁 난 이듬해 마을로 처음 들어왔을 때 제 이름도 모른 채 오마니, 누이 하며 두 사람만 찾았다오. 평안도 말씨를 쓰기에 이북 거기서 피란 나온 아이인 줄 알고 마을에서 평안이라 이름 지어 주었지요." 황 이장이 말하며 조 씨 옆구리를 집적였다.

"이 사람아, 꾸어다 놓은 보릿자루처럼 앉았지 말고 뭐라고 운 좀 떼어 봐."

"내가 무슨 할 말이 있게. 저분이 누이라구? 글쎄……."

조 씨가 머리를 설레설레 흔들었다. 그는 여전히 누이가 전쟁 때 죽었다는 생각에서 헤어나지 못하고 있었다.

*밤마을 밤에 이웃이나 집 가까운 곳에 놀러 가는 일.

줄리 선생이 안나 리 여사 가족에게 황 이장 말과 조 씨 반응을 통역했다. 안나 리 여사 가족은 무슨 말인지 이해가 간다는 듯 머리를 끄덕였다. 현 선생은 이쯤에서 자기가 나설 차례임을 알았다.

"조평안 영감님은 전쟁 전 기억을 상실한 채 어머니와 누님이 그 춥던 겨울에 비행기 폭격으로 사망했다는 사실만 어렴풋하게 기억할 뿐입니다. 이수옥 여사께서 전쟁 당시 사실을 말씀해 준다면 조평안 영감님 잠재의식 속에 묻힌 기억의 실마리가 풀려 나올지 모릅니다. 저는 그 점이야말로 두 분이 혈육임을 밝혀내는 가장 중요한 단서가 될 거라고 믿습니다."

현 선생이 준비해 두었던 말이었다.

줄리 선생은 손짓을 해 가며 현 선생 말을 부지런히 옮겼다.

제네바 국제 금융 기관에서 일한다는 안나 리 여사의 아들이 나섰다.

"어머니는 6·25 전쟁으로 가족을 잃었기에 그 상처가 너무 커 한국말은 일절 입에 담지 않아 지금은 한국말을 거의 잊어버렸습니다. 미국으로 건너가 십 년을 사셨는데, 그런 의미에서 영어도 마찬가지입니다. 미군 비행기 폭격으로 어머니와 동생을 잃게 되었으니까요. 미국에 사는 동안 어머니 기도 제목이 뭔지 아십니까? 미국이 아닌, 영어를 사용하지 않는, 전쟁이 없는 나라에서 살고 싶다였답니다. 그 기도를 신이 허락했는지, 아버지를 만난 겁니다. 스위스는 프랑스 어, 독일 어, 이탈리아 어를 공용하지만 영어를 쓰지 않으며 영세 중립국으로 전쟁이 없는, 평화의 가치를 소중히 여기는 국가입니다. 어머니가 영어를 사용한 경우가 꼭 두 번 있었는데, 미국의 양부모님을 스위스로 초청했을 때였습니다. 어머니는 그 미국 분들 은혜를 평생 잊을 수 없다고, 어릴 때부터 우리에게 늘 말씀하셨습니다. 미국의 한 가정이 어머니의 미래를 열어 주었으나, 소녀 시절 한국에서 받은 미국에 대한 좋지 않은 감정만은 우리 어릴 때나 지금이나 변함이 없습니다. 그 이유를 알기에 우리는 어머니 마음을 충분히 이해합니다."

줄리 선생이 수첩에 안나 리 여사 아들 말을 부지런히 메모했고, 프랑스 말을 한국말로 옮기느라 애썼다. 그네가 통역에 얼마나 열심이었던지 이마에 땀이 맺혔다. 줄리 선생의 통역이 끝나자, 이제 안나 리 여사 딸이 나섰다.

"어머니는 전쟁으로 굶주리는 아이들에 대한 애정이 각별한 분입니다. 내전을 겪는 아프리카의 결식아동 돕기 시민 단체에 평생을 헌신해 오셨습니다. 아프리카 *오지를 수십 차례 다녀오셨고요. 최근에는 북한 경제 사정이 나빠져 식량 부족으로 어린이들이 영양 결핍으로 몹시 어렵게 지낸다는 걸 알고 어머니가……."

안나 리 여사가 손을 저으며 딸의 말을 막았다.

"네 말을 중간에 끊어 미안하다만 너희들의 그런 내 소개가 지금 꼭 필요하다고 생각하느냐? 우리가 이 *상면의 본질을 놓치고 있는 건 아니냐?"

"죄송해요."

줄리 선생이 모녀의 그런 대화까지 통역하지는 않았다.

안나 리 여사가 조 씨를 정면으로 주시했다. 갑자기 긴장된 분위기가 흘렀고 실내 공기가 침묵으로 팽팽해졌다. 안나 리 여사가 침착한 어조로 조 씨에게 물었다.

"아버지가 전사했다는 통지서가 집으로 배달되었던 그해 가을, 어머니가 우리를 안고 오랫동안 섧게 우신 걸 기억합니까?"

줄리 선생 통역에, 조 씨가 안나 리 여사를 멀거니 보며 눈만 껌벅였다.

---

*오지 해안이나 도시에서 멀리 떨어진 대륙 내부의 땅.
*상면 서로 만나서 얼굴을 마주 봄.

"그날 진종일 가을비가 내렸는데……."

조 씨는 도무지 생각이 나지 않는다는 멍청한 표정으로 머리를 저었다.

"어머니와 우리가 피란 내려올 때, 지프차 타고 후퇴하던 미군들이 차에서 내리더니 피란민 대열에서 *장정들만 따로 골라내어 두 손을 들게 하여 한자리에 모아 놓고 *불문곡절 총 쏘아 죽인 걸 기억합니까? 그때 미군들이 겁먹은 장정들을 거칠게 다루며 외친 말을 나는 똑똑히 들었습니다. 미국에 가서야 그 말뜻을 알게 되었는데, 차마 입에 담을 수 없는 인간 비하의 욕설이었습니다. 인민군이 민간복으로 바꾸어 입고 피란민 대열에 섞여 있다고, 그들은 인간으로서는 차마 할 수 없는 그런 짓을 저질렀지요. 그때 미군을 보았던 게 생각납니까?"

안나 리 여사 말을 줄리 선생이 통역하자 황 이장이 중절모를 든 손을 내저으며 불끈 나섰다.

"그건 이 여사가 잘못 알고 있는 겁니다. 어릴 때 당한 일이라 오해하고 있어요. 피란민 대열 속에 인민군이 민간인 복장을 한 채 총을 피란 보따리에 감추고 끼어 있다가 미군을 만나면 드르륵 갈겨 댔대요. 그런 일이 *비일비재하자 미군들은 불시에 또 그런 변을 당할까 봐 피란민 대열만 만나면 잔뜩 겁먹어……."

황 이장 말을 귀 기울여 듣던 조 씨가 벌린 입을 다물지 못한 채 풍 맞은 듯 떨어 댔다. 무릎에 얹힌 손까지 심한 경련을 일으키더니, 갑자기 머리를 흔들며 소리쳤다.

"아니요. 피란 나오다…… 난 못 봤어요. 정말 못 봤구, 아무것도 몰라요!"

실내 분위기가 갑자기 어수선해졌다. 안나 리 여사 자녀와 며느리가 눈을 크게 뜨고 잠시 제정신을 놓친 듯한 조 씨를 주목했다. 줄리 선생은 분위기

*장정 나이가 젊고 기운이 좋은 남자.
*불문곡절 어찌 된 사정인지를 묻지 아니함.
*비일비재 같은 현상이나 일이 한두 번이나 한둘이 아니고 많음.

가 이렇게 돌아가서는 안 되는데 하는 언짢은 표정이었고, 현 선생은 남의 말을 가로채어 끼어드는 황 이장이 그만 나서 주었으면 하는 눈길로 이장을 보았다. 오직 침착한 태도와 냉정한 표정을 그대로 유지한 이는 안나 리 여사였다. 그네가 주위의 분위기에 아랑곳 않고 애써 설움을 억제하며 조 씨에게 말했다.

"어린 동생 데리고 하염없이 걷고 걸었던 그해 겨울 추위와 배고픔을 나는 이날 이때까지 하루도 잊어 본 적 없답니다. 그럼 내가 묻겠어요. 어머니가 숨을 거두었던 겨울밤은 생각납니까?"

줄리 여사 통역을 듣던 황 이장이 답답해 미칠 지경이란 듯 조 씨 무릎을 흔들며 조 씨 귀에 대고 큰 소리로 말했다.

"이 사람아, 그건 기억난다고 했잖아. 꾸물대지 말구 어서 말해 봐!"

"그래, 그래 기억나."

그제야 조 씨가 머리를 끄덕였다.

"그렇다면 어머니가 숨 거둔 그날 밤, 하늘을 보고 내가 했던 말을 기억합니까?"

안나 리 여사도 답답했던지 프랑스 말에 달아 천장을 쳐다보며,

"별, 별 말입니다!"

하고 분명한 한국 발음으로 강조했다. 그네는 터지려는 울음을 손수건으로 막았다. 한순간에 실내는 *숙연해졌고 모두의 시선이 조 씨 얼굴에 쏠렸다.

"별?"

조 씨가 천장을 올려다보며 눈을 깜박이더니 추위를 타듯 어깨를 움츠리고 온몸을 떨어 댔다.

*숙연하다 고요하고 엄숙하다.

"하늘의 별?"

"별 보구 내 뭐라 말했어?"

봇물이 터진 듯 안나 리 여사 입에서 자연스럽게 한국말이 터졌고 낮춤말을 썼다. 그네가 팔걸이 쥔 손에 얼마나 힘을 주었던지 휠체어가 흔들렸다.

"오마니별, 거기 있어……."

허공을 보는 조 씨 입에서 꿈결이듯 그 말이 흘러나왔고 눈동자가 뿌옇게 풀어졌다.

손수건으로 입을 막아 격한 감정을 다스리던 안나 리 여사의 *비탄이 터진 것은 그 순간이었다.

"오마니별을 알다니! 내 동생이 틀림없어!"

엄마가 숨을 거둔 겨울밤이었다. 폭격으로 반쯤 허물어진 빈집의 무너진 천장 사이로 밤하늘이 보였고, 찬 별들이 하늘 가득 보석처럼 박혀 있었다. 헌 이불을 둘러쓰고 서로 껴안아 체온으로 밤을 새울 때, 밤하늘의 별을 보며 누이가 말했다. 중길아, 저 하늘에 반짝이는 별 두 개를 봐. 아바지별과 오마니별이야. 천지 강산에 우리 둘만 남기구 아버지가 오마니 데빌구 하늘에 가서 별루 떴어. 저기, 저기 오마니별 보여?

"중길아! 네 이름은 이중길이야. 여기루 오라구!"

안나 리 여사가 떨리는 두 팔을 한껏 벌리고 외쳤다.

그 순간을 놓치지 않겠다는 듯 현 선생이 앞으로 나서며 카메라를 들이댔다. 안나 리 여사 며느리는 뒤쪽에 따로 준비해 둔 한 아름 생화 꽃다발을 들고 활짝 웃으며 조 씨 쪽으로 걸어왔다. ✎

'오마니별'은

어린 시절의 기억을 상실한 채 평생을 살아온 조 노인이 반세기가 지나 누이와 재회하는 이야기이다. 역사적 수난을 담담하게 풀어내면서 개인의 아픔을 위로하는 감동적인 결말을 보여 준다.

1. 글을 떠올리며 ······

• '조평안'이 재혼을 하지 않은 이유는 무엇인가?

2. 글을 소화하며 ······

• '안나 리'와 '중길'이 남매임을 확인하는 것으로 결말을 맺는데 이에 담겨 있는 작가의 의도를 추측해 보자.

3. 생각을 모으며 ······

• 당시 시대를 살았던 소설 속의 인물들과 오늘날 나의 삶을 비교하는 내용을 바탕으로 감상문을 써 보자.

도움말 오늘날에는 전쟁이 아니라 경제적인 이유 등으로 흩어져 사는 가족들이 있다.

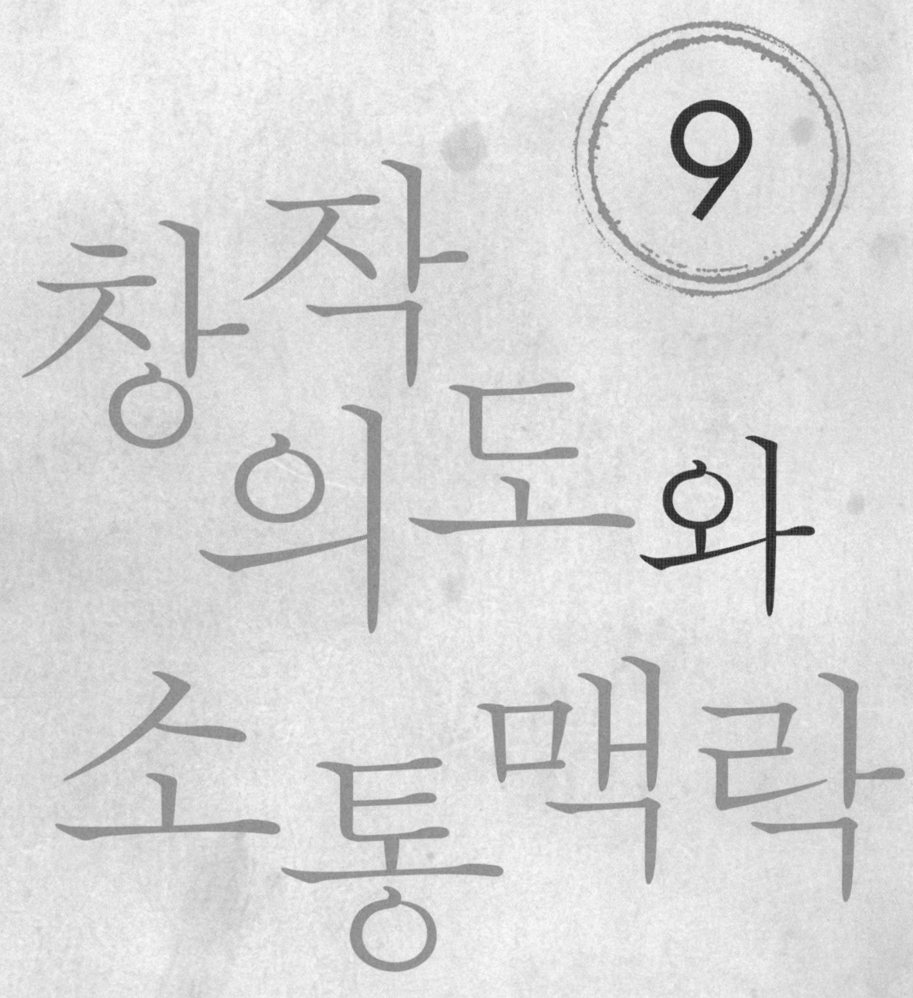

창작 의도란 작품을 쓰게 된 동기나 계기를 말한다. 소통 맥락은 작가의 작품이 당시 독자에게 어떻게 읽혔는지를 일컫는 말이다. 소설을 읽을 때 작품의 창작 의도와 소통 맥락을 이해하는 것은 중요한 일이다. 사람과 사람 사이에도 의사소통이 잘 되어야 친해지고 서로를 이해하게 된다. 독자도 작품이 만들어지게 된 사회·문화·역사적 사실들을 알면 작가의 창작 의도를 아는 데 도움이 될 것이다.

'화왕계', '박씨전', '물 한 모금', '난쟁이가 쏘아 올린 작은 공'

찻종에 붓는데 김이 엉긴다. 그 김을 보기만 해

도 속이 녹는 것 같다. 먼저 수염 긴 노인이 마시

고, 노파가 마시고 그리고는 옆 사람 순서로 마

신다. 한 모금 마시고는 모두, 에 둫다, 이제야

속이 풀리눈. 하고는 흐뭇해한다. 단지 그것이

더운 맹물 한 모금인데도. 그러나 그것은 헛간

안의 사람들이나 밖에 무표정한 대로 서 있는 주

인이나 모두 더운물에서 서리는 김 이상의 뜨거

운 무슨 김 속에 녹아드는 광경이었다.

– '물 한 모금' 중에서

화왕계

·
·
·

설총

옛날에 화왕이 이곳에 이르자 향기로운 동산에 심고 푸른 장막으로 둘러 보호했답니다. 늦봄을 맞아 곱게 피어난 화왕은 온갖 꽃들 가운데 가장 빼어났다고 합니다. 그러자 가깝고 먼 곳에서 요염하고도 아리따운 꽃들이 모두 달려와서 화왕을 뵙고자 했답니다.

그들 가운데 한 아리따운 이가 발그스름한 볼에 하얀 이를 드러내어 웃으며 고운 나들이옷으로 아름답게 단장하고 간들간들 춤추는 듯 화왕 앞에 걸어와서 아뢰었습니다.

"저는 눈처럼 하얀 모래벌판을 밟고, 거울처럼 맑은 바다를 마주 보면서 자랐습니다. 봄비에 목욕하여 몸의 먼지를 씻고, 맑은 바람 속에서 유유

설총(655~?)

신라 시대의 학자. 학문에 뛰어나고 유학, 한학의 연구를 발전시키는 데 공이 컸다. 글을 많이 지었지만 세상에 전해지는 것이 없다는 기록이 "삼국사기"에 있다. 향가를 집대성한 것으로도 알려져 있다.

자적하면서 지냈습니다. 저의 이름은 장미라 하옵니다. 대왕의 어지신 덕망을 들사옵고, 곁에서 그윽한 향기를 더하여 모시고자 하오니, 대왕께서 저를 받아들여 주시겠사옵니까?"

그때 또 어떤 백발의 사내가 베옷을 입고 가죽띠를 두른 채, 지팡이를 짚고 비틀거리는 걸음으로 굽실굽실 걸어오더니 *화왕께 아뢰었습니다.

"저는 서울 밖 한길 가에 살고 있사옵니다. 아래로는 아득히 펼쳐진 들판의 경치를 내려다보고, 위로는 높이 솟은 산의 경치를 의지하고 있습니다. 저의 이름은 *백두옹이라 하옵니다. 가만히 생각하건대, 대왕께서는 좌우에서 보살피는 신하들이 좋은 음식과 향기로운 차로 수라상을 받들어 흡족하게 해 드리고 있사옵니다. 비록 기름진 쌀과 고기로 배를 채우고 좋은 차로 정신을 맑게 하시며 장롱 속에 의복을 그득히 쌓아 두었다 하더라도, 좋은 약으로 기운을 돋우시고 독한 약으로 병독을 없애야 합니다. 그러므로 옛말에, '군자 된 자는 비록 *명주실과 삼으로 짠 좋은 옷감이 있더라도, *솔새와 기름사초 같은 풀도 버리는 일이 없고, 모든 사람들이 아쉬운 것이 없게 한다.'고 하였습니다. 대왕께서도 이러한 뜻을 가지고 계신지 모르겠습니다."

그때 어떤 신하가 화왕께 아뢰었습니다.

"두 사람이 이렇게 함께 왔는데, 대왕께서는 누구를 남기고 누구를 보내시겠습니까?"

화왕은 이렇게 말했습니다.

"저 영감의 말도 일리가 있기는 하나, 아름다운 이는 얻기 어려운 것이니, 장차 어떻게 하면 좋겠는가?"

그러자 노인이 앞으로 나아가 아뢰었습니다.

---

*화왕 여러 가지 꽃 가운데 왕이라는 뜻으로, '모란꽃'을 달리 이르는 말.

*백두옹 머리털이 허옇게 센 늙은 남자. 식물로는 '할미꽃'을 이름.

*명주실 누에고치에서 뽑은 가늘고 고운 실.

*솔새와 기름사초 삿갓이나 돗자리를 짜는 거친 풀의 종류.

"저는 대왕께서 총명하여 모든 사리를 잘 판단하시는 분으로 알고 왔더니, 지금 뵈오니 그러지 않으십니다. 대체로 임금 된 사람치고 간사하고 아첨하는 자를 가까이하지 않고, 곧고 올바른 자를 멀리하지 않는 이가 드물었습니다. 그래서 *맹자는 불우하게 일생을 마쳤고, *풍당은 말단 벼슬에 파묻혀 머리가 백발이 되었습니다. 예부터 이러하오니, 저인들 어찌 하겠습니까?"

그러자 화왕은 곧 사과했습니다.

"내가 잘못했다. 내가 잘못했다."

---

*맹자 중국 전국 시대의 사상가. 덕으로 사람들을 감화시키는 왕도 정치를 주장하였으나, 제후들에게 받아들여지지 않았다.

*풍당 한나라 안릉 사람으로, 어진 인재였지만 평생 벼슬이 낭관이라는 낮은 자리에 머물렀다고 한다.

'화왕계'는

인격화한 동식물이나 기타 사물을 주인공으로 하여 그들의 행동 속에 풍자와 교훈의 뜻을 나타내는 이야기인 우언(寓言)이다. 훗날 가전체 문학(사물을 의인화하여 전기 형식으로 서술하는 문학 양식)의 근원이 되었다.

1. 글을 떠올리며 ······

- 이 글을 일어난 순서대로 정리해 보자.

  화왕을 보러 (   ) → (   )가 간들간들 춤추는 듯 화왕 앞에 나타나 신하 되기를 청함 → (   )이 지팡이를 짚고 비틀비틀 걸어와 신하 되기를 청함 → 화왕이 둘 중 누구를 선택할지 갈등함 → 백두옹이 화왕에게 (   ) → 화왕이 깨달음을 얻음

2. 글을 소화하며 ······

- 내가 화왕이라면 장미와 백두옹 중 누구를 신하로 선택할지 이야기해 보자.

  – 장미를 선택

  – 백두옹을 선택

3. 생각을 모으며 ······

- 우리나라 역사에서 충신에 해당하는 인물을 한 사람 들고 그 근거를 이야기해 보자.

박씨전

작자 미상

[앞부분의 줄거리]

조선 인조 때 전 홍문관 부제학 이득춘은 강원 *감사로 부임하여 아들 이시백을 데리고 갔다. 이때 금강산에 사는 박 *처사가 이득춘에게 아들 시백과 자신의 딸을 혼인시키기를 청하였다.

이시백은 첫날밤에 박 씨의 얼굴이 추함을 알고 실망하여 그날 이후로는 박 씨에게 가지 않았고, 가족들도 박 씨를 비웃었다. 어쩔 수 없이 박 씨는 피화당을 지어 달라 청하고는 그곳에 홀로 거처하였다.

박 씨는 어질고 현명하여 말을 사서 큰 이윤을 남기고 남편을 장원 급제시키는 등의 능력을 발휘하였다. 이때 박 처사는 딸의 허물을 벗겨 마침내 아름다운 모습으로 변화

*감사 조선 시대에 둔, 각 도의 으뜸 벼슬. 그 지방의 경찰권, 사법권, 징세권 따위의 행정상 절대적인 권한을 가진 종이품 벼슬.
*처사 예전에, 벼슬을 하지 아니하고 초야에 묻혀 살던 선비.

시켜 준다.

그러던 어느 날, 병자호란이 일어나고, 청나라 군사들은 조선을 쳐들어와 우리나라 백성들을 무참히 죽이고 약탈하였다.

청나라 군사가 물밀듯 성 안에 들어오고 용골대가 피화당을 엄습하다가 크게 놀라다

이때는 병자년 12월 그믐이라. 오랑캐가 동대문을 깨뜨리고 물밀듯 들어오니 함성이 천지진동하는지라. 백성의 참혹한 모습은 이루 다 말할 수 없더라. 적장이 군사를 호령하여 사방에서 *엄살하니 주검이 태산 같고 피가 흘러 내를 이루더라. 상이 이때를 당하여 *황황하기 그지없어 어쩔 줄 모르고 여러 신하들을 모아 의논하사

"이제 도적이 성 안에 가득하여 백성들을 살해하니 사직이 매우 위태한지라. 장차 어찌하리요?"

하며 탄식하시니 우의정 이시백이 말하기를,

"이제 일이 급하오니 남한산성으로 *파천하심이 좋을까 하나이다."

상이 옳게 여기시고 즉시 옥교를 타시고 남문으로 나와 남한산성으로 행하시니 전면에 한 무리의 군사가 내달아 오니 상이 크게 놀라

"저 적을 누가 물리치리오?"

하시니 우의정 이시백이 말을 내몰아 말하기를,

"신이 적을 물리치리이다."

하고 창을 들고 나아가 *일합에 물리치고 어가를 뫼셔 남한산성으로 들어가니라.

*엄살 별안간 습격하여 죽임.
*황황하다 갈팡지팡 어쩔 줄 모르게 급하다.
*파천 임금이 도성을 떠나 다른 곳으로 피란하던 일.
*일합 칼, 창 등으로 싸울 때, 칼과 칼, 또는 창과 창이 서로 한 번 마주침.

이때에 오랑캐 장수 한유와 용울대가 십만 군사를 거느려 바로 장안을 취하여 궐내로 들어가니 궐 안이 비었는지라 남한산성으로 피신한 것을 알고 아우 용골대로 하여금 장안을 지키고 *물색을 수습하라 하고, 군사 천여 명을 데리고 몰아 남한산성으로 가 성을 에워싸고 공격을 하는지라. 여러 날 군신이 성 안에 싸여 위태함이 경각에 달렸더라.

이때에 박 씨는 일가친척을 피화당에 모여 있게 하매, 전란을 당하여 피란하던 부인들이 용골대가 장안의 물색을 수습한다는 말을 듣고 도망코자 하거늘, 부인이 그 거동을 보고 모든 부인을 위로하여 말하기를,

"이제 도적이 곳곳마다 있으니 부질없이 흔들리어 움직이지 마옵소서."

하니 모든 부인들이 *반신반의하여 있더라. 이때 용골대 군사 백여 기를 거느리고 장안 사방으로 다니며 탐지하더니, 한 집에 이르러 바라보니 정결한 초당이 있고 전후좌우 수목(樹木)이 무성한 가운데 무수한 여자들이 편히 있거늘, 용골대 좌우를 살펴보니 나무마다 용과 범이 되어 서로 머리와 꼬리를 맞대고 가지마다 새와 뱀이 되어 변화가 무궁하여 살기가 *충천한지라. 용골대 부인의 신기한 묘법을 모르고 피화당에 있는 물색을 수습하고자 급히 들어가니 청명하던 날이 문득 검은 구름이 일어나며 *뇌성벽력이 천지 진동하더니 무성한 수목이 갑옷을 입은 병사로 변하여 점점 에워싸고, 가지와 잎은 창과 검이 되어 사람의 마음을 놀라게 하는지라. 용골대 그제야 우의정 이시백의 집인 줄 알고 크게 놀라 도망코자 하더니 문득 피화당이 변하여 첩첩산중이 되었더라.

박 씨의 도술로 적장을 죽이고 용울대가 피화당을 크게 엄습하다

용골대 더욱 정신이 나가 어쩔 줄 모르더니 문득 한 여자가 칼을 들고 썩 나서며 크게 꾸짖어 말하기를,

"어떠한 도적이건대 죽기를 재촉하는가?"

용골대 답하기를,

"뉘 댁이신지 모르고 들어 왔거니와 덕택으로 살아 돌아가기를 바라나이다."

계화 또 이르기를,

"나는 이 댁 *시비 계화거니와 너는 어떠한 놈이기에 죽는 줄 모르고 적은 힘을 믿어 당돌히 들어왔는가? 우리 댁 부인께옵서 네 머리를 베어 오라 하시기에 나와서 네 머리를 베고자 하나니 내 칼을 받으라."

하는 소리 진동하는지라. 용골대 그 말을 듣고 크게 노해 칼을 비껴 들고 계화를 치려 하나 칼 든 손에 기운이 없어 손 쓸 수가 없는지라. 마음이 놀라 탄식하기를,

"슬프다. 장부가 세상에 나아가 한 나라의 대장이 되어 조국에서 멀리 떨어진 나라에 나와 공을 이루지는 못하고 조그마한 여자의 손에 죽을 줄 어찌 뜻하였으리요."

하고 탄식함을 마지않으니 계화가 크게 웃으며,

"무지한 적장아. 불쌍하고 가엾다. 대장부의 이름으로 타국에 나왔다가 오늘날 나 같은 힘없는 여자를 당치 못하고 탄식만 하니, 너 같은 것이 어찌 한 나라의 대장이 되어 다른 나라를 치고자 나왔는가? 내 말을 들어 보라. *무도한 너의 임금이 하늘의 뜻을 모르고 외람되이 예의지국을 해하고자 너 같은 젖비린내 나는 조무래기를 보냈으니 네 임금의 일을 생각하면 우습고, 네 신세를 생각하면 측은하나 내 칼을 받으라. 내 칼이 사정

---

*시비 곁에서 시중을 드는 계집종.
*무도 말이나 행동이 인간으로서 지켜야 할 도리에 어긋나서 막됨.

이 없어 용서치 못하고 머리를 베나니 무지한 *필부놈이라도 하늘의 뜻을 받아들여 죽은 혼이라도 나를 원망하지 말라." (중략)

[중간 부분의 줄거리]

용골대는 계화의 손에 죽는다. 한편 조선은 결국 청나라에 항복한다. 용울대는 아우 용골대의 죽음을 듣고 피화당을 치고자 한차례 공격하였으나 실패한다.

홀연 수목 사이로 한 여자가 썩 나서며 크게 외쳐 가로되,

"이 무지한 용울대야. 네 동생 용골대가 내 칼에 놀란 혼이 되었거니와 너조차 내 칼에 죽고자 하여 목숨을 재촉하는가?"

용울대 이 말을 듣고 더욱 분노하여 크게 꾸짖어 말하기를,

"너는 어떤 여자이건대 장부를 대하여 요망한 말을 하는가? 내 동생이 불행하게도 네 손에 죽었거니와 나는 이미 조선 임금의 항복을 받았으니 너희도 우리나라 백성이니 어찌 우리를 해하려 하는가? 이는 *가위 나라를 모르는 여자로다. 진실로 살려 쓸데가 없으니 빨리 나와 내 칼을 받아 죄를 씻으라."

하거늘 계화 그 말을 들은 체 아니하고 업신여기며 말하기를,

"나는 충렬 부인 시비 계화이어니와 네 일을 생각하니 가련하다. 네 동생 용골대는 나 같은 여자 손에 죽고 너는 나를 당치 못하고 저다지 분함을 이기지 못하니 어찌 가련하지 아니하리오?"

용울대 더욱 분하여 *철궁에 *왜전을 먹여 쏘았으나 맞히지 못하고 예닐곱 걸음 가서 떨어지는지라. 용울대 분을 참지 못하고 군중에 명하여 활을 쏘라 하니 군사가 명령을 받아 쏘나 하나도 맞히지 못하는지라. 화살만 허

*필부 신분이 낮고 보잘것없는 사내.
*가위 '〜라고 할 만하다.' 라는 뜻의 말.
*철궁 전투에 쓰던, 쇠로 만든 활.
*왜전 길이가 짧은 화살.

비하고 가슴이 막혀 어쩔 줄 모르는 중에 그 신기함을 탄복하나 오히려 분한 마음을 참지 못하여 김자점을 불러 말하기를,

"너희도 이제 우리나라 백성이라. 빨리 도성 군사를 뽑아 저 *팔문진을 깨뜨리고 박 씨와 계화를 잡아들이라. 만일 그렇지 않으면 군법으로 다스리리라."

하며 호령이 엄한지라. 김자점이 황공하여 대답하기를,

"어찌 장군의 명령을 거역하리이까?"

하며 군사를 호령하여 팔문진을 에워싸고 좌우로 공격한들 팔문진을 깨뜨릴 수 있으리오. 용울대 한 꾀를 생각하고 군사를 명하여 팔문진 사방에 화약을 붓고 큰 소리로 말하기를,

"너희가 아무리 *천변지술을 가졌다 하더라도 오늘이야 어찌 살기를 바라리오? 목숨을 아끼거든 바로 나와 귀순하라."

하며 무수히 꾸짖으나 한 사람도 대답치 아니하더라.

용울대, 대군과 모든 부인을 노략질하여 본국으로 가다

울대 군중에 명을 내려 일시에 불을 지르니 화약이 터지는 소리 산천이 무너지는 듯하고 불이 사면으로 일어나며 불길이 충천하니 부인이 계화에게 명하여 부적을 던지고 왼손에는 *홍화선을 들고 오른손에는 *백화선을 들고 오색실을 매어 불길 중에 던지니 문득 피화당으로부터 큰 바람이 일어나며 도리어 오랑캐의 진중으로 불길이 돌아가 오랑캐의 군사들이 불 가운데에 들어 천지를 분별하지 못하며 불에 타 죽는 자가 이루 말할 수 없더라. 울대가 크게 놀라서 급히 퇴진하면서 하늘을 우러러 탄식하며,

*팔문진 옛날 전쟁에서 싸울 때에 자신의 몸을 지키기 위해 사용하던 진법.

*천변지술 ① 여러가지로 변하는 도술. ② 하늘에서 생기는 돌풍, 번개, 일식, 월식 따위를 부리는 도술.

*홍화선 붉은 꽃이 그려져 있는 부채.

*백화선 하얀 꽃이 그려져 있는 부채.

"*기병하여 조선에 나온 후 칼에 피도 묻히지 않고 포 한 방으로 조선을
도모하였으나 이곳에 와 여자를 만나 동생을 죽게 하고 무슨 면목으로 임
금과 귀비를 뵈오리오."

통곡함을 마지아니하거늘, 여러 장수들이 위로하며 의논하기를,

"아무리 해도 그 여자에게 복수할 수는 없으니 퇴군하는 것만 못하다."

하고 왕비와 세자, 대군과 장안의 여러 물색들을 거두어 행군하니 울음소리
에 산천이 움직이더라.

이때에 박 부인이 계화로 하여금 적진을 대하여 크게 외쳐 말하기를,

"무지한 오랑캐 놈아, 내 말을 들으라. 너의 왕이 우리를 모르고 너 같이
젖비린내 나는 놈을 보내어 조선을 *침노하니, 국운이 불행하여 패망은
당하였으나 무슨 이유로 우리나라의 인물을 거두어 가려 하느냐? 만일
왕비를 모셔갈 뜻을 두면 너희들을 다 몰살할 것이니 목숨을 돌보라."

하거늘 오랑캐의 장군이 이 말을 듣고 비웃으며 말하기를,

"너의 말이 전혀 들잘 것 없다. 우리 이미 조선 왕의 항복을 받았으니
데려가기나 안 데려가기는 우리 손에 달렸으니 그런 말 구차하게 하지
말라."

하며 무수히 업신여기거늘, 계화가 다시 이르기를,

"너희가 한결같이 마음을 고치지 아니하니 내 재주를 구경하라."

하고 말을 마치고 무슨 주문을 외우더니 문득 공중으로부터 두 줄기 무지
개가 일어나며 우박이 담아 붓듯이 오며 순식간에 급한 비와 눈바람이 내
리고 얼음이 얼어서 오랑캐 진중의 장졸이며 말굽이 얼음에 붙어 떨어지
지 않아 조금도 움직이지 못할지라. 오랑캐의 장군이 그제야 깨달아 말하
기를,

"당초에 귀비께서 분부하시되, '조선에 *신인이 있을 것이니 부디 우의정 이시백의 집 후원을 범하지 말라.'하셨거늘 우리가 일찍 깨닫지 못하고 또한 한때 분함을 생각하여 귀비의 부탁을 잊고 이곳에 와서 도리어 화를 입어 십만 대군을 다 죽게 할 뿐이라. 골대도 죽고 무슨 면목으로 귀비를 뵈오리오. 우리가 이러한 일을 당하였으니 부인에게 비느니만 못하다."

하고 오랑캐의 장군 등이 갑옷을 벗어 안장에 걸고 손을 묶어 팔문진 앞에 나아가 땅에 엎드려 죄를 청하여 말하기를,

"소장이 천하에 *횡행하고 조선까지 나왔으되 무릎을 한 번도 꿇은 적이 없으나 부인 계신 장막 아래 무릎을 꿇어 비나이다."

하며 머리를 조아리며 애걸하고 또 빌어 말하기를,

"왕비는 아니 뫼셔 가리이다. 소장 등으로 길을 열어 돌아오게 하옵소서."

하고 무수히 애걸하거늘 부인이 그제야 주렴을 걷고 나오며 크게 꾸짖기를,

"너희들을 씨도 없이 몰살하려 하였더니 내 인명을 살해함을 좋아 아니 하기로 용서하나니, 네 말대로 왕비는 모셔 가지 말며, 너희들이 부득이 세자와 대군을 모셔 간다 하니 그도 또한 *천의를 좇아 거역하지 못하니 부디 조심하여 모셔 가라. 나는 앉아서도 알 수 있으니 너희가 이 말을 어긴다면 나의 *신장들과 병사들을 모아 너희들을 다 죽이고 나도 북경에 들어가 국왕을 사로잡아 *설분하고 무죄한 백성을 남기지 아니하리니, 내 말을 거역지 말고 명심하라."

하니 울대가 다시 애걸하면서 말하기를,

"소장의 아우 머리를 내어 주시면 부인 덕택으로 고국에 돌아가겠나이다."

부인이 크게 웃으면서 말하기를,

"너의 정성은 지극하지만 각기 그 임금 섬기기는 같다. 아무리 애걸해도

---

*신인 신과 같이 신령하고 숭고한 사람.
*횡행 아무 거리낌 없이 제멋대로 행동함.
*천의 하늘의 뜻.
*신장 전략과 전술에 능한 장수.
*설분 분한 마음을 풂.

그것은 못하리라.”

울대가 이 말을 듣고 분하기는 하나 골대의 머리만 보고 크게 곡할 따름이요, 할 수 없이 하직하고 행군하려 하니 부인이 다시 이르기를,

“행군하되 의주로 행하여 임 장군을 보고 가라.”

울대가 그 계략은 모르고, 속으로 생각하되,

‘우리가 조선 임금의 항복을 받았으니 서로 만남이 좋다.’

하고 다시 하직하고 세자와 대군과 장안 물색을 데리고 의주로 갈 제, 잡혀가는 부인들이 하늘을 우러러 통곡하여 말하기를,

“박 부인은 무슨 복으로 *환난을 면하고 고국에 편안히 있고 우리는 무슨 죄로 만리타국에 잡혀가는가? 이제 가면 어느 날 어느 때에 고국산천을 다시 볼 수 있을꼬?”

하며 통곡하는 자가 무수하더라. 부인이 계화로 하여금 이르기를,

“인간 고락(苦樂)은 사람의 *상사이라. 너무 슬퍼 말고 들어가면 삼 년 사이에 세자와 대군, 모든 부인을 모셔 올 사람이 있으니 부디 안심하고 무사히 도착하라.”

하고 위로하더라.

임 장군이 도중에 분을 풀고 승상 부부 팔십 *향수하고 승천하다

처음에 청나라 군사가 나올 때에 중간에 복병을 두어 한양과 의주를 통하지 못하게 하니라. 슬프다. 이 같은 변을 만나 의주에 *봉서를 내려 임경업을 불렀으나 중간에서 없어지니 경업은 국가의 패망을 전혀 모르고 있다가 늦게야 소식을 듣고 서둘러 올라오더니 앞에 한 무리의 군마가 길을 막았거

---

*환난 근심과 재난을 통틀어 이르는 말.
*상사 보통 있는 일.
*향수 오래 사는 복을 누림.
*봉서 임금의 종친이나 근신에게 사적으로 내리던 서신.

늘 경업이 바라보니 오랑캐들이라. 크게 분노하여 칼을 들고 적진을 취하여다 무찌르고 분기를 참지 못하여 *필마단기로 의주를 떠나 한양을 바라고 행하니라.

이때 울대 의기양양하여 나오거늘 경업이 크게 분노하여 앞에 나오는 *선봉장의 머리를 일합에 베어 들고 좌충우돌하여 *무인지경인 양 들이닥치니 군사의 머리 추풍낙엽 같더라. 오랑캐 군사들이 감히 접응치 못하고 죽는 자 무수한지라. 한유와 용울대 통곡하며 박 부인의 계책에 빠짐을 깨달아 크게 후회하고 즉시 한양으로 글을 올리니, 상이 보시고 즉시 경업에게 조서를 내리시어 오랑캐 군사들을 가게 하시니라. 이때 경업이 일합에 적진 장졸을 무수히 죽이고 바로 용울대를 취하려 하더니, 마침 한양으로부터 내려오는 사자가 조서를 드리거늘 경업이 예를 갖춰 조서를 떼어 보니, 그 조서에 이르기를,

"국운이 불행하여 모월 모일에 오랑캐가 북으로 돌아서 동대문을 깨뜨리고 장안을 엄살하기로 짐이 남한산성으로 피란하였더니 십만 적병이 여러 날 에워싸고 급히 공격하니, 경은 천 리 밖에 있고 수하에는 유능한 장수가 없어 능히 당치 못하매 부득이 강화하였으니 어찌 슬프지 아니하리오. 모두가 운명이라. 분하지만 어찌 하리요. 경의 충성이 도리어 무익하니 오랑캐 진중의 장졸이 내려가거든 항거치 말고 보내라."

하였더라.

임경업이 보기를 다하고 칼을 땅에 던지고 대성통곡하며 말하기를,

"슬프다. 조정에 *만고 소인이 있어 나라를 이같이 망하게 하였으니 하늘이 이같이 무심하시리오."

하여 통곡하기를 마지아니하다가 분함을 이기지 못하여 다시 칼을 들고 적

*필마단기 혼자 한 필의 말을 탐. 또는 그렇게 하는 사람.
*선봉장 제일 앞에 진을 친 부대를 지휘하는 장수.
*무인지경 아무것도 거칠 것이 없는 판.
*만고 세상에 비길 데가 없음.

진에 돌입하여 적장을 잡아 엎드리게 하고 꾸짖기를,

"네 나라가 지금까지 지탱함은 모두 나의 힘인 줄 모르고 무지한 오랑캐 놈들이 이같이 하늘을 거스르려는 마음을 먹고 우리나라에 들어와 이같이 하니, 너의 일행을 씨도 없이 할 것이로되, 우리나라의 운수가 이처럼 불행한지라. 왕명을 거역하지 못하는 고로 너희 놈들을 살려 보내나니, 세자와 대군을 평안히 모시고 들어가라."

하고 일장통곡한 후에 보내니라.

상이 박 씨의 말을 처음에 듣지 않으신 것으로 반성하고 못내 후회하시니 모든 신하가 탄식하여 아뢰기를,

"박 씨의 말대로 하였더라면 어찌 이런 변이 있사오리까?"

상이 탄식하여 마지않으시고 말하기를,

"박 씨 만일 장부로 났더라면 어찌 오랑캐를 두려워하리오? 그러나 규중의 여자 혼자 맨손으로 수많은 오랑캐의 기를 꺾어 조선의 위엄을 빛냈으니 이는 고금에 없는 일이라."

하시고 충렬 부인에 정렬 부인을 더 봉하시고 일품 *녹에 만금 상을 주시고, 또 궁녀로 하여금 조서를 내리시니, 충렬 부인이 예를 올리고 조서를 열어 보니 그 조서에 대강 이르기를,

"짐이 밝지 못하여 충렬의 선견지명과 *위국지언을 쓰지 아니한 탓으로 국가에서 상서롭지 못한 일이 생겨 이 지경이 되었으니 정렬에게 조서를 내림이 오히려 부끄럽도다. 정렬의 덕행과 충효는 이미 아는 바이라. 규중에 있으나 나라의 위엄을 빛내고 왕비의 위태함을 구하였으니 정렬의 충성을 다시 일컬을 바 없거니와 나라와 더불어 *영화(榮華)와 고락을 같이할 것을 그윽이 바랄 따름이라."

하였더라. 정렬 부인 박 씨가 다 본 후에 은혜가 망극함을 못내 사례하더라.

당초 박 씨가 출가할 때에 추하게 함은 색을 탐하는 게 지나칠까 저어한 때문이며 모습을 바꾸어 본색을 나타냄은 부부간 화합하고자 함이요, 피화당에 있어 팔문진을 친 것은 나중에 돌아다니는 오랑캐를 방비함이요, 왕비를 못 모시고 가게 함은 오랑캐의 불측한 변을 만날까 저어함이요, 세자와 대군을 모셔 가게 함은 하늘의 뜻을 따르는 것이고, 오랑캐의 장수로 하여금 의주로 가게 함은 임 장군을 만나 영웅의 분심을 풀게 함이라. 이다음부터 박 씨는 충성으로 나라에 무슨 일이 있으면 극진히 하고, 종들과 하인들을 의리로 다스리고 친척을 화목게 하여 덕행이 일국에 펼치고 이름이 후세에 전하였더라. 이 승상 부부는 이후로 자손이 집안에 가득하고 태평 재상이 되어 팔십여 세까지 누리고 부귀영화가 극진하니 *만조백관과 온 나라가 추앙하는 바이라.

*홍진비래는 예로부터 있는 일이어서 박 씨와 승상이 연달아 우연히 병을 얻어 백 가지 약이 무효한지라. 부부가 자손을 불러 후사를 당부하고 말하기를,

"옛 성인이 말씀하시되, 세상에 살아 있는 것은 잠시 붙어 있는 것이고, 죽는 것은 영원히 돌아감이라 하셨으니, 우리 부부의 복되고 영화로운 삶은 무한하다 하리로다. 인생의 생사가 마땅히 이와 같으니 우리 돌아간 후 자손들은 너무 슬퍼하지 말라."

하고 시간을 이어 돌아가셨다. 가족들이 상을 치르고 예를 극진히 하여 *선산에 *안장하니 상이 들으시고 슬퍼하여 비단과 금은을 내리셔서 장례에 보태게 하셨다. 이후 자손이 대대로 벼슬이 그치지 않고 가문이 이어 *혁혁하더라.

---

*만조백관 조정의 모든 벼슬아치.

*홍진비래 즐거운 일이 다하면 슬픈 일이 닥쳐온다는 뜻으로, 세상일은 순환되는 것임을 이르는 말.

*선산 조상의 무덤이 있는 산.

*안장 편안하게 장사 지냄.

*혁혁하다 공로나 업적 따위가 뚜렷하다.

'박씨전'은

초인적인 능력을 가진 박 씨가 이끌어 가는 소설이다. 병자호란을 배경으로 조선이 청나라에 패한 치욕을 문학으로나마 치유하고자 쓴 소설이다.

1. 글을 떠올리며 ······

• 이 소설에서 박 씨가 여성이라는 한계를 드러낸 부분이 있으면 이야기해 보자.

2. 글을 소화하며 ······

• 이 소설에 반영된 역사적 사실과 소설에서 그려지는 모습이 어떻게 다른지 설명하고 그 이유가 무엇인지 서술해 보자.

3. 생각을 모으며 ······

• 영웅은 지혜와 재능이 뛰어나고 용맹하여 보통 사람이 하기 어려운 일을 해내는 사람을 말한다. 박 씨를 영웅이라고 할 수 있을지 친구들과 토론해 보자.

물 한 모금

황순원

가을 하늘이란 정말 고양이의 눈알인가 보다. 그렇게 맑던 늦가을 저녁 하늘이 금세 흐려지며 비 올 바람까지 인다. 이어 설마 비야 오랴 싶던 하늘에서는 어느새 빗방울이 *듣기 시작한다.

불과 백여 호가 될까 말까 한 이곳 조그마한 간이역 앞벌에는 이렇게 되어 비를 맞는 사람이 몇 있다. 처음에는, 가을비가 오면 얼마나 오리 하고 그냥들 심상히 여기는 듯했으나, 주위가 점점 컴컴해지면서 빗방울이 굵어지는 품이 좀처럼 업신여길 비가 아님을 깨달으면서는 뛰는 걸음으로 변한다. 그러나 뛴다고 별도리가 없으리라는 걸 깨닫게 되자 이번에는 어디 비 *그을 자리를 찾는다.

황순원(1915~2000)

간결하고 세련된 문체로 서정적인 아름다움이 돋보이면서도 삶에 대한 치열한 고민을 잘 표현한 소설을 썼다. 주요 작품으로는 '소나기', '독 짓는 늙은이', '목넘이 마을의 개' 등이 있다.

마침 역 앞벌을 길게 가르고 지나가는 개울둑 가까이 초가집이 하나 외따로이 서 있다. 채마를 하는 중국 사람의 집이다. 역 쪽에서 앞벌 저편에 있는 마을 마을로 가던 사람, 그러한 마을들에서 역 쪽으로 오던 사람이 하나둘이 초가집으로 찾아든다. 처마 밑에라도 들어설 *심산으로들 모여드는데, 뜻밖에 이 초가집에는 한 옆구리에 잇달아 지은 빈칸이 하나 있다. 아직 문도 해 달지 않은, 바람벽도 사날 전에 초벽을 바른 듯 아직 흙이 마를 날이 먼 헛간이었다. 긴 *장호미 두 개가 한옆에 뉘어 있을 뿐 텅 빈 이곳은 잠깐 비 긋기에는 여간 좋은 장소가 아니었다.

벌써 여기에는 나들이라도 나선 듯한 노파를 비롯해 몇몇 사람이 들어와 있었다. 모두 처음에는 목을 움츠리고 을씨년스러운 듯이, 에잇 에잇 하며 찬비를 털고 하다가도, 숨을 돌리고 몸이 좀 녹는 대로 이번에는 새로 들어서는 사람들의 구중중한 꼴을 구경할 여유까지 생긴다.

새로 들어서는 사람이 울상을 할수록 더 *구경스럽다. 더욱이나 앞 개울에 놓인 외나무다리를 건너오는 사람이 있을 땐 더 볼만하다. 뛰어오는 대로 다리에 올라서면 외나무다리가 휘청거린다. 그러면 다리에 올라선 채로 휘청거림이 멎기를 기다리는 수밖에 없다. 그러다 멎기가 바쁘게 다시 속히 건너보려고 급하게 서두른다. 그러면 다시 외나무다리가 휘청거려 올라선 사람은 또 떨어지지 않게끔 몸의 중심을 잡느라고 몸을 이리 비틀고 저리 비틀고 해야 한다. 그 몸 비트는 꼴이 여간 우습지가 않다.

지금 여기서도 분명하게 흰 수염을 길게 기른 노인이 어깨에 보따리를 하나 메고 건너온다. 이 노인은 벌써부터 이 다리를 여러 번 건너 본 경험이 있음이 틀림없어 다리에 오르기 전까지는 반 뜀걸음이었으나 다리에 올라서면서부터는 조금도 급하지가 않다. 천천히 건너온다.

*듣다 눈물. 빗물 따위의 액체가 방울져 떨어지다.
*긋다 비를 잠시 피하여 그치기를 기다리다.
*심산 속셈.
*장호미 손잡이가 긴 호미.
*구경스럽다 구경할 만하다.

이 노인 뒤로 뛰어온 한 젊은 사내가 있었다. 감빛 *당꼬즈봉을 입었다. 첫눈에도 그가 무슨 *공출(供出) 관계 같은 거로 군에서라도 나온 사람이란 게 분명했다.

이 청년은 느린 노인의 걸음이 불만스러운 듯, 속히 건너가소고레 뒷사람 좀 건너가게스레, 하면서 그저 노인만 다 건너가면 단번에 뛰어 건널 기세다. 그러니까 노인은 한 번 조용히 뒤를 돌아보며, 어서 뒤따르소, 괜찮쉐다, 했을 뿐 여전히 천천히 걷는다. 그러나 청년은 이런 외나무다리가 도리어 한 사람씩만 아니고 여럿이 한꺼번에 건너도 괜찮다는 걸 모르는 듯 노인의 뒤를 따르지 못한다.

노인이 그냥 천천히 걸어 다리를 다 건너는 것을 기다려서야 청년은 정말 급하게 다리에 올라선다. 그러나 청년은 예에 의해 몇 발자국을 떼지 못하고 휘청거리는 다리 때문에 몸의 중심을 잃고 두 팔을 허공에 내저으며 몸을 비틀기 시작한다. 참으로 우스꽝스러운 손짓 몸짓이었다. 마치 어른이 지금 바로 걸음마를 타기 시작한 듯한 꼴이다. 그러다가 청년은 몸을 바로 잡았으나 다시 급하게 몇 걸음 내디뎠는가 하면 다시금 몸을 비틀면서 팔을 무슨 촉수처럼 내젓는다. 그러나 청년은 종시(終是) 제 성급함을 어찌하지 못한 채 그냥 몇 번이고 같은 것을 되풀이하면서 다리를 건넌다.

이편에서는 너나 할 것 없이 이 모양을 구경스럽게 바라본다. 모두 허물없는 웃음기를 얼굴에 띄우고 있다. 어떤 사람은 청년이 몸을 비틀며 팔을 허우적거릴 때마다 자기도 모르게, 어구 어구 소리를 지르며 참말 한번 저 사람이 다리에서 물 가운데로 떨어지면 더 구경스러우리라는 생각을 하는 듯했으나 청년이 그러면서도 무사히 다리를 다 건너자 모두 다행이었다는 기색이 누구의 얼굴에나 떠돈다.

*당꼬즈봉 가랑이가 좁은 바지를 가리키는 일본 말.
*공출 국민이 국가의 수요에 따라 농업 생산물 따위를 의무적으로 정부에 내어놓음.

청년이 달음박질을 해 이 헛간으로 들어서서 숨을 돌리는데 비는 소나기로 변한다. 이곳 사람들은 다시 밖을 내다보며 제가끔 걱정스럽고 을씨년스러운 빛으로 변한다. 비는 좀처럼 멎을 것 같지가 않았다.

"*당마비로군."

하고 한 사람이 입을 여니 북쪽 하늘을 쳐다보던 한 사람이,

"저게 암만해두 심상티가 않디, *무리 같은 거나 안 와야 할 텐데."

한다.

"그래도 여긴 *가을이 대충 끝났쉐다만 저 웃골루 가믄 아직 한심합데다, 팥 가을 콩 가을은 *상기 그대루야요."

하고 아래를 무릎까지 걷어 올리고 고무신 코를 한 손에 모아 쥔 사나이가 말하니까,

"그러게 낟알이란 밥꺼지 지어 먹어 놓구서야 먹었단 말을 하디 먹었단 말을 못한대디요."

하고 광대뼈가 두드러지고 얼굴이 긴 말상을 한 키 큰 사나이가 말을 이어 이런 이야기를 한다.

예전에 어떤 사람이 곡식을 추수해 들이면서 이제는 먹었다 하니까, 며느리가 있다가, 아버지 두구 봐야 알지요, 마당질을 하면서, 이제는 먹었다 하니까, 며느리가 있다가 또, 아버지 두구 봐야 알지요, 연자질을 하면서, 이제는 먹었다 하니까, 상기두 두구 봐야 알지요, 나중에 상을 받아 놓고, 이제는 정말 먹었다 하니까, 며느리가, 상기두 두구 봐야 알지요, 시아버지가 와락 성을 내어 받았던 밥상을 들어 메치며, 이 망할 년 아직두 못 먹었단 말이냐? 하는 걸, 며느리가 흩어진 밥그릇을 주워 담으며, 그것 보세요, 못 잡수지 않았어요? 했다는 이야긴데, 누구나 대개 아는 이야길뿐더러 별

반 재미나게 하는 이야기 솜씨도 못돼서 그런지 아무 흥미를 끌지 못한다. 그저 시아버지가 이젠 먹었다 하는 걸 며느리가 두구 봐야 알지요 하는 데서, 언뜻 현재 자기네 생활에라도 생각이 미친 듯 곁의 사람 몇이 군에서 나온 듯싶은 당꼬즈봉 청년을 흘깃 쳐다보았을 따름이다.

"정 *소요 없는 비가 오눈."

하고 또 누가 비 걱정을 하니 곁에서,

"*딘장 무우 배체에나 좀 나을까."

하고 받는다.

여기서,

"지금 몇 *점이나 됐갔소?"

하고 누구보다도 맨 처음 이리로 들어와 움츠리고 섰던 나들이 가는 듯한 노파가 그새 들어오는 사람에게 자리를 비켜 주며 맨 뒷구석으로 가 있다가, 누구에게라 없이 묻는다.

당꼬즈봉 청년이 손목시계를 들여다보며,

"다슷 시가 지났쉐다."

한다.

노파가 다시

"*폐양 나가는 차가 몇 점에 있디요?"

하고 묻자,

"여슷 시 십 분 차디요, 아마."

하고 누가 대답해 준다.

이때 보따리를 어깨에 멘 수염 긴 노인이 노파 편을 돌아보며,

"폐양 나가는 아즈마니요?"

---

*소요 필요로 하거나 요구되는 바.
*딘장 무우 배체 '김장 무 배추'의 방언.
*점 예전에, 시각을 세던 단위. 괘종시계의 종 치는 횟수로 세었다.
*폐양 평양.

한다.

"예."

"*저물갔쉐다레."

노파는 그 말에는 대답 없이 부스럭거리더니 꼬깃꼬깃한 종잇조각 하나
를 꺼내어 옆 사람에게 보이며,

"이거 개지믄 찾을 수 있갔디요?"

한다.

종잇조각은 앞사람도 그 앞사람도 또 그 앞사람도 글을 모르는 사람이어
서는 결국 당꼬즈봉 청년에게로 가 멎는다.

"*암덩이웨다레. 감옥소 있는……."

"예. *가막소 긴 담정 뒈야요."

"그 *아간 가서 이걸 내 뵈고 물어보소."

노파는 종잇조각을 도로 받아 부스럭대며 치마 속 바지 주머니에 소중히
집어넣으면서도 마음이 안 놓이는 듯,

"몇 번 갔댔디만 원, 요 집이 고 집 겉구 고 집이 요 집 겉애서 원."

하고 웅얼거린다.

노인이 여기서,

"낼 아츰 차에 가시디 저물게 갈 게 있나요."

하니까 노파는,

"글쎄 막낭딸이 페양 가 사는데 아이를 났다는 기별을 받구는 내일 아츰
꺼지 기다리지 못하갔쉐다레, 누가 벤벤히 국밥을 끓여 줄까 하믄 가만
앉아 있갔이야디요."

한다.

노인이,

"나두 페양 가긴 하디만 선교리 쪽이 돼 놔서."

하고 말했으나 누가 노인더러 뭘 하러 가느냐고 묻는 사람은 없었다.

노파가 잠시 사람들 틈새로 밖으로 내다보며 예의 당꼬즈봉 청년 쪽을 향해,

"지금 몇 점이나 됐소?"

당꼬바지 청년이 또 손목시계를 들여다보며,

"다섯 시 반이 돼 옵네다."

한다.

노파가 한숨 조로,

"야단났군."

한다.

한 사람이 짜증스러운 듯이,

"정 쓸데없는 비가 오눈."

하면 한 사람이 또,

"당마비터럼 오네게레."

한다.

그러는데 하늘이 좀 머얼개지면서 빗발이 좀 가늘어진다. 사람들은 이제 좀만 더 비가 가늘어지면 떠나 보리라고들 *우무적우무적 몸단속들을 한다.

이때 진창에 신발 끄는 소리가 나더니 한 사내가 나타나 이편을 들여다본다. 중국 사람이 이 집주인이다. 참으로 험상궂게 생긴 사내였다. 마치 도끼 같은 것에라도 찍힌 듯이 깊게 파인 이마의 주름살. 그러나 그것은 결코 무슨 상처 자리가 아니라 얼굴 가죽이 두꺼워 그렇다는 것이 더욱 *간판

---

*우무적우무적 큰 벌레 따위가 매우 좀스럽고 굼뜨게 자꾸 움직이는 모양.
*간판 겉으로 내세우는 외모, 학벌, 경력, 명분 따위를 속되게 이르는 말.

사납다.

들여다보는 품이 아무리 집 같지 않은 곳이라도 주인의 허락 없이 이렇게 들 들어와 있느냐는 것 같았고, 험한 말은 없어도 무신 자기네 세간에 손이 나 대지 않나 하는 것을 살피려는 듯했다. 그래 안에 있던 사람들은 좀 몸들을 피해 긴 장호미가 그에게 보이도록 해 주었다.

그러나 집주인은 무엇 그런 것을 살피는 눈치는 아니고, 그저 이편을 잠시 기웃이 들여다보고는 그 험상궂은 얼굴을 거두어 가지고 가 버린다.

*어석버석해진 이 기회에 모두 떠나 보려고들 한다. 비가 아주 멎지는 않았지만. 그러는데 휘익 거센 바람이 일며 찬 기운을 안으로 몰아넣는다. 이제 비가 그치고 찬 바람이 나오려는가 보다. 아직 비도 채 멎지 않았는데다 이 바람에 밖은 무던히 차가울 것만 같다. 그래 누구 하나 선뜻 나서는 사람이 없다. 그러는데 다시 비가 몰려온다. 소나기다.

누가 또 한숨 조로,

"공연한 비가 오눈."

해도 이제는 모두 한심해 말하기도 싫은 듯이 잠잠하다가 말상을 한 사나이가,

"이러다가 욱 하든 무우 배체 *결딴이다."

한다.

노파가 초조한 듯이 또,

"여슷 점이 다 됐디요?"

하는 걸, 당꼬바지 청년이 좀 성가신 듯이 손목시계를 후딱 보고,

"여섯 시 좀 전이웨다."

한다.

*어석버석하다 관계가 어색하고 서먹서먹하다.
*결딴 어떤 일이나 물건 따위가 아주 망가져서 도무지 손을 쓸 수 없게 된 상태.

이제는 정말 가 봐야겠는데? 아무리 눈앞에 다 온 정거장이긴 하더라도. 그러나 노파는 선뜻 나서지를 못한다. 아무래도 차가울 빗속이라 조금만 더 참아 보자는 눈친 듯.

소나기가 저물어 가는 늦가을 저녁 바람 속에 한창 퍼붓는다.

노파가 한숨 조로,

"야단났군."

했으나 제가끔 답답한 생각에 잠겨 노파의 말소리를 듣는 것 같지도 않았다.

이렇게 소나기가 한줄기 내리고, 또 빗발이 가늘어진다. 정말 장맛비 그대로다.

이때 다시 진창을 끄는 신발 소리가 나더니 좀 전의 험상스런 집주인이 나타났다. 이번에는 한 손에 주전자를 들고 한 손에는 *찻종 하나를 들었다. 주전자 주둥이론 김이 오른다.

이 중국 사람은 무표정한 대로 주전자와 찻종을 이편으로 내민다. 말상을 한 사나이가 받았다.

찻종에 붓는데 김이 *엉긴다. 그 김을 보기만 해도 속이 녹는 것 같다. 먼저 수염 긴 노인이 마시고, 노파가 마시고 그리고는 옆 사람 순서로 마신다. 한 모금 마시고는 모두, 에 둏다, 이제야 속이 풀리눈. 하고는 흐뭇해한다. 단지 그것이 더운 맹물 한 모금인데도. 그러나 그것은 헛간 안의 사람들이나 밖에 무표정한 대로 서 있는 주인이나 모두 더운물에서 서리는 김 이상의 뜨거운 무슨 김 속에 녹아드는 광경이었다.

노파도 이제는 비도 가늘어졌지만 물 한 모금에 기운을 얻어 사람들 틈을 빠져나와 먼저 떠날 준비를 차릴 수 있었다.

---

*찻종 차를 따라 마시는 종지.
*엉기다 냄새나 연기, 소리 따위가 한데 섞여 본래의 성질과 달라지다.

'물 한 모금'은

갑자기 쏟아진 소나기에 비를 피하러 헛간으로 들어온 나그네들에게, 집주인
인 중국 사람이 따뜻한 물 한 모금을 나눠 주는 배려의 윤리를 형상화한 소
설이다.

1. 글을 떠올리며 ‥‥‥

- 비를 피하기 위해 초가집에 모여든 사람들은 어떤 사람들이며, 모여들게 된 이유를 말해 보자.

    − 모여든 사람들

    − 모여들게 된 이유

2. 글을 소화하며 ‥‥‥

- 이 소설에서 '물 한 모금'의 상징적 의미는 무엇인가?

3. 생각을 모으며 ‥‥‥

- 당시 사회, 문화적 상황을 바탕으로, 이 소설이 오늘날의 독자들에게 감동을 주는 이유를 생각
  해 보자.

난쟁이가 쏘아 올린 작은 공

조세희

　　사람들은 아버지를 *난쟁이라고 불렀다. 사람들은 옳게 보았다. 아버지는 난쟁이였다. 불행하게도 사람들은 아버지를 보는 것 하나만 옳았다. 그밖의 것들은 하나도 옳지 않았다. 나는 아버지, 어머니, 영호, 영희, 그리고 나를 포함한 다섯 식구의 모든 것을 걸고 그들이 옳지 않다는 것을 언제나 말할 수 있다. 나의 '모든 것'이라는 표현에는 '다섯 식구의 목숨'이 포함되어 있다. 천국에 사는 사람들은 지옥을 생각할 필요가 없다. 그러나 우리 다섯 식구들은 지옥에 살면서 천국을 생각했다. 단 하루라도 천국을 생각해 보지 않은 날이 없다. 하루하루의 생활이 지겨웠기 때문이다. 우리의 생활은 전쟁과 같았다. 우리는 그 전쟁에서 날마다 지기만 했다. 그런데도 어

조세희(1942~)

소설가. 한국 사회의 모순에 정면으로 접근하고 있는 난쟁이 연작 시리즈를 통해 1970년대 한국 사회를 들여다보았다. 주요 작품으로는 '뫼비우스의 띠', '오늘 쓰러진 네모' 등이 있다.

머니는 모든 것을 잘 참았다. 그러나 그 날 아침 일만은 참기 어려웠던 것 같다.

"통장이 이걸 가져왔어요."

내가 말했다. 어머니는 *조각 마루 끝에 앉아 아침 식사를 하고 있었다.

"그게 뭐냐?"

"철거 *계고장이에요."

"기어코 왔구나!"

어머니가 말했다.

"그러니까 집을 헐라는 거지? 우리가 꼭 받아야 할 것 중의 하나가 이제 나온 셈이구나!"

어머니는 식사를 중단했다. 나는 어머니의 밥상을 내려다보았다. 보리밥에 까만 된장, 그리고 시든 고추 두어 개와 조린 감자.

나는 어머니를 위해 철거 계고장을 천천히 읽었다.

낙 원 구

주택 444. 1-   197X. 9. 10.

수신: 서울특별시 낙원구 행복동 46번지의 1839 김불이 귀하

제목: 재개발 사업 구역 및 고지대 건물 철거 지시

귀하 소유 아래 표시 건물은 주택 개량 촉진에 관한 임시 조치법에 따라 행복 3구역 재개발 지구로 지정되어 서울특별시 주택 개량 재개발 사업 시행 조례 제15조, 건축법 제5조 및 동법 제42조의 규정에 의하여 197×. 9. 30.까지 자진 철거할 것을 명합니다. 만일 위 기일까지 자진 철거하지 않을 경우에는 행정 대집행법의 정하는 바에 의하여 강제 철거하고 그 비용은 귀하로부터 *징수하겠습니다.

철거 대상 건물 표시

서울특별시 낙원구 행복동 46번지의 1839

구조   건평   평

끝

낙원 구청장

---

*난쟁이 기형적으로 키가 작은 사람을 낮잡아 이르는 말.

*조각 마루 매우 좁은 마루.

*계고장 행정상의 의무 이행을 재촉하는 내용을 담은 문서.

*징수 행정 기관이 법에 따라서 조세, 수수료, 벌금 따위를 국민에게서 거두어들이는 일.

어머니는 조각 마루 끝에 앉아 말이 없었다. 벽돌 공장의 높은 굴뚝 그림자가 시멘트 담에서 꺾어지며 좁은 마당을 덮었다. 동네 사람들이 골목으로 나와 뭐라고 소리치고 있었다. 통장은 그들 사이를 비집고 나와 *방죽 쪽으로 걸음을 옮겼다. 어머니는 식사를 끝내지 않은 밥상을 들고 부엌으로 들어갔다. 어머니는 두 무릎을 곤추세우고 앉았다. 그리고 손을 들어 부엌 바닥을 한 번 치고 가슴을 한 번 쳤다. 나는 동사무소로 갔다. 행복동 주민들이 잔뜩 몰려들어 자기의 의견들을 큰 소리로 말하고 있었다. 들을 사람은 두셋밖에 안 되는데, 수십 명이 거의 동시에 떠들어 대고 있었다. 쓸데없는 짓이었다. 떠든다고 해결될 문제는 아니었다.

나는 바깥 게시판에 적혀 있는 공고문을 읽었다. 거기에는 아파트 입주 절차와 아파트 입주를 포기할 경우에 탈 수 있는 *이주 보조금 액수 등이 적혀 있었다. 동사무소 주위는 시장 바닥과 같았다. 주민들과 아파트 *거간꾼들이 한데 뒤엉켜 이리 몰리고 저리 몰리고 했다. 나는 거기서 아버지와 두 동생을 만났다. 아버지는 *도장포 앞에 앉아 있었다. 영호는 내가 방금 물러선 게시판 앞으로 갔다. 영희는 골목 입구에 세워 놓은 검은색 승용차 옆에 서 있었다. 아침 일찍 일들을 찾아 나섰다가 철거 계고장이 나왔다는 소리를 듣고 돌아온 것이었다. 누군들 이런 날 일을 할 수 있을까. 나는 아버지 옆으로 가 아버지의 공구들이 들어 있는 *부대를 들어 매었다. 영호가 다가오더니 나의 어깨에서 그 부대를 내려 옮겨 메었다. 나는 아주 자연스럽게 그것을 넘겨주면서 이쪽으로 걸어오는 영희를 보았다. 영희의 얼굴은 발갛게 상기되어 있었다. 몇 사람의 거간꾼들이 우리를 둘러싸고 아파트 입주권을 팔라고 했다. 아버지가 책을 읽고 있었다. 우리는 아버지가 책을 읽는 것을 처음 보았다. 표지를 쌌기 때문에 무슨 책을 읽는지도 알 수

---

*방죽 물이 밀려들어 오는 것을 막기 위하여 쌓은 둑.
*이주 본래 살던 집에서 다른 집으로 거처를 옮김.
*거간꾼 사고파는 사람 사이에 들어 흥정을 붙이는 일을 하는 사람.
*도장포 도장을 돈을 받고 새겨 주는 가게.
*부대 종이, 피륙, 가죽 따위로 만든 큰 자루.

없었다. 영희가 허리를 굽혀 아버지의 손을 잡아끌었다. 아버지는 우리들의 얼굴을 물끄러미 쳐다보더니 자리를 털고 일어났다. "난쟁이가 간다."고 처음 보는 사람들이 말했다.

어머니는 대문 기둥에 붙어 있는 알루미늄 *표찰을 떼기 위해 식칼로 못을 뽑고 있었다. 내가 식칼을 받아 반대쪽 못을 뽑았다. 영호는 어머니와 내가 하는 일이 못마땅한 모양이었다. 그러나 마음에 드는 일이 우리에게 일어나 주기를 바랄 수는 없는 일이었다. 어머니는 무허가 건물 번호가 새겨진 알루미늄 표찰을 빨리 떼어 간직하지 않으면 나중에 괴로운 일이 생길 것이라는 것을 알고 있었다.

어머니는 손바닥에 놓인 표찰을 말없이 들여다보았다. 영희가 이번에는 어머니의 손을 잡아끌었다.

"너희들이 놀게 되지만 않았어도 난 별걱정을 안 했을 거다."

어머니가 말했다.

"스무날 안에 무슨 뾰족한 수가 생기겠니? 이제 하나하나 정리를 해야지."

"*입주권을 팔려고 그래요?"

영희가 물었다.

"팔긴 왜 팔아!"

영호가 큰 소리로 말했다.

"그럼 아파트 입주할 돈이 있어야지."

"아파트로도 안 가."

"그럼 어떻게 할 거야."

"여기서 그냥 사는 거야. 이건 우리 집이다."

영호는 성큼성큼 돌계단을 올라가 아버지의 부대를 마루 밑에 놓았다.

---

*표찰 거주자의 성명을 써서 문 따위에 걸어 놓는 표.
*입주권 건물이 지어졌을 경우 먼저 입주할 수 있는 권리.

"한 달 전만 해도 그런 이야길 하는 사람이 있었다."

아버지가 말했다. 어머니가 내 준 철거 계고장을 막 읽고 난 참이었다.

"시에서 아파트를 지어 놨다니까 얘긴 그걸로 끝난 거다."

"그건 우릴 위해서 지은 게 아녜요."

영호가 말했다.

"돈도 많이 있어야 되잖아요?"

영희가 마당가 *팬지꽃 앞에 서 있었다.

"우린 못 떠나. 갈 곳이 없어. 그렇지 큰오빠?"

"어떤 놈이든 집을 헐러 오는 놈은 그냥 놔두지 않을 테야."

영호가 말했다.

"그만둬."

내가 말했다.

"그들 옆엔 법이 있다."

아버지 말대로 모든 이야기는 끝나 버린 것이나 마찬가지였다. 마당가 팬지꽃 앞에 서 있던 영희가 고개를 돌렸다. 영희는 울고 있었다. 어렸을 때부터 영희는 잘 울었다. 그때 나는 말했다.

"울지 마, 영희야."

"자꾸 울음이 나와."

"그럼, 소리를 내지 말고 울어."

"응."

그러나 풀밭에서 영희는 소리를 내어 울었다. 나는 손으로 영희의 입을 막았다. 영희의 몸에서는 풀냄새가 났다. 개천 건너 주택가 골목에서는 고기 굽는 냄새가 났다. 나는 그것이 고기 굽는 냄새인 줄 알면서도 어머니에

*팬지 삼색제비꽃.

게 묻곤 했다.

"엄마, 이게 무슨 냄새야?"

어머니는 말없이 걸었다. 나는 다시 물었다.

"엄마, 이게 무슨 냄새야?"

어머니는 나의 손을 잡았다. 어머니는 걸음을 빨리하면서 말했다.

"고기 굽는 냄새란다. 우리도 나중에 해 먹자."

"나중에 언제?"

"자, 빨리 가자."

어머니가 말했다.

"너도 공부를 열심히 하면 좋은 집에 살 수 있고, 고기도 날마다 먹을 수 있단다."

"거짓말!"

어머니의 손을 뿌리치면서 내가 말했다.

"아버지는 나쁜 사람이야!"

어머니가 우뚝 섰다.

"너, 방금 뭐라고 했니?"

"우리 아버지는 나쁜 사람야."

"너 매 좀 맞아야겠구나. 아버지는 좋은 분이다."

"나도 주머니가 달린 옷을 입고 싶어."

"빨리 가자."

"엄마는 왜 우리들 옷에 주머니를 안 달아 주지? 돈도 넣어 주지 못하고, 먹을 것도 넣어 줄 게 없어서 그렇지?"

"아버지에 대해 말을 막 하면 너 매 맞을 줄 알아라."

"아버지는 악당도 못 돼, 악당은 돈이나 많지."

"아버지는 좋은 분이다."

"알아."

나는 말했다.

"수백 번도 더 들었어. 그렇지만 이젠 속지 않아."

"엄마, 큰오빠는 말을 안 들어."

영희는 부엌문 앞에 서서 말했다.

"엄마 몰래 또 고기 냄새 맡으러 갔었대. 나는 안 갔어."

어머니는 아무 말이 없었다. 나는 영희를 흘겨보았다. 영희는 또 말 했다.

"엄마, 큰오빠가 고기 냄새 맡으러 갔었다고 말했더니 때리려고 그래."

영희는 좀처럼 울음을 그치지 못했다. 나는 영희 입에서 손을 떼었다. 영희를 풀밭으로 끌고 들어간 것이 잘못이었다. 영희를 때려 주고 나는 후회했다. 귀여운 영희의 얼굴은 눈물로 젖었다. 우리는 그때 주머니 없는 옷을 입고 있었다.

아버지는 철거 계고장을 마루 끝에 놓고 책을 읽었다. 우리는 아버지에게서 무엇을 바라지는 않았다. 아버지는 그동안 충분히 일했다. 고생도 충분히 했다. 아버지만 고생을 한 것이 아니다. 아버지의 아버지, 아버지의 할아버지, 할아버지의 아버지, 그 아버지의 할아버지—또—대대로 거슬러 올라간다. 그들은 아버지보다 더 심한 고생을 했을 수도 있다. 나는 공장에서 이상한 매매 문서가 든 원고를 *조판한 적이 있다. 그 내용의 일부를 짜기 위해 나는 열심히 손을 놀렸다. '婢(비) 金伊德(김이덕)의 한 *소생 奴(노) 今同(금동) 庚寅生(경인생), 奴(노) 今同(금동)의 양처 소생 奴(노) 金今伊(김금이) 丁卯生(정묘생), 奴(노) 今同(금동)의 양처 소생 奴(노) 德水(덕수) 己巳生(기사생), 奴(노) 今同(금동)의 양처 소생 奴(노) 存世(존세) 辛未生(신미생), 奴(노) 今同(금동)의 양처 소생 奴(노) 永石(영석) 癸酉生(계유생),

---

*조판 원고에 따라서 골라 뽑은 활자를 원고의 지시대로 순서, 행수, 자간, 행간, 위치 따위를 맞추어 짬.
*소생 자기가 낳은 아들이나 딸.

奴 金今伊의 양처 소생 奴 鐵壽 丙戌生, 奴 金今伊의 양처 소생 奴 今山 戊子生.' 나는 그때 이것이 무엇인지 몰랐다. 그 판을 짜고 다음 판을 짜 나가다 겨우 알았다. 노비 매매 문서의 한 부분이었다. 나는 열흘 동안 같은 책을 조판했다. 그 열흘 동안 나는 아버지와 아무 말도 하지 않았다. 어머니하고도 이야기를 하지 않았다. 나는 어머니의 어머니, 어머니의 할머니, 할머니의 어머니, 그 어머니의 할머니들이 최하층의 천인으로서 무슨 일을 해 왔는지 알고 있었다. 어머니라고 달라진 것은 없었다. 마음 편할 날이 없고, 몸으로 치러야 하는 *노역은 같았다. 우리의 조상은 세습하여 *신역을 바쳤다. 우리의 조상은 상속, 매매, 기증, *공출의 대상이었다. 어느 날 어머니는 나에게 말했다.

"너희들은 엄마를 잘못 두어 이 고생이다. 아버지하고는 상관이 없단다."

어머니는 장남인 나에게만 말했다. 외할머니에게 들은 말을 나에게 전한 것이었다. 천년을 두고 우리의 조상은 자손들에게 이 말을 남겼다. 그러나 나는 알고 있었다. 아버지도 *씨종의 자식이었다.

할아버지의 아버지 대에 노비제는 사라졌다. 증조부 내외분은 아무것도 몰랐다. 나중에서야 해방을 맞았다는 것을 알았으나 두 분이 한 말은 오히려 "저희들을 내쫓지 마십시오."였다. 할아버지는 달랐다. 할아버지는 *유습에서 벗어나려고 했다. 늙은 주인은 할아버지에게 집과 땅을 주었다. 그러나 쓸데없는 일이었다. 모르는 면에서는 할아버지나 증조부나 같았다. 증조부 대까지는 선조들이 살아온 경험이 도움이 되었으나 할아버지 대에는 그것이 도움을 주지 못했다. 할아버지에게는 어떤 교육도 없었고 경험도 없었다. 할아버지는 집과 땅을 잃었다.

"할아버지도 난쟁이였어?"

*노역 몹시 괴롭고 힘들게 일함. 또는 그런 노동.
*신역 종노릇을 하는 사람이 치르던 구실.
*공출 국민이 국가의 수요에 따라 농업 생산물이나 기물 따위를 의무적으로 정부에 내어놓음.
*씨종 대대로 내려가며 종노릇을 하는 사람.
*유습 지금까지 남아 있는 옛날의 풍속.

언젠가 영호가 물었다.

나는 영호의 머리를 쥐어박았다.

좀 큰 영호는 말했다.

"왜 지난 일처럼 쉬쉬하는 거야? 변한 것이 없는데 우습지도 않아?"

나는 가만있었다.

영희는 손수건을 꺼내 두 눈에 대었다 떼었다. 아버지는 계속 책을 읽었다. 어머니는 뒷집 명희 어머니와 이야기하고 있었다.

"얼마에 파셨어요?"

"십칠만 원 받았어요."

"그럼 시에서 주겠다는 이주 보조금보다 얼마 더 받은 셈이죠?"

"이만 원 더 받았어요. 영희네도 어차피 아파트로 못 갈 거 아녜요?"

"무슨 돈이 있다구!"

"분양 아파트는 오십팔만 원이구 임대 아파트는 삼십만 원이래요. 거기다 어느 쪽으로 가든 매달 만 오천 원씩 내야 된대요."

"그래 입주권을 다들 팔고 있나요?"

"영희네도 서두르세요."

어머니는 괴로운 얼굴로 서 있었다. 어머니를 명희 어머니가 다그쳤다.

"저희는 내일이라도 떠날 준비가 돼 있어요. 영희네가 돈을 해 준다면, 집이야 도끼질 몇 번이면 무너질 테구."

영희의 눈에 다시 눈물이 괴었다. 커도 마찬가지였다. 계집애들은 잘 울었다. 내가 영희 옆으로 다가갔을 때 영희는 장독대 바닥을 가리켰다. 장독대 시멘트 바닥에 '명희 언니는 큰 오빠를 좋아한다.'고 씌어 있었다. 집을 지을 때 남긴 낙서였다. 영희가 웃었다. 우리에게는 그때가 제일 행복했다.

아버지와 어머니가 도랑에서 돌을 져 왔다. 그것으로 계단을 만들고, 벽에는 시멘트를 쳤다. 우리는 아직 어려 힘드는 일을 못했다. 그래도 할 일이 많았다. 우리는 며칠 동안 학교에 가지 않았다. 하루하루가 즐거웠다. 처음 보는 사람들이 하루에도 몇 차례씩 떼를 지어 동네를 돌았다. 그때만은 더러운 옷을 입은 어린아이들도 울음을 그쳤다. 윽박지르는 주인의 기세에 눌린 개들도 짖기를 멈추고 뒤로 물러섰다. 온 동네가 조용해졌다. 갑자기 평화스러워져 어안이 벙벙할 정도였다. 나는 우리 동네에서 풍기는 냄새가 창피했다. 그들은 아버지에게 허리를 굽혀 인사했다. 그들과 악수할 때 아버지는 발뒤꿈치를 들었다. 아버지가 어떤 자세를 취했건 상관이 없었다. 난쟁이 아버지가 우리들에게는 거인처럼 보였다.

"너 봤지?"

내가 물었다.

영호가 고개를 끄덕였다.

"나도 봤어."

영희가 말했다.

그때 아버지에게 허리를 굽혀 인사한 사람은 개천에 다리를 놓고 도로를 포장하고, 우리 동네 건물을 *양성화시켜 주겠다고 말했다. 우리는 어른들을 따라 크게, 크게 손뼉을 쳤다. 다음 사람은 먼저 사람이 다리를 놓고, 도로를 포장하겠다고 하니 구청장으로 보내고, 자기는 이러이러한 나랏일을 하겠으니 그 일을 하게 해 달라고 말했다. 어른들은 또 손뼉을 쳤다. 우리도 따라 쳤다. 커서까지 나는 그때 일을 종종 생각하고는 했다. 두 사람의 인상은 아주 진하게 나의 머릿속에 남았다. 나는 그들을 증오했다. 그들은 거짓말쟁이였다. 그들은 엉뚱하게도 계획을 내세웠다. 그러나 우리에게 필요한

*양성화 어떤 사물 현상이 겉으로 드러남. 또는 사물 현상을 드러나게 함.

것은 계획이 아니었다. 많은 사람들이 이미 많은 계획을 내놓았다. 그런데도 달라진 것은 없었다. 설혹 무엇을 이룬다고 해도 그것은 우리와는 상관이 없는 것이었을 것이다. 우리가 필요로 하는 것은 우리의 고통을 알아주고 그 고통을 함께 져 줄 사람이었다.

[전체 줄거리]

우리 집은 난쟁이 집이다. 난쟁이인 아버지와 어머니, 동생인 영호와 영희 그리고 나(영수) 이렇게 다섯 식구가 무허가 *판자촌인 낙원구 행복동에서 힘겹게 산다. 그런데 어느 날, 행복동이 재개발 사업 구역으로 지정이 되었으니 기일 안에 건물을 자진 철거하라는 계고장이 날아든다. 아파트에 입주할 능력이 없는 동네 사람들은 입주권을 팔고 동네를 하나둘씩 떠나고 우리 집도 입주권을 판다. 입주권을 팔고 이사 가기 전날 아버지와 여동생 영희가 사라진다. 영희는 자기네 입주권을 산 남자를 따라간다. 그리고 그 집에서 돈과 입주권을 훔쳐 도망친다. 영희는 혼자 동사무소에 가서 입주 신청을 하고 집으로 돌아가지만, 식구들은 이미 어디론가 이사 가 버렸다. 게다가 아버지는 그동안 일하던 벽돌 공장 굴뚝에 올라갔다가 죽었다는 소식을 듣는다. 이 책에 수록한 부분은 전체 3장 중 제1장의 앞부분이다.

---

*판자촌 판자집이 모여 있는 매우 가난한 동네.

'난쟁이가 쏘아 올린 작은 공'은

1970년대 산업화에서 밀려난 도시 빈민의 참상, 삶의 고통과 좌절을 그린 소설이다. '난쟁이'는 소외 계층을 상징하는 말로 사용되었다.

1. 글을 떠올리며 ······

- 이 소설에서 행복동 주민들이 아파트 입주권을 받고도 입주권을 헐값에 팔 수밖에 없는 이유는 무엇인가?

2. 글을 소화하며 ······

- '낙원구 행복동'은 실재하는 곳일까? 혹시 그렇지 않다면 이 동네의 이름에 담긴 의미는 무엇인지 말해 보자.

3. 생각을 모으며 ······

- 작가가 철거를 앞둔 행복동을 배경으로 설정하여 하고 싶었던 이야기는 어떤 것인지 써 보자.
  도움말 작가는 근대화를 같이 즐길 수 없는 소외된 사람들의 애환에 대해 이야기하고 있다.

문학의 가치

10

문학을 통해 사람들은 깨달음과 감동을 얻고, 문학적 체험을 통해 다양한 경험을 접하게 된다. 문학 작품 속에서 새로운 생각, 바람직한 삶의 모습, 신선한 감각을 접하게 되고, 이를 통해 우리 삶을 성찰함으로써 한층 성장할 수 있는 것이다. 좋은 문학 작품을 만나게 된다면 미적 감동과 풍부한 감수성, 세련된 정서를 함양할 수 있을 것이다.

'메밀꽃 필 무렵', '표구된 휴지', '일용할 양식', '시인의 꿈'

이지러는 졌으나 보름을 가제 지난 달은 부드러운 빛을 흐붓이 흘리고 있다. 대화까지는 칠십 리의 밤길. 고개를 둘이나 넘고 개울을 하나 건너고 벌판과 산길을 걸어야 된다. 길은 지금 긴 산허리에 걸려 있다. 밤중을 지난 무렵인지 죽은 듯이 고요한 속에서 짐승 같은 달의 숨소리가 손에 잡힐 듯이 들리며, 콩 포기와 옥수수 잎새가 한층 달에 푸르게 젖었다. 산허리는 온통 메밀밭이어서 피기 시작한 꽃이 소금을 뿌린 듯이 흐붓한 달빛에 숨이 막힐 지경이다. 붉은 대궁이 향기같이 애잔하고, 나귀들의 걸음도 시원하다.

- '메밀꽃 필 무렵' 중에서

메밀꽃 필 무렵

∶

이효석

여름 장이란 애시당초에 글러서, 해는 아직 중천에 있건만 장판은 벌써 쓸쓸하고 더운 햇발이 벌여 놓은 전 휘장 밑으로 등줄기를 훅훅 볶는다. 마을 사람들은 거의 돌아간 뒤요, 팔리지 못한 나무꾼 패가 길거리에 궁싯거리고들 있으나, 석유 병이나 받고 고깃마리나 사면 족할 이 축들을 바라고 언제까지든지 버티고 있을 법은 없다. *춥춥스럽게 날아드는 파리 떼도 장난꾼 *각다귀들도 귀찮다. 얼금뱅이요 왼손잡이인 드팀전의 허 생원은 기어코 동업의 조 선달을 나꾸어 보았다.

"그만 거둘까?"

"잘 생각했네. 봉평장에서 한 번이나 *흐붓하게 사 본 일 있었을까? 내일

이효석(1907~1942)

소설가. 1930년대 순수 문학의 가장 빛나는 예술적 감동을 주는 소설가로 높이 평가되고 있다. 주요 작품으로는 '산'. '들', '화분' 등이 있다.

대화장에서나 한몫 벌어야겠네."

"오늘 밤은 밤을 새워서 걸어야 될걸."

"달이 뜨렷다."

절렁절렁 소리를 내며 조 선달이 그날 산 돈을 따지는 것을 보고, 허 생원은 말뚝에서 넓은 휘장을 걷고, 벌여 놓았던 물건을 거두기 시작하였다. 무명필과 주단 바리가 두 고리짝에 꽉 찼다. 멍석 위에는 천 조각이 어수선하게 남았다.

다른 축들도 벌써 거진 전들을 걷고 있었다. 약빠르게 떠나는 패도 있었다. 어물 장수도, 땜장이도, 엿장수도, 생강 장수도 꼴들이 보이지 않았다. 내일은 진부와 대화에 장이 선다. 축들은 그 어느 쪽으로든지 밤을 새워 육칠십 리 밤길을 타박거리지 않으면 안 된다. 장판은 잔치 뒷마당같이 어수선하게 벌어지고, 술집에서는 싸움이 터져 있었다. 주정꾼 욕지거리에 섞여 계집의 앙칼진 목소리가 찢어졌다. 장날 저녁은 정해 놓고 계집의 고함 소리로 시작되는 것이다.

"생원, 시침을 떼두 다 아네……. 충줏집 말야."

계집 목소리로 문득 생각난 듯이 조 선달은 비죽이 웃는다.

"*화중지병이지. 연소 패들을 적수로 하구야 대거리가 돼야 말이지."

"그렇지두 않을걸. 축들이 사족을 못 쓰는 것두 사실은 사실이나, 아무리 그렇다군 해두 왜 그 동이 말일세. 감쪽같이 충줏집을 후린 눈치거든."

"무어, 그 애숭이가? 물건 가지고 낚었나 부지. 착실한 녀석인 줄 알았더니."

"그 길만은 알 수 있나……. 궁리 말구 가 보세나그려. 내 한턱 씀세."

그다지 마음이 당기지 않는 것을 쫓아갔다. 허 생원은 계집과는 연분이

---

*춥춥스럽게 매우 귀찮게.

*각다귀 각다귓과의 곤충을 통틀어 이르는 말. 모양은 모기와 비슷하나 크기는 더 크다. 남의 것을 뜯어먹고
 사는 사람을 비유적으로 이르는 말.

*흐뭇하다 넉넉하고 푸근하다.

*화중지병 그림의 떡.

멀었다. 얼금뱅이 상판을 쳐들고 대어 설 숫기도 없었으나, 계집 편에서 정을 보낸 적도 없었고, 쓸쓸하고 뒤틀린 반생이었다. 충줏집을 생각만 하여도 철없이 얼굴이 붉어지고 발밑이 떨리고 그 자리에 소스라쳐 버린다. 충줏집 문을 들어서 술좌석에서 짜장 동이를 만났을 때에는 어찌 된 서슬엔지 발끈 화가 나 버렸다. 상 위에 붉은 얼굴을 쳐들고 제법 계집과 *농탕치는 것을 보고서야 견딜 수 없었던 것이다. 녀석이 제법 *난질꾼인데 꼴사납다. 머리에 피도 안 마른 녀석이 낮부터 술 처먹고 계집과 농탕이야. 장돌뱅이 망신만 시키고 돌아다니누나. 그 꼴에 우리들과 한몫 보자는 셈이지. 동이 앞에 막아서면서부터 책망이었다. 걱정두 팔자요 하는 듯이 빤히 쳐다보는 상기된 눈망울에 부딪힐 때, *결김에 따귀를 하나 갈겨 주지 않고는 배길 수가 없었다. 동이도 화를 쓰고 팩하게 일어서기는 하였으나, 허 생원은 조금도 *동색하는 법 없이 마음먹은 대로는 다 지껄였다 — 어디서 줏어 먹은 선머슴인지는 모르겠으나, 네게도 아비어미 있겠지. 그 사나운 꼴 보면 맘 좋겠다. 장사란 탐탁하게 해야 되지, 계집이 다 무어야. 나가거라, 냉큼 꼴 치워.

그러나 한 마디도 대거리하지 않고 하염없이 나가는 꼴을 보려니, 도리어 측은히 여겨졌다. 아직도 *서름서름한 사인데 너무 과하지 않았을까 하고 마음이 섬찟해졌다. 주제도 넘지, 같은 술손님이면서두 아무리 젊다고 자식 나쎄 되는 것을 붙들고 치고 닦아 셀 것은 무어야, 원. 충줏집은 입술을 쫑긋하고 술 붓는 솜씨도 거칠었으나, 젊은 애들한테는 그것이 약이 된다나 하고 그 자리는 조 선달이 얼버무려 넘겼다. 너, 녀석한테 반했지? 애송이를 빨문 죄 된다, 한참 법석을 친 후이다. 담도 생긴 데다가 웬일인지 흠뻑 취해 보고 싶은 생각도 있어서 허 생원은 주는 술잔이면 거의 다 들이켰다.

*농탕치다 남녀가 음탕한 소리와 난잡한 행동으로 놀아나다.

*난질꾼 술과 색에 빠져 방탕하게 놀기를 잘하는 사람을 낮잡아 이르는 말.

*결김 화가 난 나머지.

*동색 얼굴빛이 변하는 것.

*서름서름하다 사이가 자연스럽지 못하고 매우 서먹서먹하다.

거나해짐을 따라 계집 생각보다도 동이의 뒷일이 한결같이 궁금해졌다. 내 꼴에 계집을 가로채서는 어떡헐 작정이었누 하고 어리석은 꼬락서니를 모질게 책망하는 마음도 한편에 있었다. 그렇기 때문에 얼마나 지난 뒤인지 동이가 헐레벌떡거리며 황급히 부르러 왔을 때에는 마시던 잔을 그 자리에 던지고 정신없이 허덕이며 충줏집을 뛰어나간 것이었다.

"생원 당나귀가 바를 끊구 야단이에요."

"각다귀들 장난이지, 필연코."

짐승도 짐승이려니와 동이의 마음씨가 가슴을 울렸다. 뒤를 따라 장판을 달음질하려니 *거슴츠레한 눈이 뜨거워질 것 같다.

"*부락스런 녀석들이라 어쩌는 수 있어야죠."

"나귀를 몹시 구는 녀석들은 그냥 두지는 않을걸."

반평생을 같이 지내 온 짐승이었다. 같은 주막에서 잠자고, 같은 달빛에 젖으면서 장에서 장으로 걸어 다니는 동안에 이십 년의 세월이 사람과 짐승을 함께 늙게 하였다. 까스러진 목뒤털은 주인의 머리털과도 같이 바스러지고, *개진개진 젖은 눈은 주인의 눈과 같이 눈곱을 흘렸다. 몽당비처럼 짧게 쓸린 꼬리는 파리를 쫓으려고 기껏 휘저어 보아야 벌써 다리까지는 닿지 않았다. 닳아 없어진 굽을 몇 번이나 도려내고 새 철을 신겼는지 모른다. 굽은 벌써 더 자라나기는 틀렸고, 닳아 버린 철 사이로는 피가 빼짓이 흘렀다. 냄새만 맡고도 주인을 분간하였다. 호소하는 목소리로 야단스럽게 울며 반긴다.

어린아이를 달래듯이 목덜미를 어루만져 주니 나귀는 코를 벌름거리고 입을 투르르거렸다. 콧물이 튀었다. 허 생원은 짐승 때문에 속도 무던히도 썩였다. 아이들의 장난이 심한 눈치여서 땀 밴 몸뚱아리가 부들부들 떨리고

*거슴츠레하다 졸리거나 술에 취해서 눈이 정기가 풀리고 흐리멍덩하며 거의 감길 듯하다.

*부락스럽다 말을 잘 듣지 않다.

*개진개진 추레하게 물기가 엉겨 붙은 모양.

좀체 흥분이 식지 않는 모양이었다. 굴레가 벗어지고 안장도 떨어졌다. 요 몹쓸 자식들 하고 허 생원은 호령을 하였으나, 패들은 벌써 줄행랑을 놓은 뒤요, 몇 남지 않은 아이들이 호령에 놀라 비슬비슬 멀어졌다.

"우리들 장난이 아니우. 암놈을 보고 저 혼자 발광이지."

코흘리개 한 녀석이 멀리서 소리를 쳤다.

"고 녀석, 말투가……."

"김 첨지 당나귀가 가 버리니까 왼통 흙을 차고 거품을 흘리면서 미친 소 같이 날뛰는 걸 꼴이 우스워 우리는 보고만 있었다우. 배를 좀 보지."

아이는 *앵돌아진 투로 소리를 치며 깔깔 웃었다. 허 생원은 모르는 결에 낯이 뜨거워졌다. 뭇 시선을 막으려고 그는 짐승의 배 앞을 가리어 서지 않으면 안 되었다.

"늙은 주제에 암 샘을 내는 셈야. 저놈의 짐승이."

아이의 웃음소리에 허 생원은 주춤하면서 기어이 견딜 수 없어 채찍을 들더니 아이를 쫓았다.

"쫓으려거든 쫓아 보지. 왼손잡이가 사람을 때려."

줄달음에 달아나는 각다귀에는 당하는 재주가 없었다. 왼손잡이는 아이 하나도 후릴 수 없다. 그만 채찍을 던졌다. 술기도 돌아 몸이 유난스럽게 화끈거렸다.

"그만 떠나세. 녀석들과 어울리다가는 한이 없어. 장판의 각다귀들이란 어른보다도 더 무서운 것들인걸."

조 선달과 동이는 각각 제 나귀에 안장을 얹고 짐을 싣기 시작하였다. 해가 꽤 많이 기울어진 모양이었다.

---

*앵돌아지다 노여워서 토라지다.

*드팀전 장돌림을 시작한 지 이십 년이나 되어도 허 생원은 봉평 장을 빼놓은 적은 드물었다. 충주, 제천 등의 이웃 군에도 가고 멀리 영남 지방도 헤매기는 하였으나, 강릉쯤에 물건 하러 가는 일 외에는 처음부터 끝까지 군내를 돌아다녔다. 닷새만큼씩의 장날에는 달보다도 확실하게 면에서 면으로 건너간다. 고향이 청주라고 자랑삼아 말하였으나 고향에 돌보러 간 일도 있는 것 같지는 않았다. 장에서 장으로 가는 길의 아름다운 강산이 그대로 그에게는 그리운 고향이었다. 반날 동안이나 뚜벅뚜벅 걷고 장터 있는 마을에 거지반 가까웠을 때, 지친 나귀가 한바탕 우렁차게 울면 — 더구나 그것이 저녁녘이어서 등불들이 어둠 속에 깜박거릴 무렵이면 늘 당하는 것이건만 허 생원은 변치 않고 언제든지 가슴이 뛰놀았다.

젊은 시절에는 알뜰하게 벌어 돈푼이나 모아 본 적도 있기는 있었으나, 읍내에 백중이 열린 해 호탕스럽게 놀고 *투전을 하고 하여 사흘 동안에 다 털어 버렸다. 나귀까지 팔게 된 판이었으나 애끓는 정분에 그것만은 이를 물고 단념하였다. 결국, 도로 아미타불로 장돌림을 다시 시작할 수밖에는 없었다. 짐승을 데리고 읍내를 도망해 나왔을 때에는 너를 팔지 않기 다행이었다고 길가에서 울면서 짐승의 등을 어루만졌던 것이었다. 빚을 지기 시작하니 재산을 모을 염은 당초에 틀리고, 간신히 입에 풀칠을 하러 장에서 장으로 돌아다니게 되었다.

호탕스럽게 놀았다고는 하여도 계집 하나 후려 보지는 못하였다. 계집이란 쌀쌀하고 매정한 것이었다. 평생 인연이 없는 것이라고 신세가 서글퍼졌다. 일신에 가까운 것이라고는 언제나 변함없는 한 필의 당나귀였다.

그렇다고는 하여도 꼭 한 번의 첫 일을 잊을 수는 없었다. 뒤에도 처음에도 없는 단 한 번의 괴이한 인연! 봉평에 다니기 시작한 젊은 시절의 일이었

---

*드팀전 예전에, 온갖 피륙을 팔던 가게.
*투전 노름 도구의 하나. 또는 그것으로 하는 노름.

으나, 그것을 생각할 적만은 그도 산 보람을 느꼈다.

"달밤이었으나 어떻게 해서 그렇게 됐는지 지금 생각해두 도무지 알 수 없어."

허 생원은 오늘 밤도 그 이야기를 끄집어내려는 것이다. 조 선달은 친구가 된 이래 귀에 못이 박히도록 들어 왔다. 그렇다고 싫증을 낼 수도 없었으나 허 생원은 시치미를 떼고 되풀이할 대로는 되풀이하고야 말았다.

"달밤에는 그런 이야기가 격에 맞거든."

조 선달 편을 바라는 보았으나, 물론 미안해서가 아니라 달빛에 감동하여서였다. 이지러는 졌으나 보름을 *가제 지난 달은 부드러운 빛을 흐붓이 흘리고 있다. 대화까지는 칠십 리의 밤길. 고개를 둘이나 넘고 개울을 하나 건너고 벌판과 산길을 걸어야 된다. 길은 지금 긴 산허리에 걸려 있다. 밤중을 지난 무렵인지 죽은 듯이 고요한 속에서 짐승 같은 달의 숨소리가 손에 잡힐 듯이 들리며, 콩 포기와 옥수수 잎새가 한층 달에 푸르게 젖었다. 산허리는 온통 메밀밭이어서 피기 시작한 꽃이 소금을 뿌린 듯이 흐붓한 달빛에 숨이 막힐 지경이다. 붉은 대궁이 향기같이 애잔하고, 나귀들의 걸음도 시원하다. 길이 좁은 까닭에 세 사람은 나귀를 타고 외줄로 늘어섰다. 방울 소리가 시원스럽게 딸랑딸랑 메밀밭께로 흘러간다. 앞장선 허 생원의 이야기 소리는 꽁무니에 선 동이에게는 *확적히는 안 들렸으나, 그는 그대로 개운한 제멋에 적적하지는 않았다.

"장 선 꼭 이런 날 밤이었네. 객줏집 *토방이란 무더워서 잠이 들어야지. 밤중은 돼서 혼자 일어나 개울가에 목욕하러 나갔지. 봉평은 지금이나 그제나 마찬가지지. 보이는 곳마다 메밀밭이어서 개울가가 어디 없이 하얀 꽃이야. 돌밭에 벗어도 좋을 것을 달이 너무도 밝은 까닭에 옷을 벗으러

---

*가제 이제 막.

*확적히 정확하게 맞아 조금도 틀리지 아니하게.

*토방 방에 들어가는 문 앞에 좀 높이 평평하게 다진 흙바닥. 여기에 쪽마루를 놓기도 한다.

물방앗간으로 들어가지 않았나. 이상한 일도 많지. 거기서 난데없는 성 서방네 처녀와 마주쳤단 말이네. 봉평서야 제일가는 일색이었지.”

“팔자에 있었나 부지.”

아무렴 하고 응답하면서 말머리를 아끼는 듯이 한참이나 담배를 빨 뿐이었다. 구수한 자줏빛 연기가 밤기운 속에 흘러서는 녹았다.

“날 기다린 것은 아니었으나, 그렇다고 달리 기다리는 놈팽이가 있는 것두 아니었네. 처녀는 울고 있단 말야. 짐작은 대고 있었으나 성 서방네는 한창 어려워서 들고 날 판인 때였지. 한집안 일이니 딸에겐들 걱정이 없을 리 있겠나. 좋은 데만 있으면 시집도 보내련만 시집은 죽어도 싫다지……. 그러나 처녀란 울 때같이 정을 끄는 때가 있을까. 처음에는 놀라기도 한 눈치였으나 걱정 있을 때는 누그러지기도 쉬운 듯해서 이럭저럭 이야기가 되었네……. 생각하면 무섭고도 기막힌 밤이었어.”

“제천인지로 줄행랑을 놓은 건 그다음 날이렷다?”

“다음 *장도막에는 벌써 온 집안이 사라진 뒤였네. 장판은 소문에 발끈 뒤집혀 고작해야 술집에 팔려 가기가 상수라고, 처녀의 뒷공론이 자자들 하단 말이야. 제천 장판을 몇 번이나 뒤졌겠나. 허나 처녀의 꼴은 꿩 구어 먹은 자리야. 첫날밤이 마지막 밤이었지. 그때부터 봉평이 마음에 든 것이 반평생을 두고 다니게 되었네. 평생인들 잊을 수 있겠나.”

“수 좋았지. 그렇게 신통한 일이란 쉽지 않어. *항용 못난 것 얻어 새끼 낳고 걱정 늘고, 생각만 해두 진저리가 나지……. 그러나 늘그막바지까지 장돌뱅이로 지내기도 힘드는 노릇 아닌가? 난 가을까지만 하구 이 생애와두 하직하려네. 대화쯤에 조그만 *전방이나 하나 벌이구 식구들을 부르겠어. 사시 장천 뚜벅뚜벅 걷기란 여간이래야지.”

*장도막 한 장날로부터 다음 장날 사이의 동안을 세는 단위.

*항용 흔히 늘.

*전방 물건을 늘어놓고 파는 가게.

"옛 처녀나 만나면 같이나 살까……. 난 거꾸러질 때까지 이 길 걷고 저 달 볼 테야."

산길을 벗어나서 큰길로 틔어졌다. 꽁무니의 동이도 앞으로 나서 나귀들은 가로 늘어섰다.

"총각두 젊겠다, 지금이 한창 시절이렷다. 충줏집에서는 그만 실수를 해서 그 꼴이 되었으나 섧게 생각 말게."

"처, 천만에요. 되려 부끄러워요. 계집이란 지금 웬 *제격인가요? 자나깨나 어머니 생각뿐인데요."

허 생원의 이야기로 *실심해한 끝이라 동이의 어조는 한풀 수그러진 것이었다.

"아비어미란 말에 가슴이 터지는 것도 같았으나 제겐 아버지가 없어요. 피붙이라고는 어머니 하나뿐인걸요."

"돌아가셨나?"

"당초부터 없어요."

"그런 법이 세상에."

생원과 선달이 야단스럽게 껄껄들 웃으니, 동이는 정색하고 우길 수밖에는 없었다.

"부끄러워서 말하지 않으려 했으나 정말예요. 제천 촌에서 달도 차지 않은 아이를 낳고 어머니는 집을 쫓겨났죠. 우스운 이야기나, 그러기 때문에 지금까지 아버지 얼굴도 본 적 없고 있는 고장도 모르고 지내 와요."

고개가 앞에 놓인 까닭에 세 사람은 나귀를 내렸다. 둔덕은 험하고 입을 벌리기도 *대근하여 이야기는 한동안 끊겼다. 나귀는 건듯하면 미끄러졌다. 허 생원은 숨이 차 몇 번이고 다리를 쉬지 않으면 안 되었다. 고개를

---

*제격 그 지닌 바의 정도나 신분에 알맞은 격식.
*실심하다 근심 걱정으로 맥이 빠지고 마음이 산란하여지다.
*대근하다 견디기가 어지간히 힘들고 만만하지 않다.

넘을 때마다 나이가 알렸다. 동이 같은 젊은 축이 그지없이 부러웠다. 땀이
등을 한바탕 쪽 씻어 내렸다.

고개 너머는 바로 개울이었다. 장마에 흘러 버린 널다리가 아직도 걸리지
않은 채로 있는 까닭에 벗고 건너야 되었다. 고의를 벗어 띠로 등에 얽어매
고 반 벌거숭이의 우스꽝스런 꼴로 물속에 뛰어들었다. 금방 땀을 흘린 뒤
였으나 밤 물은 뼈를 찔렀다.

"그래, 대체 기르긴 누가 기르구?"

"어머니는 하는 수 없이 의부를 얻어 가서 술장수를 시작했죠. 술이 *고
주래서 의부라고 전 망나니예요. 철들어서부터 맞기 시작한 것이 하룬들
편한 날 있었을까? 어머니는 말리다가 채이고 맞고 칼부림을 당하곤 하
니 집 꼴이 무어겠어요. 열여덟 살 때 집을 뛰쳐나와서부터 이 짓이죠."

"총각 나쎄론 섬이 무던하다고 생각했더니 듣고 보니 딱한 신세로군."

물은 깊어 허리까지 찼다. 속 물살도 어지간히 센 데다가 발에 채는 돌멩
이도 미끄러워 금시에 *훌칠 듯하였다. 나귀와 조 선달은 재빨리 거의 건넜
으나 동이는 허 생원을 붙드느라고 두 사람은 훨씬 떨어졌다.

"모친의 친정은 원래부터 제천이었던가?"

"웬걸요. 시원스리 말은 안 해 주나 봉평이라는 것만은 들었죠."

"봉평? 그래, 그 아비 성은 무엇이구?"

"알 수 있나요? 도무지 듣지를 못했으니까."

"그, 그렇겠지."

하고 중얼거리며 흐려지는 눈을 까물까물하다가 허 생원은 경망하게도 발
을 빗디디었다. 앞으로 고꾸라지기가 바쁘게 몸째 풍덩 빠져 버렸다. 허비
적거릴수록 몸을 걷잡을 수 없어, 동이가 소리를 치며 가까이 왔을 때에는

---

*고주 술에 몹시 취하여 정신을 가누지 못하는 상태. 또는 그런 사람.
*훌치다 물체가 바람 따위를 받아서 휘우듬하게 쏠리다.

벌써 퍽으나 흘렀었다. 옷째 쫄딱 젖으니 물에 젖은 개보다도 참혹한 꼴이었다. 동이는 물속에서 어른을 *해깝게 업을 수 있었다. 젖었다고는 하여도 여윈 몸이라 장정 등에는 오히려 가벼웠다.

"이렇게까지 해서 안됐네. 내 오늘은 정신이 빠진 모양이야."

"염려하실 것 없어요."

"그래, 모친은 아비를 찾지는 않는 눈치지?"

"늘 한번 만나고 싶다고는 하는데요."

"지금 어디 계신가?"

"의부와도 갈라져서 제천에 있죠. 가을에는 봉평에 모셔 오려고 생각 중인데요. 이를 물고 벌면 이럭저럭 살아갈 수 있겠죠."

"아무렴. 기특한 생각이야. 가을이렷다?"

동이의 탐탁한 등어리가 뼈에 사무쳐 따뜻하다. 물을 다 건넜을 때에는 도리어 서글픈 생각에 좀 더 업혔으면도 하였다.

"진종일 실수만 하니 웬일이요, 생원?"

조 선달은 바라보며 기어이 웃음이 터졌다.

"나귀야. 나귀 생각하다 실족을 했어. 말 안 했던가? 저 꼴에 제법 새끼를 얻었단 말이지. 읍내 강릉집 *피마에게 말일세. 귀를 쫑긋 세우고 달랑달랑 뛰는 것이 나귀 새끼같이 귀여운 것이 있을까? 그것 보러 나는 일부러 읍내를 도는 때가 있다네."

"사람을 물에 빠치울 젠 딴은 대단한 나귀 새끼군."

허 생원은 젖은 옷을 웬만큼 짜서 입었다. 이가 덜덜 갈리고 가슴이 떨리며 몹시도 추웠으나, 마음은 알 수 없이 둥실둥실 가벼웠다.

"주막까지 부지런히들 가세나. 뜰에 불을 피우고 훗훗이 쉬어. 나귀에겐

---

*해깝다 '가볍다'의 방언.
*피마 다 자란 암말.

더운물을 끓여 주고. 내일 대화장 보고는 제천이다.”

“생원도 제천으로……?”

“오래간만에 가 보고 싶어. 동행하려나, 동이?”

나귀가 걷기 시작하였을 때 동이의 채찍은 왼손에 있었다. 오랫동안 *아둑시니같이 눈이 어둡던 허 생원도 요번만은 동이의 왼손잡이가 눈에 뜨이지 않을 수 없었다.

걸음도 해깝고 방울 소리가 밤 벌판에 한층 청청하게 울렸다.

달이 어지간히 기울어졌다. ✎

---

*아둑시니 ‘어둑서니’의 방언. 멀쩡해 보이나 실지는 조금도 보지 못하는 눈. 또는 그런 사람.

'메밀꽃 필 무렵'은

시적인 문체로 그려 낸 신비스럽고 향토적이고 서정적인 소설이다. 열린 결말로 마무리되어 있다. 작가는 사랑의 신비함에 대해 쓴 작품이라고 말한 바 있다.

1. 글을 떠올리며 ······

• '산허리는 온통 메밀밭이어서 피기 시작한 꽃이 소금을 뿌린 듯이 흐뭇한 달빛에 숨이 막힐 지경이다.'와 같이 묘사되는 메밀밭의 의미는 무엇인가?

2. 글을 소화하며 ······

• 허 생원은 낮에는 장터를 돌며 장사를 하는 바쁜 삶을 살고, 저녁에는 평생의 추억을 꺼내 그리워하는 모습을 보인다. 허생원의 삶을 낮과 밤으로 구분해서 특징을 이야기해 보자.

3. 생각을 모으며 ······

• 이 소설은 바라보는 관점에 따라 다양한 해석이 가능하다. 작품의 다양한 해석을 보고 이 소설의 주제를 짐작해서 써 보자.

> A : 작품만 보고 해석한다면 허 생원의 인생을 불행한 낮과 행복한 밤의 모습으로 볼 수 있지요.
>
> B : 사회·문화와 관련지어 생각한다면 평생을 떠돌아다니며 한 곳에 정착하지 못하는 장돌뱅이의 삶이 고단한 삶을 살았던 백성의 생명력을 상징하는 듯해요.
>
> C : 작품이 독자에게 준 영향과 관련지어 해석한다면 가난하고 외로운 허 생원의 꿈이 이루어질 수 있다는 '희망의 메시지'를 전하는 것으로 볼 수 있지 않나요?.
>
> D : 작가 이효석은 이 소설에서 사랑의 신비함에 대해 다루었다고 말했어요. 그렇다면 이 소설의 주제를 어떻게 말할 수 있을까요?

표구된 휴지

:

이범선

니무슨주변에고기묵건나. 콩나물무거라. 참기름이나마너처서무그라.

누렇게 뜬 창호지에다 먹으로 쓴 편지의 일절이다. 언제부터인가 나는 피곤할 때면 화실 한쪽 벽에 걸린 그 조그마한 액자의 편지를 읽는 버릇이 생겼다. 그건 매우 서투른 글씨의 편지다. 앞부분과 끝 부분은 없고 중간의 일부분만인 그 편지는 누가 누구에게 보낸 것인지도 알 수 없다. 다만 그 내용으로 미루어 시골에 있는 늙은 아버지 — 어쩌면 할아버지일지도 모른다 — 가 서울에 돈 벌러 올라온 아들에게 쓴 편지라는 것이 대충 짐작될 따름이다. 사실은 그 편지가 노인이 쓴 것으로 생각되는 까닭은 그 내용도 내용이려니와 그보다도 더 그 편지의 종이나 글씨에 있는지 모른다. 아마 어느 가을에 문을 바르고 반 장쯤 남았던 창호지를 용케 생각해 내어 벽장 속을 뒤져 먼지를 떨고 손바닥으로 몇 번이나 쓸어 펴서 적당히 두루마리 모양이 나게 오린 것이리라. 누렇게 뜬 종이 가장자리가 삐뚤삐뚤하다. 거기에 사연을 먹으로 썼다. 순 한글 ― 아니 이 편지에서만은 언문이라는 말이 좀 더 어울릴까? ― 로 쓴 그 글씨가 재미있다. 붓으로 썼다기보다는 무슨 꼬챙이에 먹을 찍어서 그린 것 같은 글자는 단 한 자도 그 획의 먹 농도가 고른 것이 없다. 그뿐 아니라 글자의 획들이 모두 *사개가 물러나서 이상스레 헐렁한데 그런 글자들이 또 제각기 방향을 잡고 아무렇게나 눕고 서고 했다. 그러니 글줄이 바를 리는 만무고.

니 떠나고 메칠 안이서 송아지 낫다. 그너석눈도큰게 잘 자란다.
애비보다 제에미를 더 달맛다고 덜한다.

이 *대문에서는 송아지 석 자가 딴 글자보다 좀 크고 먹 색깔도 진하다. 나는 언제나 이 액자를 보면 그 사연보다 그 글씨로 하여 먼저 미소 짓게 된다.

베적삼 고름은 헐렁하니 풀어 헤쳤고 *잠방이 허리는 흘러내려 배꼽이 다 드러난 *촌로들이 마을 어귀 느티나무 그늘에 모여, 더러는 마주 보고 장기를 두고 옆의 한 노인은 부채질을 하다 졸고 또 어쩐 노인은 장죽을 쑤시는가 하면 때가 새까만 목침을 베고 누운 흰머리는 서툰 가락의 시조를 읊고.

그 크고 작고, 진하고 연하고, 삐뚤삐뚤한 글자들. 나는 거기서 노인들의

---

*사개 상자 따위의 모퉁이를 끼워 맞추기 위해 서로 맞물리는 끝을 들쭉날쭉하게 파낸 부문. 또는 그런 짜임새.
*대문 이야기나 글 따위의 특정한 부분.
*잠방이 가랑이가 무릎까지 내려오도록 짧게 만든 홑바지.
*촌로 시골에 사는 늙은이.

구수한 농지거리를 들을 수 있다.

앞 논배는 전에 만하다. 뒷밧콩은 전해 만 못하다. 병정갓 던덕 이돌 아왔다. 너 서울 돈벌레 갓다니까, 소우슴하더라.

이 편지 액자는 사실은 내 것이 아니다.

삼 년 전 가을이었다. 저녁 무렵 친구가 찾아왔다. 어느 은행 지점장인가 지점장 대리인가 하는 그 친구는 퇴근길에 잠깐 들렀다는 것이었다.

"부탁이 있는데."

"부탁? 설마 은행가가 가난한 화가더러 돈을 꾸란 건 아닐 게고."

나는 농담으로 그를 맞아들였다.

"그런 건 아니고……. 이것 좀 보게."

그는 신문지로 돌돌 만 것을 불쑥 내밀었다.

"뭔데. 그림인가?"

"글쎄 펴 보게. 그림이라면 그림이고 글이라면 글인데 그게……, 국보급이야."

친구는 장난기 어린 눈으로 안경 속에서 웃고 있었다. 나는 조심조심 신문지를 폈다. 그건 아무렇게나 구겨져 던졌던 휴지를 다시 편 것이었다.

"뭔가, 이건?"

"한번 읽어 보게나."

친구는 눈으로 내가 들고 있는 휴지를 가리켰다. 나는 그 구겨졌던 종이 위에 먹으로 쓴 글자를 한 자 한 자 읽으면서 속으로 철자법을 교정해야 했다.

“무슨 편지 같군.”

“그래.”

“무슨 편진가?”

“나도 모르지.”

“그런데!”

“어쨌든 재미있지 않나. 뭔가 뭉클하는 게 있단 말야.”

“좀 그런 것 같긴 하지만…….”

“바가지에 담아 내놓은 옥수수 냄새 같은, 뭐 그런 게 있잖아.”

“흠, 자넨 역시 길을 잘못 들었어.”

나는 웃었다. 그는 나와 중학교 동창이다. 그 시절 그는 문학 서적에 취해 있는 문학 소년이었다. 선생님들도 그의 소질을 인정하고 있었다. 그런데 그는 결국 *상과 대학엘 갔다. 고등학교에서의 배치에 의해서였다.

“그거 *표구할 수 있겠지?”

“표구?”

“그래.”

“그야 할 수 있겠지. 창호지니까.”

“난 그런 걸 잘 모르지 않나. 그래 화가인 자네 생각을 했지 뭔가. 자네가 어디 적당한 표구사에 맡겨서 좀 해 주지 않겠나?”

“그야 어렵지 않지만……, 자네도 어지간히 *호사가군. 이걸 표구해서 뭘 하나. 도대체 어디서 주워 온 건가. 이 휴지는?”

“아닌 게 아니라 정말 휴지통에서 주운 거지.”

그 친구 은행 창구에 저녁때면 날마다 빼지 않고 들르는 지게꾼이 있단다. 은행 문 앞에 지게를 벗어 세워 놓고는 매우 죄송스러운 태도로 조용

---

*상과 상업에 관한 교과목.
*표구 그림의 뒷면이나 테두리에 종이 또는 천을 발라서 꾸미는 일.
*호사가 일을 벌이기를 좋아하는 사람.

히 은행 안으로 들어서는 스물댓 나 보이는 그 꺼먼 얼굴의 청년을 처음엔 안내원이 막았다.

"뭐지요?"

"예, 예, 저어……."

"여긴 은행이오, 은행!"

"예, 그러니까 저 돈을……."

청년은 어리둥절해서 말도 제대로 하지 못했다.

"글쎄, 은행이라니까!"

"예, 그런데 그 조금도 할 수 있습니까?"

"조금이라니 뭘 말이오?"

"저금을 조금두 할 수 있습니까?"

"저금요!"

은행 안의 모든 시선들이 그 지게꾼에게로 쏠렸다.

청년은 점점 더 당황하였다. 얼굴이 붉어져서 돌아서 나가려는 그를 불러 세운 것은 예금 창구의 여직원이었다. 청년은 손에 말아 쥐고 있던 라면 봉지에서 꼬깃꼬깃한 백 원짜리 지폐 다섯 장과 새로 새긴 목도장을 꺼내어 떨리는 손으로 여직원에게 바쳤다. 청년은 저만치 한구석으로 가 서서 불안스러운 눈으로 멀리 여직원을 지켜보고 있었다. 한참 만에 그는 흠칫 놀랐다. 생전 처음 그는 씨 자가 붙은 자기 이름을 들었던 것이다. 그는 여직원 앞으로 달려와 뻣뻣한 통장을 받았다. 청년은 여직원과 안내원에게 *굽신굽신 절을 하고는 한 손에 통장을 받쳐 든 채 들어올 때처럼 조심스럽게 유리문을 밀고 나갔다. 통장을 확인할 경황도 없이.

다음 날부터 그 청년은 매일 저녁 무렵이면 꼭꼭 들렀다. 하루에 이백 원

---

*굽신굽신 고개나 허리를 가볍게 자꾸 구부렸다 펴는 모양. '굽실굽실'이 바른 표기임.

혹은 삼백 원 또 어떤 날은 오백 원, 그의 통장에는 입금만 있고 출금난은 비어 있었다. 이제는 제법 안내원과는 익숙해졌으나 여직원 앞에서는 여전히 얼굴을 붉히고 수고를 끼쳐서 대단히 죄송하다는 표정 그대로였다.

그러던 어떤 날이었다. 그날은 여느 날보다 조금 일찍 청년이 은행엘 들렀다.

"오늘은 일찍 오셨네요. 얼마 넣으시겠어요?"

여직원이 미소로 물었다.

"예, 기게 오늘은 좀……."

청년은 무언가 종이 뭉텅이를 들고 머뭇거렸다.

"왜요?"

"이거 정말 죄송합니다. 이거 얼마 되지도 않는 걸 동전으루……. 그동안 저금통에 넣었던 걸 오늘 깨었죠. 기래 여기 이렇게……."

청년은 종이에 싼 것을 내밀었다.

"아이, 많이 모으셨네요."

"죄송합니다. 정말 이거……."

청년은 뒤통수를 긁적거리며 언제나 그가 서서 기다리는 구석으로 갔다.

"이게 바로 그 지게꾼 청년이 동전을 싸 가지고 온 종이지."

친구는 내 손의 편지를 가리켰다.

"그래. 그럼 그의 집에서 그 청년에게 보낸 편지란 말인가?"

"글쎄. 반드시 그렇다고는 할 수 없겠지, 동전을 세는 여직원을 거들어 주다가 우연히 발견하고 재미있다고 생각돼서 가지고 온 것뿐이니까."

우물집 할머니 하루 알고 갔다. 모두 잘 갓다 한다. 장손이 장가갓다. 색씨는 너머 마을 곰보 영감딸이다. 구장네탄 실이 시집 간다. 신랑은 읍의 서기라더라. 앞집순이가어제 저녁감자 살마치마에 가려들고 왔더라. 순이는시집안갈끼라 하더라. 너는 빨리 장가 안들어야 건나.

나는 비시시 웃음이 새어 나왔다. 편지 내용도 그렇고 친구의 장난기도 그랬다.

어쨌든 나는 그 창호지를 아는 표구사에 맡겼다. 그게 어떤 편지냐고 묻는 표구사 주인한테는

"굉장한 겁니다. 이건 정말 국보급입니다."

하고 얼버무렸다. 표구사 주인은 머리를 갸웃거렸다.

그 후 나는 그 창호지 편지를 *감감히 잊어버리고 있었다. 그런데 은행 친구가 어느 외국 지점으로 전근이 되었다. 비행기가 떠날 때 나는 문득 그 편지 생각이 났다.

니 떠나고 메칠 안이서 송아지 낫다.

그길로 나는 표구사로 갔다. 구겨진 휴지였던 그 편지는 깨끗이 펴져서 액자 속에 들어 있었다. 그렇게 치장하고 보니 그게 정말 무슨 국보나 되는 것 같았다.

돈조타. 그러나 너거 엄마는 돈보다도 너가 더조 타한다.
밥 묵고 배아프면 소금 한줌 무그라 하더라.

*감감히 어떤 사실을 전혀 모르거나 잊은 모양.

　그날부터 그 액자는 내 화실에 그냥 걸어 두었다. 그저 걸어 둔 거다. 그런데 그게 이상하게도 차츰 내 화실의 중심점이 되어 갔다. 그건 그림 같기도 하고 글 같기도 하다. 아니 그건 분명 그 둘이 합쳐진 것이었다.

　나는 친구가 외국으로 떠나고 *이태 동안 그 액자를 *간간 바라보고 있는 사이에 차츰 그 친구의 심정을 느껴 알 것 같았다.

너무 순주변에 고기 묵건나. 콩나물 무거라. 참기름이나 마니 쳐서 무그라.
순이는 시집 안 갈끼라 하더라. 너는 빨리 장가 안들어야 건나.
돈 조타. 그러나 너거 엄마는 돈보다도 너가 더 조 타한다.

그리고 채 이어지지 못하고 끊어진 맨 끝줄.

밤에는 숯적다 숯적다 하며 새는 운다마는……

*이태　두 해.
*간간　시간적인 사이를 두고서 가끔씩. '이따금'으로 순화.

'표구된 휴지'는

성실하게 도시에서의 삶을 이어 가는 청년과 자식을 객지로 보낸 뒤 그리운 마음으로 편지를 쓴 아버지의 모습이 담긴 소설이다. 아버지의 편지를 통해 삶에서 느낄 수 있는 아름다움에 대해서 이야기하고 있다.

1. 글을 떠올리며 ······

• '나'가 친구에게서 받은 편지는 어떠한 내용이 담겨져 있는가?

2. 글을 소화하며 ······

• '친구'는 이 편지에 대해 '바가지에 담아 내놓은 옥수수 냄새 같다.'라는 표현을 했다. 그리고 '국보'라는 표현도 하고 있다. 그리고 '나'는 표구하여 화실에 걸어 두고 있다. 이 편지가 어떠한 가치를 지니고 있어서 이러한 표현을 한 것일까?

3. 생각을 모으며 ······

• 이 소설을 읽고 느낀 점을 담아 부모님께 편지를 써 보는 시간을 가져 보자.

일용할 양식
— 원미동 사람들 중에서

양귀자

원미동에 사는 사람들은, 아니 더 정확히 말하여 원미동 23통 5반 사람들은 이 겨울 들어 아주 난처한 일이 하나 생겼다. 생각하기에 따라서는 무에 그리 대단한 일이겠느냐고, 제법 요령 있게 넘어갈 수 있는 방법이 있지 않겠느냐고 하겠지만 어쨌든 딱한 일임에는 분명하였다.

일의 시작은 지난 연말부터였다. 여름의 원미동 거리는 가게에 딸린 단칸방의 무더위를 피하기 위한 동네 사람들로 자정 무렵까지 북적이게 마련이었으나 추위가 닥치면 그렇지가 않았다. 너 나 할 것 없이 아랫목으로 파고들어서 텔레비전이나 쳐다보는 것으로 족하게 여기고 찬 바람이 씽씽 몰아

양귀자(1955~)

소설가. 도시 서민 계층의 인물들을 내세워 소박한 일상에서의 고달픈 삶을 묘사한 작품들로 주목받았다. 주요 저서로는 '원미동 사람들', '나는 소망한다 내게 금지된 것을', '천년의 사랑' 등이 있다.

치고 있을 밤거리야 상관할 바가 아니었다. 낮 동안 햇살이 발갛게 비치어 기온이 다소 올라가도 사정은 크게 달라지지 않았다. 요즘 집집마다 유행처럼 번지기 시작한 유선 방송이라는 게 시도 때도 없이 영화를 보내 주고 있기 때문에 사람들은 변소 갈 시간도 아끼면서, 법석을 떨어 대는 아이들이나 바깥으로 내몰아 놓고서 이내 텔레비전 앞에 붙어 앉는 것이다. 옥상마다 다닥다닥 붙어 있는 안테나 사정 탓인지 따로 선을 잇지 않아도 유선 방송이 잘 잡히더라는 집도 더러 있었다. 날씨는 춥고, 아랫목은 따뜻하고, 눈요기할 만한 필름은 텔레비전이 담당하였다. 그러저러 겨울이 깊어 가던 연말에 동네 사람들은 행복 사진관 엄 씨가 일으킨 연애 사건으로 한동안 모이기만 하면 쑤군쑤군 입을 맞추었으나 인삼찻집이 문을 닫아 버리고 나서는 찻집 여자와 엄 씨의 관계에 초점을 모으던 화제도 시들해져 있었다.

그때를 맞추기나 한 듯이 일이 시작된 것이다. 처음에는 어떤 일이나 그렇듯 대수롭지 않았다. '김포 쌀 상회'의 상호가 '김포 슈퍼'로 바뀌었을 뿐인 것이다. 원래는 쌀과 연탄만을 취급하면서 23통 일대의 쌀과 연탄을 도맡아 배달해 주던 김포 쌀 상회의 경호 아버지가 어지간히 돈을 모은 모양이었다. 비어 있는 옆 칸을 헐어 가게를 확장한 것이다. 김포 쌀 상회가 김포 슈퍼로 도약하였을 때는 응당 상호에 걸맞게시리 온갖 생활필수품들이 진열대를 메우는 것은 당연한 노릇이었다. 한쪽에는 *싸전을, 또 한쪽에다는 미니 슈퍼를, 그리고 가게 앞 공터에다가는 연탄을 쟁여 놓고 있는 품이 제법 거창하기까지 해서 김포 쌀 상회의 눈에 뜨이는 성공은 동네 사람들을 놀라게 하였다. 충청도 산골 마을에서 야망을 품고 상경한 이들 내외는 품팔이로 번 돈을 모아 사 년 전, 원미동에 어엿하게 김포 쌀 상회를 내었다. 처음엔 고향 동네의 쌀을 받아다 파는 정도에 불과했지만 다음 해에는 연탄

*싸전 쌀과 그 밖의 곡식을 파는 가게.

배달까지 일을 벌일 만큼 내외간이 모두 억척스럽고 성실한 일꾼이었다. 성품 또한 모난 데 없이 두루뭉술하여 어른을 알아볼 줄 알고 노상 웃는 얼굴이어서 원미동 사람들에게 고루 인정을 받고 있었다. 그래서 김포 슈퍼의 개업일에는 많은 사람들이 부러 찾아가서 과자 한 봉지, 두부 한 모라도 사 주면서 부지런한 내외의 앞날을 격려해 주었다. 김포 슈퍼가 개업 기념으로 돌린 수수팥떡이 두 시루도 넘었다는 말을 입증하기나 하려는 듯 그날은 아이들마다 모두 입가에 팥고물을 묻혀 놓고 있었다. 큰길가의 번듯한 슈퍼마켓은 아니지만 그래도 옹색한 꼴은 면한 가게를 꾸며 놓고서 내외간이 어찌나 벙싯벙싯 웃어 대는지 보기만 해도 배가 부르더라고, 이웃의 세탁소 여자가 사람들마다에 귀띔을 해 주기도 하였다.

이제 그들은 그 큰 가게를 꾸려 나가면서 더욱 착실히 돈을 모을 것이라고 강남 부동산의 고흥댁 같은 이는 경호네의 성공을 여간 부러워하지 않았다. 원미동 거리에서는 하기야 모처럼 보게 되는 사업 확장인 셈이었다. 겨울철 추운 날씨가 제아무리 기승을 떤다 해도 손님만 북적거리면 누군들 유선 방송의 흘러간 중국 영화에나 매달려 있을까. 봄가을 잠시 반짝 일손을 재촉하고 나면 그뿐인 원미 *지물포나, 필름 현상이 고작인 행복 사진관이나, 건전지나 형광등 몇 개 파는 정도인 써니 전자 주인들이 썰렁한 가게를 놓아두고 방구석에만 처박혀 있는 것도 다 까닭이 있어서였다. 우리 정육점이야 어쩌네 저쩌네 해도 돼지고기 반 근짜리 손님이나마 *해거름에는 심심찮게 모여드니 돈이 아쉽지는 않겠지만 겨울엔 파마머리가 잘 안 나온다고 서울 미용실마저 드라이 손님 몇에 매달려 난로의 연탄만 축내고 있는 형편이었다. 요새야 원미동 거리 어느 가게나 다 그렇지만 특히 강남 부동산은 아주 죽을 지경이었다. 벌써 몇 년째, 그 좋던 벌이는 다 옛말이고 말 그대로 파리만 날리고 있는 형편이 언제 나아질지 그것조차 까마득했다.

"복덕방 벌이가 *시방처럼 가겟세도 못 당헐 것 겉으면 누구라고 문 열어
놓을랍디여. 인자부터 애들도 *여의고 돈 쓸 일이 널린 판인디 돈줄이 이
러코롬 꽉 막혀 부렀으니 사람 환장하제이. 이런 판에 경호네 집은 참말
어쩐 일인가 몰라. 인자 막 돈줄이 붙는갑소. 운이 닿으니 저렇제. 안 그
려 봐, 암만 머리 싸매고 덤벼도 어림없지."

고흥댁 말대로 김포 슈퍼의 경호네 앞날은 가히 풍년의 조짐이 보이기도
하였다. 싹싹한 경호 엄마는 백 원짜리 꼬마 손님한테도 일일이 뻥튀기 한
장씩을 선물로 주었다. 입에다가는 언제나 어서 오세요, 안녕히 가세요, 감
사합니다를 매달아 놓았고 까다로운 사람이 와도 활짝 웃는 낯에 고분고
분 응대하여 곧잘 비위를 맞추었다. 경호 아버지는 겨울철이라 밀려드는 연
탄 주문으로 신새벽부터 해거름까지 눈코 뜰 사이 없었다. 연탄 배달 틈틈
이 쌀 배달도 지체 없이 해치우고 야채를 받아 오기 위해 신 나게 자전거 페
달을 밟고 큰 시장으로 내달리는 모습은 일견 대견하게까지 보였다. 생필
품 외에도 채소며 과일을 종류대로 팔고 있는 터라 가게는 그럭저럭 매상이
오르는 눈치였다. 시장이 먼 탓에 어지간한 찬거리는 가게에서 구입하는 원
미동 여자들 사이에 김포 슈퍼 부식값이 시장 상인들보다 오히려 싼 편이며
채소나 과일 들도 모두 싱싱하고 질이 좋더라는 소문이 핑 돌기 시작한 것
은 개업 후의 며칠 만의 일이었다.

바로 그 무렵, 원미동 여자들은 형제 슈퍼의 김 반장이 가게 앞 공터에 수
백 장씩 연탄을 부리는 현장을 목격하였다. 또, 형제 슈퍼의 간이 창고 구실
을 하던 입구의 천막 속엔 쌀과 잡곡들이 제각기 망태기에 담겨져 있고 그
옆에 돌 고르는 석발기까지 덜덜거리며 돌아가는 모습도 목격하였다. 물론

*시방 지금.
*여의다 딸을 시집보내다. 또는 멀리 떠나보내다.

형제 슈퍼는 쌀과 연탄을 취급하던 가게가 아니었다. 과일이나 야채·생선을 비롯하여 생활필수품들을 파는 구멍가게에 불과한 규모이긴 해도 이름만은 곧잘 '슈퍼'로 불리던 그런 가게였었다. 형제 슈퍼가 느닷없이 쌀과 연탄을 벌여 놓고 빨간 페인트로 '쌀·연탄'이라고 쓴 어엿한 입간판까지 내다 놓은 것은 누가 뭐래도 김포 슈퍼의 개업과 발을 맞춘 것임이 분명하였다.

"우리도 연탄 배달합니다. 거기다 또 대리점 대우라서 한 장에 이 원씩 싸게 드립니다요. 쌀이라면 우리 고향 쌀, 아시지라우? 계화미, 호남평야의 일등품만 취급하니까 한번 잡숴만 보세요. 틀림없다구요."

김 반장이 만나는 동네 사람들마다에게 쏟아 놓는 대사였다. 아니, 부러 가게 앞에 나와 서서 짐짓 쾌활한 얼굴과 목소리로 자신만만하게 단골들을 설득하였는데, 사람들은 그제야 형제 슈퍼와 김포 슈퍼의 간격이 일백 미터도 채 못 된다는 사실을 깨달았다. 그리고 김포에서 쌀과 연탄만을 취급했을 때는 모두 김 반장의 형제 슈퍼에서 물건을 샀다는 사실도 깨달았다. 모두들 경호네의 눈부신 발전에만 정신이 팔려서 깜박 김 반장을 잊고 있었던 것이다.

김 반장은 이제 스물여덟의, 역시 싹싹한 총각이었으며 23통 5반을 손바닥 안에 꿰뚫고 있는 반장 직책을 가지고 있었다. 때문에 동네의 잡다한 사건에 그가 끼이지 않는 법이 없었고 원미동 거리에서 가장 자주 듣게 되는 높다란 전라도 사투리도 틀림없이 그의 음성일 게 확실한, 이 동네의 대변자이기도 하였다. 그의 형제 슈퍼에는 네 명의 어린 동생과 다리 골절로 직장을 잃은 아버지와 잔소리가 많은 어머니, 또한 팔순의 할머니가 매달려 있었다. 식구가 복잡한 만큼 가게도 복잡하여 누구 말대로 없는 것 빼고는 다 있는 만물상임은 틀림없지만 *기득권을 가진 가게답게 적잖이 무질서하

---

*기득권 특정한 자연인, 법인, 국가가 정당한 절차를 밟아 이미 차지한 권리.

고 부식의 신선미도 떨어지는 편이어서 사람들은 알게 모르게 깔끔하고 정
돈되어 있는 김포 슈퍼 쪽으로 발길을 돌렸던 것이다. 뭐든 새것이 역시 새
맛으로 좋은 법이었다. 그렇다고는 해도 김 반장이 그처럼 재빠르게 쌀과
연탄을 팔겠다고 나설 줄은 몰랐었다. 아는 사람은 다 아는 일이지만 지난
가을 김 반장은 작은 짐차를 하나 샀다가 한 달도 못 되어 사고를 저질러 그
뒷수습에 바짝 쪼들리고 있는 중이었다. 물건도 실어 나르고 채소나 과일은
산지에서 *밭떼기를 해 볼 작정으로 모아 놓은 장가 밑천을 다 털어서 차를
샀던 것인데 그만 사람을 다치게 한 것이었다. 합의를 보고, 피해자 보상해
주고, 이것저것 *뒷갈망을 하는 데 차는 물론이요 빚도 수월찮게 얻었다는
내막을 동네 사람들은 알고 있었다. 그런 처지에 빚돈을 얻어 싸전을 벌이
고 연탄까지 팔겠다고 나서다니, 지물포 주 씨 말대로 제 죽을 구멍 파는 미
련한 짓이라고 욕을 먹을 만도 하였다. 경호 아버지가 쌀과 연탄을 도맡아
대고 있는 줄 *번연히 알면서 말이다.

"김포 슈퍼요? 아, 난 상관없어요. 우리도 연탄 배달 쌀 배달 다 하는데
요. 무작정이 아니라구요. 관에다 허가받고 시작한 장사인데 나라고 왜
못 해요?"

말은 요만큼 하여도 그동안 김 반장이 얼마나 끙끙 앓았는지 짐작할 만하
였다. 비어 있는 점포에 구멍가게가 들어설까 봐 가게 계약 건수만 있으면
강남 부동산을 번질나게 드나들곤 하던 김 반장이었다. 김포 쌀 상회가 김
포 슈퍼로 도약하여 자신의 목을 조를 줄은 생각지도 못 했을 것이다. 어디
서나 동네의 조그마한 구멍가게가 대상으로 하는 지역은 암암리에 지정되
어 있는 터, 같은 업종의 가게가 새로 문을 열 때는 일정 거리 이상을 유지
하는 게 상호 간의 예의라는 형제 슈퍼의 김 반장 이론은 분명히 옳았다. 우

---

*밭떼기 밭에서 나는 작물을 밭에 나 있는 채로 몽땅 사는 일.
*뒷갈망 일의 뒤끝을 맡아서 처리함.
*번연히 어떤 일의 결과나 상태 따위가 훤하게 들여다보이듯이 분명하게.

리 가게 하나도 제대로 소화시키지 못하는 조그마한 구역에 똑같은 구멍가
게가 마주 보고 앉아서 어쩌자는 것이냐고, 다 같이 죽자는 모양인데 나는
못 죽어 주겠다, 옛정을 봐서 우리 연탄이나 쌀도 팔아 줘야 할 게 아니냐,
가격도 싸고 품질도 월등 좋은데…….

김 반장은 원미동 거리에 서서 입이 닳도록 외웠다. 김 반장의 어머니도,
김 반장의 허리 꼬부라진 할머니도 동네 여자들을 향해 “우리 연탄도 좀 때
요. 이번 참엔 우리 것 좀 들여놓아, 꼭!” 하며 우겨 대었다.

팔순을 넘긴 김 반장 할머니는 꼬부라진 허리를 아랑곳 않고 추위를 피해
종종걸음 치는 아낙네들 뒤를 따라가면서까지 외워 댔다.

“우리 것도 팔아 주랑게…….”

참말로 딱하게 된 것은 원미동 여자들이었다. 이제까지 대놓고 쓰던 경호
네를 나 몰라라 하고 김 반장한테 돌아설 수가 없는 것이, 김포 슈퍼 개업일
때 무심코 던진 말들을 기억하고 있는 탓이었다.

“모쪼록 잊지 말고 들러 주십시오. 성의껏 모시겠습니다.”

허리 굽혀 인사하면서 은박지 쟁반에 담긴 팥떡을 나누어 주던 경호네한
테 누구라 할 것 없이 덕담처럼 던진 말이 있었다.

“다른 건 몰라도 쌀 안 먹고 연탄 안 때고 살 수는 없으니까 경호네를 잊
고 살 수는 없지.”

딱히 그것뿐이라면 또 모른다. 듣기 좋은 말만 뜯어먹고 살 수 있는 세상
은 아니므로 그깟 덕담쯤이야 인사치레로 돌릴 수도 있었다. 하지만 김포
슈퍼에 들를 때마다 은근히 얹어 주던 덤이며, 찾아 줘서 고맙다고 손에 쥐
여 주던 빨랫비누 한 장씩을 누구라도 한 번씩은 받게 마련이었으므로 입을
싹 씻고 돌아서기가 여간 난처한 게 아니었다.

일이 이쯤에 이르자 김 반장이 쌀과 연탄을 벌인 게 잘못이라는 사람들도 있고 애초에 김포 슈퍼로 가게를 확장한 경호네가 잘못이라는 사람들도 생겨났다. 그렇지만 어느 쪽도 딱 부러지게 죽을죄를 진 것은 아니었다. 모두 다 살기 위하여, 어쨌거나 한번 살아 보기 위하여 저러는 것이었으므로 애꿎은 동네 사람들만 가게 가기가 심란스러워진 셈이었다.

"김 반장 말도 맞아. 어쩔까. 이번에는 형제 슈퍼에서 연탄 백 장을 들여 놓아야 할까 봐."

우리 정육점 안주인이 처음으로 김 반장에게서 연탄을 샀다. 형제 슈퍼 코앞에 우리 정육점이 있었다. 서로서로 가게를 열고 있는 처지라서 딱해 죽겠다던 이였다.

"할 수 없잖아. 김포 몰래 우리도 이십 킬로그램짜리 쌀 *팔았어. 괜히 경호 아버지 눈치가 보이고, 참말 내 돈 내고 쌀 팔면서 무슨 죄를 짓는 것처럼 이게 뭐야."

써니 전자의 시내 엄마도 이마를 찌푸렸다.

"이번에는 김포, 다음에는 형제, 그렇게 하면 되잖아요."

64번지 새댁이 공평한 결론을 내리는가 했더니 고흥댁이 "그럼 계란이니 두부니 라면도 일일이 나눠 갖고 사러 다닐 꺼여? 아이구, 난 이젠 늙어서 기억력도 모자라는디 헷갈려서 그 짓 못 혀." 하며 고개를 설레설레 흔들었다. 딴은 그러했다. 김포에서 대어 먹던 쌀이나 연탄을 가끔씩이나마 김 반장에게로 거래를 옮긴다면 형제 슈퍼에서 사 오던 부식이나 잡다한 일용품들도 이쪽저쪽 공평하게 사러 다녀야 할 판이었다. 어느 쪽으로 가나 한 쪽의 눈총이 뒤통수에 달라붙어 있기는 마찬가지겠지만 섣불리 굴었다간 괜히 이웃 간에 정만 날 것이고 하여간 난처한 일이었다.

*팔다 돈을 주고 곡식을 사다.

일은 그게 다가 아니었다. 김포 슈퍼에서는 또 가만 앉아 당할 수가 없으니 그들 내외는 머리를 짜내어 모든 물건의 가격을 일이십 원꼴로 낮추어 팔기 시작하였다. 형제 슈퍼에서 180원 하는 과자는 170원으로, 300원짜리는 280원으로 내려 받으면서 저울 눈금으로 파는 채소까지 후하게 달아 주었다. 뿐이랴. 계란 두 줄을 사면 하나를 덤으로 주고 형제에서 천 원에 스무 개씩 귤을 팔면 김포는 스물세 개를 담아 주었다. 500원에 세 개들이 비누를 형제 슈퍼에서 산 누구는 김포에서 450원에 판다는 귓속말을 듣자마자 가서 비누를 물리기도 하였다. 뒤통수에 달라붙은 눈총이야 모른 척하면 그만이지만 당장 잔돈푼이 지갑 속으로 떨어져 들어오는데야 김포 슈퍼로 치달리는 걸음에 의혹이 있을 수가 없었다.

김 반장은 그럼 두 손을 늘어뜨리고 구경만 할 것인가. 제꺼덕 김포 슈퍼보다 십 원씩 더 가격을 내리고 저울 눈금도 마냥 후하게 달았다. 스무 개짜리 귤은 아예 스물다섯 개씩 팔아넘기니 한 박스 팔아도 본전 건지면 천만다행인 장사가 시작된 셈이었다. 새해 들면서 김포와 형제의 공방전이 여기에 이르자 오히려 살판난 것은 동네 여자들이었다. 구입할 게 많다 싶으면 세 정거장쯤 떨어져 있는 시장으로 가던 여자들이 시장 발걸음을 끊은 것도 새해 들어서의 버릇이었다. 굳이 시장에 갈 일이 없었다. 어지간한 것은 모두 형제나 김포에 있었고 *바겐세일이라도 이만저만 파격 세일이 아닌 까닭이었다.

“워메, 그게 콩나물 이백 원어치여? 시상에 난 김포가 더 싼 줄 알았더니 김 반장네가 훨씬 많구만그려.”

어느 날 고흥댁이 소라 엄마의 손에 들린 콩나물의 부피에 입을 쩍 벌린 것도 무리는 아니었다. 시장에 가더라도 오백 원어치 꼴은 실히 될 만한 양

이었기 때문이었다.

"아녜요. 연탄은 김포가 더 싸요. 난 어제 백 장 들였는데 오백 원이나 깎
아 주고 플라스틱 바구니까지 얹어 주던걸요."

소라 엄마가 소곤소곤 정보를 일러 주고 가자 이번에는 원미 지물포 안주
인이 아이들한테 초콜릿을 물리고 오면서 또 소곤거린다.

"어쩌려고 저러는지. 이백 원짜리 초콜릿을 김 반장은 백오십 원에 팔드
라니깐요. 떼 온 값도 안 되게 막 팔아넘긴대요. 이판사판이래요."

그러면 고흥댁은 정말 헷갈리기 시작하는 것이다. 아까까지만 해도 김포
에서 적어도 삼십 원은 싸게 샀다고 자부한 판인데 잠깐 사이에 형제에서는
오십 원이나 싸게 팔고 있다니 어느 쪽으로 가야 이익일는지 계산하기가 썩
어렵잖은가 말이다. 그러잖아도 지난번에 형제 슈퍼에서 산 비누를 물리고
그 즉시로 김포 슈퍼에서 싼값으로 비누를 샀다고 해서 동네 여자들 *구설
수에 올라 있는 고흥댁이었다. 한마디로 너무 노골적이라는 비난이었는데
그깟 몇십 원 때문에 당장 산 물건을 되물리는 법이 어디 있느냐는 거였다.
이쪽저쪽을 다니더라도 좀 눈치껏 하지 않고 너무 표 나게 굴었던 까닭이
었다. 고흥댁도 말귀를 알아들었다. 싸게 주는 쪽으로 가는 것이야 말리지
않지만 요령껏, 어느 쪽이 더 싼지 눈치를 살핀 후에 행동에 옮기라는 말일
것이었다. 말귀는 알아들었다 해도 번번이 한 수 뒤처지는 것이 고흥댁은
여간 억울하지 않았다. 아까 콩나물만 해도 그랬다. 김포 콩나물이 엄청 양
이 많더라고 오전에 이미 소문을 들었던 터라 경호네한테 가서 이백 원어치
를 한 봉투 받아 왔었다. 역시나 흡족할 만큼 많이 뽑아 주어서 내심 기분이
좋았는데 잠시 후에 보니 소라 엄마는 김 반장네에서 훨씬 많은 콩나물 봉
투를 들고 오는 게 아닌가. 그래서 괜히 자기만 손해 보았다고 지물포 여자

*구설수 남과 시비하거나 남에게서 헐뜯는 말을 듣게 될 운수.

한테 하소연을 좀 했더니 단박에 *머퉁이만 돌아오고 말았다.

"아이구 아줌마도 손해는 무슨 손해요? 김포에서 받은 것도 이백 원어치
곱절은 됐을 텐데, 안 그래요?"

말을 듣고 보니 맞는 소리였다. 눈치를 잘 보아서 김 반장한테로 갔으면
더 이익은 봤을망정 손해는 아니었으니까.

"그나저나 고래 싸움에 새우 등 터진다는 옛말은 다 틀린 말여. 고래들이
싸우는 통에 우리 같은 새우들이 먹잘 게 좀 많은가 말여."

그러나 고흥댁의 그럴싸한 옛말 풀이는 1월이 거지반 지날 무렵부터 서
서히 모양새가 바뀌어 가기 시작했다. 유난히도 날씨가 맵지 않아 집집마다
김장 김치들이 부글부글 괴어오르던 정월이었다. 서울 미용실 옆으로 비어
있는 점포가 서너 개 있었다. 원래가 이 동네는 허울 좋은 상가 주택만 즐비
한 터여서 가게는 비워 놓고 방만 세 들어 있는 수도 많았다. 집을 지었다
하면 약속이나 한 듯 아래로는 가게를 두 칸 내고 이층에 살림집을 올리는
식이었다. 게다가 기왕의 주택이나 연립 주택들마저 아래층은 개조를 해서
까지 점포를 만들었다. 요즘에 와서야 수요가 없는 점포는 단칸방 월세보다
시세가 없다는 사실을 깨닫긴 한 모양이었지만 어쨌든 지난 사오 년 사이의
원미동 23통 거리는 상가 주택이 대유행이었다. 시청을 끼고 있어서 몇 년
지나지 않아 한몫하려니 했던 기대는 완전 물거품이 된 셈이었다. 시청 정
문 앞이라면 혹시 몰라도 이만큼 한 행보 멀어져 있고서는 어느 세월에 상
가가 조성될지 아득하기만 했다.

다른 데는 어쨌거나 영세한 꼴이나마 점포들이 문을 열었어도 서울 미
용실 옆의 상가 주택들이 비어 있는 까닭은 앞이나 옆이 모두 공터인 탓이
었다. 소방 도로를 끼고 꺾어 돈 자리에 앉아 있는 서울 미용실까지는 그럭

*머퉁이 남의 잘못을 꾸짖는 말.

저럭 큰길에서 내다보이는 이점이 있지만 그다음부턴 도무지 무엇을 벌여도 밑천 잘라먹기가 예사인 점포들이었다. 그래서 이것저것 퍽도 많은 종류의 가게들이 철새 날아오듯 문을 열었다 닫았다 하였는데 그중의 한 가게에서 별안간 '싱싱 청과물'이란 간판을 내건 것이었다.

새로 생긴 싱싱 청과물의 위치를 설명하자면 이렇다. 형제 슈퍼와 맞은편에 서울 미용실이 있고 소방 도로를 끼고 구부러지면서 '종합 화장품 할인 코너'란 이름의 화장품 가게가 들어 있는데 서울 미용실의 경자가 새해 벽두에 친구와 동업 형식으로 문을 열어서 동네 여자들을 상대로 화장품을 할인하여 팔고 있었다. 이 자리가 바로 인삼찻집이 있던 그 가게였다. 행복 사진관 엄 씨와 꽤 진한 연애를 했던 탓에 어쩔 수 없이 이 동네를 떠나야 했던 찻집 여자의 뒷소식은 아무도 몰랐지만 사람들은 화장품 코너에 들어설 때마다 영락없이 사진관 엄 씨의 바람난 이야기를 입에 올리곤 하였다. 화장품 할인 코너 옆은 가게를 비워 둔 채 살림만 사는 명옥이 집이고 명옥이 집과 붙은 또 하나의 점포 역시 그간은 진만이네가 싸구려 화장지들을 도매로 떼어다 쌓아 놓는 창고 구실만 하고 있었다. 진만이 아버지는 끝내 리어카 행상이 되어 화장지를 팔러 다니더니 지난 연말에 시골로 내려가고 말았다. 진만이네가 살던 점포는 이내 가내 수공업 형태의 바지 공장이 들어섰다. 아마 집주인이 직접 일꾼 서넛 *데불고 일을 하는 모양이었다. 선팅된 유리문 안으로 미싱 돌리는 청년들의 머리통이 보이고 방에 가득 원단이 *쟁여져 있는 것도 눈에 띄었다.

바지 공장 다음이 싱싱 청과물이었다. 싱싱 청과물 옆으로 다시 두 칸의 빈 점포가 있고 이어 서너 *필지의 공터와 공터 맞은편에 김포 슈퍼가 자리 잡고 있었다. 싱싱 청과물 자리 역시 원래는 살림만 하던 빈 점포였는데

---

*데불다 '데리다'의 경상도 방언.

*쟁여지다 물건이 차곡차곡 포개어 쌓아지다.

*필지 구획된 논이나 밭, 임야, 대지 따위를 세는 단위.

언제 이사를 가고 새로 들어왔는지 눈치채지 못할 만큼 갑작스러운 개업이었다. 아마 강남 부동산을 거치지 않고 위쪽의 다른 복덕방이 성사시킨 물건이기가 십상이었다. 강남 부동산을 거쳤다면 김 반장이 모르고 있었을 리가 없었다.

싱싱 청과물 주인 사내는 이제 막 이사 와서 동네 형편은 전혀 모르는 듯하였다. 무작정 과일전만 벌였으면 혹시 괜찮았을 것을 눈치도 없이 '부식 일절 가게 안에 있음'이란 종이쪽지를 붙여 놓고 파 · 콩나물 · 두부 · 상추 · 양파 따위 부식 일절이 아닌 부식 일체를 팔기 시작하였다. 참 답답한 노릇이었다. 김포 슈퍼와 형제 슈퍼의 딱 가운데 지점에서, 그것도 결사적인 고객 확보로 바늘 끝처럼 날카로운 두 가게 앞에 버젓이 부식 일절 운운한 쪽지를 매달아 놓았으니 무사할 리가 없었다. 김포의 경호네나 형제의 김 반장이나 밑천 잘라먹기 식의 장사를 한 탓에 서로들 적잖이 지쳐 있는 때였다. 웃음 많고 상냥하던 경호 엄마의 얼굴에도 시름이 덕지덕지 끼었고 세탁소집 여자 말을 들으면 밤중에 곧잘 부부 싸움도 벌어지고 있는 모양이었다. 김 반장은 꺼칠한 얼굴에 술만 늘어서 소주 네 홉이 하루 기본이라고 외치는 판이었다. 김 반장의 경우는 좀 지나치다 할 만큼 술주정까지 덧붙은 탓에 동네 사람들의 이맛살을 찌푸리게 하는 수도 많았다. 한번 술에 취하면 장사고 뭐고 때려치우겠다고 날뛰지를 않나, 기분이 상한다고 턱도 없는 값에 물건을 팔아넘기질 않나, 팔리지도 않는 쌀과 연탄은 무슨 고집으로 외상을 내서라도 쌓아 놓지를 않나, 참말 속이 터져 죽을 노릇이라고 김 반장의 어머니와 할머니는 매일 징징대었다. 특히 그 허리 굽은 할머니는 "이날 이때껏 장가도 못 들고 지 부모 대신 동생들 갈치느라고 마음고생만 시킨 내 큰손주 다 버리겠어."라면서 눈물까지 글썽거렸다.

"사람 폴짝 뛰다 죽겠네. 얼라! 과일만 팔아도 속이 뒤집힐 판에 부식 일절? 참 골고루들 애먹이는구먼."

김 반장의 눈빛이 곱지 못하듯 김포 슈퍼 내외간도 안색이 좋지 못하였다.

"정말 죽어라 죽어라 하네요. 김 반장 등쌀에도 피가 마르는데 인제는 싱싱 청과물까지 끼어들어 훼방을 놓으니……."

웃음 많던 경호 엄마가 한숨을 푹 쉬었다. 그런 걸 아는지 모르는지 싱싱 청과물의 유리창에는 또 하나의 쪽지가 나붙었다. '완도 김 대량 입하'

며칠 후 경호네와 형제 슈퍼의 김 반장이 휴전 협정을 맺었다는 소문이 동네 안에 좌악 퍼졌다. 아닌 게 아니라 두 집의 물건값이 같아졌고 저울 눈금도 확실히 하고 있어서 이제는 어느 집으로 가든 같은 가격으로 물건을 살 수밖에 없었다. 말로 표현하지는 않았지만 동네 여자들은 내심 김이 빠졌다. 그래도 고흥댁은 나이가 많으니 솔직해도 흉이 되지 않는다.

"진작 이렇게 되었어야 혔지만, 그래도 어째 좀 아쉬운디……."

그러나 얼마 지나지 않아 여자들은 새로운 사실을 알게 되었다. 경호네와 김 반장이 단순한 휴전 조약만을 맺은 게 아니라 당분간 동맹 관계를 유지하기로 약조를 했다는 것이다. 물론, 이 동맹자들이 쳐부숴야 할 적군은 싱싱 청과물이었다. 믿을 만한 소식통에 의하면 먼저 동맹을 제안한 쪽은 김 반장이라고 했다. 김 반장이 늦은 밤, 경호 아버지와 함께 공단 쪽 돼지갈빗집에서 술을 마시는 걸 보았다는 사람도 있었다. 제안은 김 반장이 했지만 이것저것 묘책은 경호 아버지한테서 나온 것이란 말도 있었고 서로 형님, 아우 해 가면서 신세 한탄도 할 만큼 사이가 좋아졌다는 소문도 있었다.

남은 일은 싱싱 청과물이 어떻게 당하는지 구경하는 것뿐이었다. 고흥댁 말대로 고래가 세 마리로 불어났으니 먹을 게 더 많아지리라는 기대도 조금 있었다. 아닌 게 아니라 주된 전략은 바로 가격 인하였다. 싱싱 청과물에서 취급하는 품목에 한해서만 두 가게가 모두 대폭적으로 가격을 내리기로 하였다는 것이었다. 그 외의 상품들은 동맹 이후 두 가게가 같이 정상 가격으로 환원하였다. 완도 김을 대량 입하했던 싱싱 청과물에 맞서 김 반장은 위도 김을 들여와 집집마다 산지 가격으로 나누어 주었다. 부지런한 경호 아버지가 서울의 청과물 도매 시장에서 들여온 사과와 귤이 김 반장네 가게에도 진열되어 싼값으로 팔려 나가기 시작했다. 원미동 여자들이야 굳이 싱싱 청과물을 들러야 할 이유가 없었다. 과일이나 부식은 경호네나 김 반장 쪽이 훨씬 값이 헐했으므로, 또한 한동네 이웃으로 낯이 익은 그들의 가게에서 싱싱 청과물 쪽을 지켜보고 있을 게 뻔한데 원성을 사 가면서까지 찾아갈 까닭이 무언가.

　이렇게 되자 싱싱 청과물의 주인 남자는 슬그머니 부식 일절 운운한 쪽지를 거두어들였다. '완도 김 대량 입하'라는 쪽지도 떼었다. 과일만 취급할 것임을 공표하기나 하는 듯 대신 '과일 *도산매'란 종이쪽지가 나붙었다. 콩나물이나 파 따위 팔아 봤자 큰돈 남는 것도 아니고 그래, 너희들 소원대로 딴눈 안 팔고 과일이나 팔아 보겠다, 이러면서 땅바닥에 침을 탁 뱉는 것을 보았노라고 서울 미용실 경자가 드나드는 여자들한테 말을 전하곤 하였다. 그만큼 해 두었으니 동맹을 맺은 보람이 있은 셈이었다. 이제는 김 반장이나 경호 아버지의 동맹 관계가 지속될 이유가 없어진 게 아니냐고, 앞으로는 어떻게 일이 되어 갈 것인지 동네 사람들은 성급히 앞일을 궁금해하였다. 허나 싱싱 청과물을 향한 일제 공격이 끝난 게 아닌 모양이었다. 경호 엄마 말에 의하면 그들 내외도 사실상 동맹 관계가 끝난 것으로 해석하고 있었다는 것이었다. 그런데 김 반장이 펄쩍 뛰며 야단이더라고 전했다.

---

*도산매　도매와 산매를 아울러 이르는 말.

"우리는 과일 안 팔아? 그놈이 문 닫는 꼴을 보기 전에는 절대로 그만두지 않을 거요."

김 반장이 기어이 싱싱 청과물 망하는 꼴을 보아야겠다고 이를 악물더라는 말을 들은 동네 여자들의 반응은 가지가지였다.

"지독하구나. 경호네는 김 반장이 그런다고 따라 해? 어린 사람이 *악심을 품으면 경호 아버지가 달래야 사람 도리지."

"그런 소리 마요. 어떻게 김 반장 말을 거역해요? 동맹을 맺었을 때는 끝까지 의리를 지켜야죠."

"의리 좋아하네. 모르긴 몰라도 경호네 역시 싱싱 청과물 망하는 꼴 보려고 같이 *작당했을걸."

"만약에 진짜 그렇다면 경호네가 잘못 생각한 거야. 사실로 말해서 김 반장이 진짜로 망하는 꼴 보고 싶은 마음으로 치자면야 경호네 김포 슈퍼지 어디 그깟 싱싱 청과물 가지고 성이 차겠수?"

"김 반장 그 사람, 너무 악착스러워. 젊은 사람이 어찌 그리 인정머리가 없을꼬."

"그래 말야. 지 엄마한테는 왜 그리 툴툴거리는지. 남들한테는 곧잘 싹싹하면서 지 부모한테는 얼굴 펴는 걸 못 보겠드라구."

"그게 다 무능한 부모들이 받아야 할 대접인 게지. 우리도 이 꼴로 나가다간 자식들한테 그런 대접 받기 십상이지."

과일 도산매만 하겠다면 설마 어쩌랴 싶었던지 싱싱 청과물에서는 구정 대목이 다가오자 울긋불긋한 꽃종이로 포장한 사과·귤·배·진영 단감·온상 딸기 들을 가게 안팎으로 가득 벌여 놓기 시작하였다. 신정 연휴가 사흘이나 된다 하여도 음력설만큼 돈이 풀리려면 어림도 없다. 우리 정육점도

---

*악심 나쁜 마음.

 *작당 떼를 짓다. 또는 무리를 이루다.

연일 비린내를 풍기며 고기 근을 쟁여 놓고 대목 장사를 준비하던 무렵이었다. 김포 슈퍼와 형제 슈퍼에도 울긋불긋 과일전이 흐드러졌다. 김 반장이 차를 빌려 서울까지 원정 나가서 도매로 들여온 물건이었다. 가격은 싱싱 청과물을 기준으로 하여 정해졌다. 싱싱 쪽에서 사과 한 상자를 만 오천 원에 판다면 그들은 만 사천 원에 *금을 매겼다. 깎으려고 드는 손님들도 그냥 돌려보내지 않고 한껏 금을 내려 주었다. 구정 선물용으로 대개 상자째 팔려 나가는 때였다. 그것뿐이 아니었다. 싱싱에서 물건을 흥정하는 손님이 있으면 김 반장은 어디서 구해 왔는지 삑삑거리는 핸드 마이크를 쳐들고 훼방을 놓았다.

"과일 바겐세일입니다. *조생 귤이 있습니다. 산지에서 금방 올라온 맛좋은 부사 사과를 파격적인 가격으로 판매합니다. 자, 과일 바겐세일!"

어떤 때는 김포 슈퍼를 선전해 주기도 하였다. "과일 세일합니다. 사과·배·귤 모두 세일합니다. 저쪽 김포 슈퍼로 가시든가 여기로 오시든가 마음대로 하세요. 몽땅 세일합니다요."

싱싱 청과물 사내가 김 반장을 쫓아간 것은 당연한 일이었다. 하지만 싸움은 초반부터 싱싱 청과물 사내가 불리한 쪽에 있었다. 생각 없이 대뜸 내뱉은 첫말이 당장 김 반장의 공격망에 걸려 버린 것이다. 나이가 어리다 하여 만만히 여기고 다짜고짜 말을 놓은 게 실수였다.

"당신 눈에는 내가 자식새끼로 보이는 모양인데 그런 눈깔로 무슨 돈을 벌겠대? 눈먼 돈이 나 잡아가슈 하고 엎드려 기다리는 줄 아시나? 말본새나 새로 고쳐 배워 가지고 뭘 해도 해 먹으슈."

싱싱 청과물 사내가 말꼬리를 붙잡혀서 정작 장사를 훼방한 것에 대해서는 따질 기회도 얻지 못한 채 전전긍긍하고 있을 때 경호 아버지가 싸움에

---

*금 시세나 흥정에 따라 결정되는 물건의 값.
*조생 농작물이나 과일 따위가 일찍 꽃을 피우고 열매를 맺으며 성숙함.

끼어들었다. 이때다 싶었던지 몰리고 있던 싱싱 청과물 사내가 버럭 소리를
질렀다.

"당신들 말야, 왜 *어깃장을 놓아? 가격이야 뻔한데 본전치기로 넘기
면서 남의 장사 망쳐 놓는 속셈이 대관절 무엇이야? 엉! 왜 못살게들 굴
어?"

경호 아버지도 어름하게 물러서지는 않았다.

"싸게 사서 싸게 파는 것도 죄요? 원 별소릴 다 듣겠네."

얼굴이 벌게진 싱싱 사내는 공연스레 목청만 돋운다.

"이 사람들, 이제 보니 심보가 새까맣군그래. 싸게 사서 싸게 파는 것도
죄냐구? 말해! 나하고 무슨 원수가 졌냐? 날 죽여 보겠다는 심보는 대체
뭐야!"

그러면 김 반장이 또 씩씩거리며 대들었다.

"이게 좁쌀밥만 먹고 살았나? 말마다 영 기분 나쁘게시리 반말로만 내뱉
는군. 단단히 정신을 차릴 필요가 있는 작자라니까."

마침내 싱싱 청과물 사내가 죽기 살기로 김 반장의 멱살을 잡고 바둥거리
기 시작했다. 몸피가 유난히 왜소하여 애초 김 반장의 상대가 되지도 못하
면서 기를 쓰고 덤벼드는 그를 김 반장은 여유 있게 메다꽂았다. 이 못된 놈
이 사람 친다, 고 악을 쓰면서 덤벼드는 그를 향해 김 반장은 알게 모르게
주먹 솜씨를 발휘하였다. "어디서 굴러먹던 뼉다귀인지 생전 보지도 못한
놈이 남의 장사 망치려고 덤벼든 것을 생각하면 내 속이 터진다구."

김 반장의 목소리는 칼날처럼 서늘했다.

코피가 터져 선혈이 낭자하게 묻어 있는 싱싱 청과물 사내의 퉁퉁 부은
얼굴에 사정없이 날아드는 김 반장의 주먹에는 경호 아버지마저 하얗게 질

*어깃장 짐짓 순순히 따르지 않고 못마땅하게 뻗대는 행동.

려 버렸다. 게다가 그 살기등등한 악담이라니.

"어느 놈이든 내 장사 망치는 놈은 가만두지 않을 거야. 내가 어떻게 살
아온 놈인데 그냥 주저앉아? 어림도 없지."

경호 아버지는 마침내 슬그머니 꽁무니를 뺐고, 동네 사람들이 뜯어말
리지 않았더라면 싱싱 청과물 사내는 무슨 일을 당해도 크게 당했을 것이
었다. 죽기 살기로 김 반장 주먹 밑으로 기어들며 무모하게 덤벼든 그 사내
에게도 문제는 있었다.

"와 이라노? 이게 무슨 짓들이가. 한동네 삼시로 서로 웬 주먹질이란 말
이가. 보소, 아저씨가 참으소. 맞는 사람만 손해라 카이. 아이구마 김 반
장아, 니가 깡패로 나섰노? 이러는 기 아니다. 아무리 억울헌 일이 있다
캐도 나이 많은 아저씨한테 이러는 기 아니다. 이 손 치아라! 내 말 안 들
을라먼 인자부터 니랑 내랑 아는 체도 말자고마. 이 손 치아라!"

원미 지물포 주 씨가 적극적으로 두 사람을 뜯어말렸다. 지물포 주 씨가
뜯어말리는 그사이에도 김 반장은 연신 싱싱 사내의 옆구리를 향해 헛발길
질을 해 대고 있었다.

싸움 구경에 나섰던 사람들은 그날의 사건을 두고두고 입에 올렸다. 다
음다음 날, 싱싱 청과물 사내가 입술을 깨물며 리어카 행상으로 과일 처분
에 나선 것을 보고는 모두들 김 반장의 잔인함에 몸을 떨었다. 구정 대목을
보려고 무리하면서까지 들여놓은 과일들을 소화하기 위해서는 그 수밖에
없기는 하였다.

"지독해. 김 반장네 가게에선 앞으로 두부 한 모도 사지 않을 거야."

시내 엄마는 질렸다는 듯이 고개를 설레설레 흔들었다. 이제 네 살짜리
시내 하나를 두고 있는 그녀는 얼핏 보기엔 64번지 새댁보다 훨씬 앳되어

보였다. 써니 전자를 꾸려 나가는 그들 부부의 사는 모습도 지극히 낭만적이어서 깊은 밤, 문 닫힌 그들 가게에서 흘러나오는 *애수 어린 음악 소리만 들어도 그것을 능히 짐작할 수 있는 터였다.

"경호 아버지도 다시 봐야겠어. 어쩌면 그렇게 몸을 사릴까. 약아빠졌어. 난 김 반장보다 경호 아버지가 더 얄밉드라."

64번지 새댁이 분개하였지만 여자들은 김 반장 쪽이 아무래도 나빴다는 쪽으로 의견들을 모았다. 그렇게까지 독한 줄은 몰랐었는데 정말이지 사람이란 두고두고 겪어 보아야만이 속을 안다고 입을 비쭉였다.

원래가 목이 좋지 않아 어느 장사든 길게 가 본 적이 없는 싱싱 청과물은 문을 연 지 한 달 만에 셔터를 내리고야 말았다. 만두집, 돼지갈비 전문, 오락실 따위의 장사를 벌였던 이전의 주인들도 두세 달을 채우지 못했으니까 그닥 이상할 것도 없는 일이었다. 다만 몇 푼이라도 가게 치장에 돈이 든 것도 아니고 미처 팔지 못한 과일이나 부식은 식구들이 먹어 치우면 될 것이니 딴 사람들에 비해 큰 손해는 없을 것이라고 여자들은 수군거렸다. 동맹자들이 결국은 목적을 달성한 사실에 대해 한편으로는 놀라기도 하면서 혹은 언짢게 생각하기도 하면서.

특히 시내 엄마가 싱싱 청과물의 폐업을 가장 가슴 아파했다.

"오죽하면 여기까지 와서 장사를 벌였을라구. 이 동네가 어디 장사해서 돈 벌 곳이 되나? 그깟 것 같이 좀 먹고살면 어때서. 너무 잔인해."

"문 닫은 걸 보니 안되긴 좀 안됐어. 그래도 어쩌겠나. 다들 먹고살아 보려고 아옹다옹하는 것이니……."

원래 대범한 편인 지물포 여자가 다소나마 김 반장을 감싸 주었다.

2월로 접어들면서 영상 10도 이상의 따뜻한 날씨가 며칠 계속되는 중이

*애수 마음을 서글프게 하는 슬픈 시름.

었다. 언제 꽃샘추위가 밀어닥쳐 꽁꽁 얼어붙게 할는지 그것은 알 수 없지만 하여간 요사이라면 봄이 왔다고 해도 틀린 말은 아니었다. 원미동 거리는 모처럼 시끌벅적하였다. 아이들도 모조리 쏟아져 나와서 세발자전거를 타기도 하고 무작정 달음박질을 쳐 보기도 하였다. 아이들을 거느린 채 써니 전자 앞의 양지에 한 무리 모여 서 있던 여자들 중의 하나가 낮은 목소리로 킥킥 웃었다.

"저것 봐. 봄이 오긴 왔어. 겨우내 뜸하더니만 으악새 울음소릴랑 이제 실컷 듣게 생겼군."

아닌 게 아니라 겨울 동안 기척도 없던 으악새 할아버지가 무궁화 연립의 계단 앞에 나와 있었다. 벌써 한바탕 으악새 울음을 쏟아 놓고 온 길인지 팔꿈치를 탁 치고 으악, 손뼉을 탁 치고 으악, 하는 일련의 동작들이 무르익을 대로 무르익었다. 으악새 할아버지는 그렇게 얼마 동안 미진한 울음을 다 뱉어 내고 나서는 머리를 쓰다듬으며 계단을 밟아 현관 안으로 사라져 버렸다.

"참말로 저것이 무슨 병인지 몰라. 보는 사람도 이렇게 심장이 지랄 같은데 으악, 으악 치밀어 올라오는 그 할아버지야 오죽할까."

"그러게 말예요. 내 생전에 저렇게 요상스러운 병은 처음이에요. 예전에 누군가는 자꾸만 웃음이 나오는 병이 있다고 그러긴 합디다만."

"그래 말야, 차라리 웃음이 나오는 병이면 듣기라도 좋게? 저건 꼭 가래 긁는 소리 같기도 하고 등에 칼침 맞는 소리 같기도 하고……."

"에이구, 징그러운 소리도 한다. 저 양반이 그래도 어찌나 정갈한지 혼자 사는 노인네 빨래가 안집 것보다 많대. 가끔가다 으악새 소리만 안 내면 나무랄 데가 없는 노인인데……."

한참 동안 으악새 할아버지를 입에 올렸던 원미동 여자들은 고흥댁의 출현으로 다시 화제가 옮겨졌다. 원미동 여자들이 *환담하는 자리에는 꼭 끼여 있던 고흥댁이 어째 보이지 않는가 했더니 강남 부동산 문이 벌컥 열리면서 그녀가 나타난 것이다.

"뭐 좋은 일이 있어요?"

날씨 탓도 있겠지만 고흥댁 얼굴이 썩 밝아 보이는 것을 두고 묻는 우리 정육점 여자의 물음이었다.

"좋은 일이 머시당가? 요새 복덕방 좋을 일 있등가?"

"그런 말씀 마세요. 봄도 오고 슬슬 집들이 뜰 텐데……. 그나저나 한 건 했나 보죠? 뭐예요. 전세?"

"아따 족집게네. 싱싱 청과물 가게가 나갔어. 인자 막 계약혔네."

"벌써요? 하긴 빨리 뜨는 게 그 사람한테는 좋을 거야."

시내 엄마는 새삼 김 반장의 형제 슈퍼를 흘겨본다.

"그란디 이번엔 시내네가 쬐까 괴롭겠어야."

고흥댁의 의미심장한 말에 여자들은 모두 시내 엄마의 얼굴을 쳐다보았다.

"아니 왜요? 왜 우리가 괴로워요?"

시내 엄마가 눈을 동그랗게 떴다.

"글씨 말여. 그 사람들도 딱 작정헌 것은 아니라고 허드만 워낙 배운 기술이 그것뿐이당게 딴 장사를 할 리가 없제잉."

"네에? 그럼 전파상이 온단 말예요?"

시내 엄마 얼굴이 금세 변했다.

"아직 딱 부러지게 정헌 것은 아니래여. 이것저것 알아본 담에 헌다니

*환담하다 정답고 즐겁게 서로 이야기하다.

께······."

이웃 간에 미리 일러 주지 않고 구전부터 챙긴 죄가 있어서 고흥댁은 자연 말꼬리를 흐렸다.

"오죽하면 이 동네까지 와서 전파상을 벌일라구. 같이 먹고살아야지. 안 그래?"

시내 엄마가 한 말을 흉내 내는 우리 정육점 안주인 때문에 여자들은 모두 깔깔 웃어 댔다. 시내 엄마는 샐쭉한 얼굴로 웃는 둥 마는 둥 하는 중이었다. 64번지 새댁은 그러나, 이제부터의 일이 더 궁금해서 못 견디겠는 모양이었다.

"앞으로는 어떻게 되지요? 또 싸울까요? 그때 보니 경호네도 보통 아니던데요?"

동맹을 맺어 틈 사이로 기어드는 싱싱 청과물을 제거하는 데 성공했으므로 남은 일은 김포와 형제가 어떤 방침으로 돌아서느냐 하는 것뿐이었다. 말하자면, 휴전 협정의 효력은 다한 셈이니 이제는 어떤 일이 벌어지겠느냐 하는 이야기였다.

"아이구, 새삼스레 뭘 또 싸우리라구. 이왕지사 그리된 것, 서로 타협해서 좋도록 해야지."

이것은 고흥댁의 타협안인데 아무래도 시내 엄마를 염두에 둔 말인 듯싶었다.

"어머나. 김 반장이 가만있겠어요? 그리고 이 바닥에서 똑같은 장사를 벌여 놓았다가는 결국 두 집 다 망하고 말걸요."

시내 엄마의 발언 내용이 잠깐 사이에 극과 극으로 달라진 것을 모를 리 없는 여자들은 모두 입을 조심하였다. 섣불리 잘못 말하였다간 이웃 사이에

금만 갈 뿐이다.

"우리야 뭐 굿이나 보고 떡이나 먹어야지."

소라 엄마의 심드렁한 말에, "고래 싸움에 새우들 배부르는 재미 말이제?" 하고 고흥댁이 예의 그 옛말 풀이를 들고 나왔다.

"김 반장도 끝을 보는 성격인데 심상찮아."

많은 식구 거느리고 살다 보니 자연 악만 남았다는 김 반장의 자기변명을 가장 잘 이해하는 이웃인 지물포 여자의 근심 어린 걱정도 나왔다.

"왜들 이렇게 장삿길로만 빠지는지 몰라."

우리 정육점 여자의 *우문이었다.

"먹고살기가 힘드니까 그렇지요."

새댁이 즉각 현명한 답을 내놓았다.

그러고는 잠시 말이 끊겼다. 매일매일을 살아 내야 한다는 점에서 원미동 여자들 모두는 각자 심란한 표정이었다. 그중에서도 시내 엄마가 가장 울상이었다. 아이들 속에서 끼여 놀던 지물포집 막둥이가 넘어졌는지 입을 크게 벌리고 앙앙 울어 대는 것을 신호로 여자들은 제각각 흩어져 버렸다. 그리고 빈자리에는 이른 봄볕만 엄청 *푸졌다. ✏️

---

*우문 어리석은 질문.

*푸지다 매우 많아서 넉넉하다.

'일용할 양식'은

부천에 있는 작은 동네 원미동을 배경으로 소시민들의 삶을 보여 준 소설 '원미동 사람들' 중 한 작품이다. 1980년대 한국 사회의 한 단면을 보여 주는 작품이다.

1. 글을 떠올리며 ······

• 고흥댁의 행동들을 통해 알 수 있는 그녀의 성격은 어떠한가?

2. 글을 소화하며 ······

• 원미동 사람들의 모습을 통해 작가가 말하고자 하는 바는 무엇인가?

3. 생각을 모으며 ······

• 내가 원미동 사람이었다면 김포 슈퍼와 형제 슈퍼 중 어느 가게를 이용했을지 그 이유를 밝혀 서술해 보자.

　　　－김포 슈퍼를 이용하는 이유

　　　－형제 슈퍼를 이용하는 이유

시인의 꿈

박완서

길이란 길은 모조리 포장되고 집이란 집은 모조리 아파트로 변한 아주 살기 좋은 도시가 있었습니다.

한 소년이 얼음판처럼 매끄럽고 티끌 하나 없이 정갈한 아파트 광장에서 이상한 것을 발견(發見)했습니다. 그것은 낡은 자동차 모양을 하고 있었습니다만 바퀴는 없었습니다.

작은 유리창이 있었기 때문에 호기심 많은 소년은 안을 들여다보았습니다.

안에는 작은 침대와 몇 권의 책이 있고, 수염이 하얀 할아버지가 깡통에 든 더러운 음식을 먹고 있었습니다. 그러니까 그 속에서 사람이 살고 있었

박완서(1931~2011)

소설가. 전쟁 체험을 바탕으로 한 소설, 일상에서 벌어지는 현실적인 사건들 안에 담겨 있는 의미를 섬세하게 담아 낸 작품을 썼다. 주요 작품으로는 '엄마의 말뚝', '미망', '그 많던 싱아는 누가 다 먹었을까' 등이 있다.

던 것입니다.

소년은 그런 곳에서 사람이 살 수 있다는 것을 직접 눈으로 보면서도 믿을 수가 없었습니다.

유리창을 통해 소년과 할아버지는 눈이 마주쳤습니다. 할아버지가 손짓하며 웃었습니다. 소년은 할아버지의 웃음이 매우 보기 좋다고 생각했지만 도망쳤습니다. 괜히 가슴이 두근거렸습니다.

소년은 집에 와서 어머니에게 자기가 본 것을 말했습니다. 어머니는 고층 아파트의 창으로 소년이 가리키는 곳을 내다보고 소년의 말이 아주 허황된 소리는 아니라고 생각한 듯합니다.

이웃집을 돌면서 그 사실을 알렸습니다. 그것은 아주 기괴한 소문(所聞)이 되었습니다. 거기서 사람이 산다는 건 고사하고, 그 깨끗한 곳에 그런 게 갑자기 생겼다는 것만도 이상했습니다.

이 도시에선 사람은 모조리 아파트에 살기 때문에 개나 새 같은 애완동물을 기르지 않은 지가 오래됩니다. 그렇다고 이 도시에 동물이 아주 없는 것은 아닙니다. 모든 동물은 동물원에 수용(收容)되어 있습니다. 그렇기 때문에 낡은 차같이 생긴 것 속에 사람이건 짐승이건 목숨 있는 것이 살고 있다는 것은 기괴한 일일 수밖에 없습니다.

소문을 들은 몇 사람의 어른이 그곳에 가 보고 왔습니다. 소년이 헛것을 본 것이 아니란 게 증명되었습니다.

그중 가장 나이 지긋한 부인이 무릎을 치면서 말했습니다.

"이제야 생각납니다. 내가 아주 어렸을 적, 이 도시가 지금처럼 살기 좋은 도시가 되기 전의 일입니다. 저런 것이 이 도시 변두리에 널려 있었습니다. 그겁니다. 바로 그겁니다. 그것은 무허가 판잣집이라는 겁니다. 무

허가 판잣집은 그 시절 이 도시의 가장 큰 골칫거리였습니다. 하느님 맙
소사! 그것이 이 좋은 세상에 다시 부활을 하다니.”

“부인, 진정하십시오. 우린 지금 부인의 지혜를 필요로 하고 있습니다.
그 시절에는 그것을 없애기 위해 어떤 방법을 썼나요? 마음을 가라앉히
고 잘 생각해 보십시오. 제발, 부인.”

누군가가 그 부인에게 진심으로 애걸했습니다.

“그건 우리 힘으론 안 됩니다. 시청에서나 그 일을 할 수 있습니다. 시청
에서 불도저를 갖고 나와 밀어 버리면 됩니다. 여러 채의 무허가 판잣집
도 잠깐 사이에 밀어 버렸으니까 저까짓 한 채쯤은 문제없을 겁니다.”

근심에 잠겼던 여러 사람들은 비로소 안심을 하고 시청에 전화를 걸었습
니다.

시청 직원은 시민(市民)의 말을 도무지 믿으려 들지 않았습니다. 한두 사
람도 아닌 여러 사람이 전화통에다 대고 와글와글 얘기를 하자, 그제야 곧
조사단을 내보내겠다고 말했습니다.

조사단이 나와 과연 무허가 판잣집이 있다는 것과 그 속에 사람이 살고
있다는 것을 확인하고 돌아갔습니다.

그러나 시청으로부터의 회답(回答)은 비관적이었습니다. 시청에는 아무리
찾아봐도 무허가 판잣집을 없앨 수 있는 법도, 불도저도 없다는 것이었습
니다. 그도 그럴 것입니다. 무허가 판잣집이란 것이 이 도시에서 없어진 지
가 벌써 몇십 년째인데 그런 법이 뭣하러 여태까지 남아 있겠습니까?

사람들이 다시 모여 와글와글 의논을 했습니다. 누군가가 그건 곧 저절로
없어질 거라고 말했습니다. 왜냐하면 그 속에서 살고 있는 사람이 노인네니
까, 곧 죽게 될 것임에 틀림이 없다는 것이었습니다.

그러고 보니 문제는 판잣집이 아니라 거기 살고 있는 사람이었습니다. 사람만 없다면 그까짓 작은 집은 폐차장에 갖다 버리면 그만일 것입니다. 그래서 보기 싫은 판잣집을 없애는 일은 노인이 죽는 날까지 미루기로 여럿이 합의(合意)를 보았습니다.

사람들은 판잣집 때문에 놀라고 떠들었을 때와는 딴판으로 곧 그 일을 잊어버렸습니다.

그러나 소년만은 가끔 그 판잣집을 기웃거려 봤습니다. 대개는 비어 있었습니다. 비어 있을 적에도 열쇠가 채워져 있는 일은 없었습니다. 그 속엔 누가 도둑질해 가고 싶을 만한 물건이라곤 없었으니까요.

어느 날 소년은 몰래 그 판잣집 안으로 들어갔습니다. 몰래라는 것은 할아버지 몰래가 아니라, 아파트에 사는 사람들 몰래라는 소리입니다. 모든 사람이 하루빨리 없어져 주기를 바라는 집에 들어간다는 것은 나쁜 짓 같아, 될 수 있으면 누구의 눈에도 띄고 싶지 않았던 것입니다.

판잣집 속은 창으로 엿보던 것과 마찬가지로 구질구질했지만 이상하게도 아늑했습니다. 침대의 모포는 털이 다 빠진 낡은 것이었지만 부드럽고 부숭부숭했고, 스프링이 망가져 내려앉은 침대는 할아버지 몸의 모양대로 움푹 들어가 있어 소년의 몸을 정답게 받아들였습니다. 소년은 요람에 누워 가만가만 흔들리던 어릴 적처럼 편안했습니다.

손만 뻗으면 닿을 수 있는 머리맡에는 나무판자에 벽돌을 괴어 만든 선반이 있고, 선반에는 책과 그릇과 색종이로 접은 새와 짐승과 꽃들이 아무렇게나 섞여 있었습니다. 소년은 침대에 누워 이런 것들을 보며 이런 방에서 살아 보았으면 하고 생각했습니다.

소년은 넓고 잘 꾸며진 자기의 방을 가지고 있고, 또 엄마 아빠의 방과 응접실(應接室)과 서재에 대해 알고 있습니다. 소년은 또 많은 친구를 가지고 있어 친구의 방에 대해서도 알고 있습니다. 소년은 또 가끔 엄마 아빠와 함께 친척 집을 방문하는 일도 있어 친척들의 방에 대해서도 알고 있습니다. 그러나 그 방들은 한결같이 비슷했기 때문에 소년은 방이란 다 그렇고 그런 거란 생각밖엔 해 본 적이 없습니다.

소년은 손을 뻗어 선반의 책을 한 권 꺼내 펼쳤습니다. 책은 그림책이었습니다. 공작새보다 더 아름다운 날개를 가진 곤충들로 가득 차 있었습니다.

소년은 학교에서 곤충에 대해 배운 적이 있습니다. 그러나 본 적은 없습니다. 사람 외에 살아 있는 짐승의 대부분은 동물원에 가면 볼 수 있었지만 곤충만은 왠지 동물원에도 없었습니다.

소년은 학교에서 곤충을 사람에게 이로운 곤충과 해로운 곤충 두 가지로 나누어 배웠기 때문에 많은 곤충의 이름을 외워 두었지만, 곤충은 두 종류밖에 없는 줄 알았습니다.

그러나 할아버지의 책 속에는 수백 수천 가지의 곤충들이 있었고, 그것들은 각기 제 나름으로 아름다웠습니다. 황홀하게 빛깔 고운 날개를 가진 곤충도 있고, 오색이 찬란한 딱지를 가진 곤충도 있고, 엄마의 속치마 레이스보다도 훨씬 섬세한 날개를 가진 곤충, 생김새가 아기자기한 곤충, 징그러운 곤충, 용감해 보이는 곤충…….

소년은 그 많은 곤충이 하늘을 나는 광경(光景)을 그리며 가슴이 두근댔습니다.

그런데 어느 틈에 할아버지가 들어와 계셨습니다.

"할아버지, 이 아름다운 것들은 어디 가면 볼 수 있나요?"

"우리나라에선 이제 아무 데서도 그걸 볼 수 없을걸. 우리나라보다 못살고 우리나라보다 덜 문명화(文明化)된 나라에나 남아 있으려나 몰라."

할아버지가 슬픈 듯이 말했습니다.

"그러니까 할아버지, 이것들은 사람들이 잘사는 것과 문명을 싫어하는군요. 그래서 피해 달아났군요?"

"아니지, 그것들은 아름답지만 지혜가 없기 때문에 태어날 때부터 저절로 알고 있는 것과 조금만 어긋난 일이 생기면 살아남질 못한단다. 피해 달아난 게 아니라 없어진 거지. 사람들이 잘산다는 것 중에는 땅이란 땅을 시골의 농장(農場)만 남기고 모조리 시멘트로 포장을 하는 일도 포함되는데, 이 아름다운 것들은 대개 날개를 달기 전 애벌레 시절을 부드러운 흙 속에서 보낸단다. 목청이 좋은 매미라는 곤충은 17년 동안이나 애벌레로 땅속에서 보내는 수도 있단다. 생각해 봐라, 20년 가까이 깜깜한 땅속에서 살다가 마침내 날개가 돋아나 몇 주일 동안이나마 이 세상에서 자유롭게 날고 노래 부르기 위해 기어 나오려는데, 땅엔 두껍디두꺼운 천장이 생겨 있을 때 매미의 딱한 처지를. 또 문명이라는 것도 그렇단다. 문명은 이 세상의 살아 있는 것 중에서 종류와 수효가 많은 곤충을 두 가지로 나누었지."

"그건 저도 알아요. 사람들에게 이로운 곤충과 해로운 곤충이죠."

소년은 씩씩하게 대답했습니다.

"맞았다. 그러나 정작 문명이 한 일은 그다음 일이란다. 문명은 사람에게 해로운 곤충을 닥치는 대로 죽였지. 그러다 보니 이로운 곤충까지 저절로 그 모습이 사라져 갔다. 사람은 사람 *본위(本位)로 곤충을 두 패로 편을 갈랐는데, 저희끼리는 그게 아니어서 사람이 생각하는 것보다 훨씬 복잡

*본위 판단이나 행동에서 중심이 되는 기준.

하고 신비롭게 서로 해치며 도우며 잡아먹으며 잡아먹히며 어울려서 살았던 것이지. 사람이 사람에게 가장 해로운 곤충을 멸종시키려고 한 노릇이 결과적으론 가장 이로운 곤충의 먹이를 없애는 일이 되고, 그 일이 자꾸만 일어나면서 곤충 세계의 조화(調和)는 깨어지고 말았단다. 문명이 해친 것은 곤충이 아니라 곤충의 조화였고, 조화는 바로 곤충계의 목숨이었으니 곤충이 멸종될 수밖에…….”

“할아버지, 그래도 우린 모두 이렇게 잘 살잖아요. 곤충의 도움 없이도 말예요.”

“곤충이 없어지고 나서 바람이 꽃가루를 옮기는 식물만 살아남고, 벌과 나비가 꽃가루를 옮기는 식물은 차츰 자취를 감추었단다. 그러나 사람들은 조금도 근심하지 않고 그런 식물이 자라던 자리에 공장을 짓고 물건을 만들어, 그런 식물이 아직도 살아남은 나라에 팔아서 그런 식물의 열매를 사 먹기 시작했단다. 근심할 건 아무것도 없었지. 사람은 곤충보다 위대하니까. 돈으로 못 사는 건 아무것도 없었으니까. 그러나 아이들이 나비의 아름다움에 홀려 온종일 푸른 초원을 헤맨다든가, 우거진 녹음 아래서 매미 소리를 들으며 꿈을 꾼다든가, 벌이 윙윙대는 장미밭에서 한 마리 벌이 되어 본 적도 없이 어른이 되는 일을 근심하고 슬퍼하는 사람도 있었느니라. 그건 할아버지가 아주 젊었을 때의 일이고, 할아버지도 그걸 슬퍼한 사람 중의 하나였지.”

“할아버지는 그때 무슨 일을 하셨는데요?”

“할아버지는 그때 시인(詩人)이었단다. 아름다운 노래를 많이 지었더랬지.”

“그럼, ‘솔직히 말해서 벙글콘은 아이스크림입니다. 솔직히 말해서 벙글콘은 맛있습니다.'도 할아버지가 지었나요?”

“넌 그것 말고 아는 노래가 또 없느냐?”

“왜 없어요. ‘샴푸는 비단결 샴푸, 엄마의 좋은 친구 비단결 샴푸, 비단결 샴푸, 노래하며 샴푸하자 비단결, 라라라라 비단결’, ‘오늘도 만나 카레로 할까요? 달콤하기가 그럴 수 없어요. 매콤하기가 그럴 수 없어요. 만나 카레’ 그리고…….”

“아, 그만해라. 시가 없어졌구나. 하긴 시인이 없어졌으니까.”

“시인은 왜 없어졌나요?”

“곤충을 이로운 곤충과 해로운 곤충의 두 패로 나누듯이 그때 사람들은 사람이 하는 일도 두 가지로 나누었단다. 사람을 잘살게 하는 데 쓸모 있는 일과 쓸모없는 일로…….”

“그래서 쓸모없는 일을 하는 사람에겐 약을 뿌려 없앴나요?”

“예끼 놈, 아무리 장난스런 말이라도 그런 말이 어디 있어?”

할아버지의 얼굴이 정말로 무서워졌습니다. 소년의 입에서 저절로 잘못했습니다라는 말이 나왔습니다.

“쓸모없는 일을 하는 것을 금지했단다. 그래서 대개의 시인들은 기술자가 됐지. 그래도 끝까지 시를 안 버리려고 한 시인에겐 쓸모 있는 시를 쓰란 명령이 내려졌고, 그래서 ‘솔직히 말해서 벙글콘은 아이스크림입니다.’라는 노래를 쓴 시인도 생겼고, ‘샴푸는 비단결 샴푸, 엄마의 좋은 친구 비단결’이란 노래를 쓴 시인도 생겨났지. 가장 끝까지 시를 사랑하려고 한 시인일수록 가장 크게 시를 더럽혔다니!”

할아버지의 얼굴이 저녁 하늘처럼 슬퍼 보였습니다. 소년도 덩달아 형용(形容)할 수 없는 슬픔을 맛보았습니다. 그러나 소년이 할아버지의 말씀을 알아들은 것은 아닙니다.

"할아버지 한 말씀만 더 여쭤 보겠어요. 그렇지만 아까처럼 화내시진 마셔요."

"알았다. 말해 보렴."

"시가 정말 쓸모없는 거라면 없어지는 게 당연하지 않을까요? 우리 엄마가 아이들한테 제일 많이 하는 잔소리도 '쓸모없는 건 제때제때 내버려라.'인걸요."

"할아버진 젊은 시절의 능력과 정열(情熱)을 오로지 시를 위해 바쳐 온 사람이다. 시가 쓸모없는 거라고 정해진 후에도 시를 버리고 딴 일을 가진 바 없고, 시를 안 버린답시고 시를 더럽히는 짓도 하지 않았다. 사람은 어느 누구도 아무짝에도 쓸모없는 것을 위해 자기를 다 바칠 수는 없느니라."

"그러니까 할아버진 시가 쓸모 있다는 말씀을 하고 싶으시군요?"

"그럼, 그럼. 넌 참 똑똑한 애로구나."

할아버지의 얼굴에 처음으로 활짝 웃음꽃이 피었습니다. 소년은 할아버지의 얼굴이 참으로 보기 좋다고 생각했습니다.

"그런데 왜 시가 쓸모없는 것 취급을 받았을까요?"

"무엇에 쓸모 있느냐가 문제였지. 그 시절 사람들은 몸을 잘 살게 하는 데 쓸모 있는 것만 중요하게 생각하고 마음을 잘 살게 하는 데 쓸모 있는 건 무시하려 들었으니까."

"그럼 몸이 잘 사는 것과 마음이 잘 사는 것은 서로 다른 건가요?"

"암, 다르고말고. 몸이 잘 산다는 건 편안한 것에 길들여지는 거고, 마음이 잘 산다는 건 편안한 것으로부터 놓여나 새로워지는 거고. 몸이 잘 살게 된다는 건 누구나 비슷하게 사는 거지만, 마음이 잘 살게 된다는 건 제각기 제 나름으로 살게 되는 거니까.”

“무슨 말씀인지 잘 모르겠어요, 할아버지. 시가 없어도 조금도 불편하지 않다는 것밖에는.”

“시가 있었으면 지금보다 살기가 불편했을지도 모르지. 그렇지만 지금보다는 살맛이 있었을 거야.”

“살맛이 뭔데요? 그것은 초콜릿 맛하고 닮은 건가요, 바나나 맛하고 닮은 건가요?”

“그건 몸으로 본 맛이기 때문에 마음으로 보는 살맛하고는 비교를 할 수가 없지. 살맛이란, 나야말로 남과 바꿔치기할 수 없는 하나뿐인 나라는 것을 깨닫는 기쁨이고, 남들의 삶도 서로 바꿔치기할 수 없는 각기 제 나름의 삶이라는 것을 깨달아 아껴 주고 사랑하는 기쁨이란다.”

“어렵군요. 할아버진 설마 지금부터 그 어려운 걸 하실 생각은 아니겠죠?”

“실상 나는 너무 늙었다. 그래도 해 볼 작정이다.”

“할아버진 어디에서 오셨나요?”

“양로원에서 왔다.”

“저도 양로원에 대해서 알고 있어요. 할머니 할아버지들이 가장 편안하게 지낼 수 있는 곳이죠. 저희 할머니도 거기 계시기 때문에 한 달에 한 번씩 방문(訪問)하는데, 우리 아파트보다 더 좋은 곳이에요. 더군다나 이런 판잣집하고는 멜 것도 아니죠. 그런데 시는 이렇게 초라하고 불편한 곳에서만 쓸 수 있나요?”

“그렇진 않지만 시를 쓰는 마음이 가장 꺼리는 건 몸과 마음이 어떤 틀에 박히는 거지. 시를 쓰는 마음은 무한한 자유를 원하거든. 그래서 우선 양로원이라는 노인들의 틀을 벗어난 거란다."

"그럼 시를 쓰셨나요?"

"아니, 아직 못 썼다. 쓰려면 아직 아직 멀었다."

"그러실 거예요. 무엇을 쓰려면 책상 앞에 붙어 앉아 있어야 하는데, 할아버진 매일매일 돌아다니시니까요."

"괜히 돌아다니는 게 아니란다."

"알아요. 잡수실 것을 얻으러 다니시죠? 이제부터 책상에 앉아서 시만 쓰셔요. 잡수실 것은 제가 갖다 드릴게요."

"아니다, 먹을 걸 얻는 데 시간이 걸리진 않는다. 이 고장은 살기 좋은 고장인 데다가 거지는 나밖에 없으니까."

"그런데 왜 온종일 집을 비우고 돌아다니셔요?"

"말을 얻으러 다니지. 시는 말로 쓰지 않니?"

"말이 그렇게 귀한가요? 얻으러 다니게? 참 이 방엔 라디오도 텔레비전도 없군요. 게다가 할아버진 혼자 사시고……. 이제부터 제가 자주 와서 할아버지 말벗이 되어 드릴게요. 그리고 소리는 좋은데 모양이 구식이라 버리게 된 라디오도 한 대 갖다 드리죠."

"너는 참 착한 아이로구나. 그러나 할아버지가 얻으러 다니는 건 그런 말이 아니란다."

"그런 말하고 또 다른 말도 있나요?"

"암, 있고말고. 요새 떠다니는 말은 새로 생긴 물건의 이름하고, 그걸 갖고 싶다는 욕심을 위한 말이 전부지. 그러나 시를 위한 말은 그런 물건에 대한 욕심과는 상관없는 마음의 슬픔, 기쁨, 바람 등을 나타내는 말이란다. 얻으러 다녀 보니 그런 말이 어쩌면 그렇게 귀해졌는지, 이 근처엔

거의 없고 저 변두리 평민 아파트 근처(近處)에나 조금씩 남아 있는데, 거
기도 온종일 헤매야 겨우 한두 마디 얻어 가질 정도로 드물어.”

“그게 언제 모여 시가 되나요?”

“아직 아직 멀었지만, 언젠가는…….”

“사람들이 그걸 읽을까요?”

“아직 아직 멀었지만, 언젠가는…….”

“그걸 읽으면 사람들이 어떻게 달라질까요?”

“너는 지금 궁전 아파트에 살지?”

“네.”

“궁전 아파트 현관의 신발장은 무슨 빛깔이더라?”

“모두 *상앗빛이에요. 손잡이는 금빛이고요.”

“지금 궁전 아파트에 사는 사람은 아무도 상앗빛 신발장을 의심하지 않
지? 그러나 시를 읽는 사람이 생기면 그걸 의심하는 사람도 생길 거야.
나는 상앗빛을 좋아하나? 아닌데 나는 노랑을 좋아하는데, 그러면서 어
느 날 노란색 페인트를 사다가 신발장을 칠해서 자기만의 신발장을 갖는
사람이 생겨난단 말이다. 물론 파랑 신발장, 빨강 신발장을 갖는 사람도
생겨나지. 그래서 궁전 아파트 신발장이 아닌 제 나름의 신발장을 갖게
되는 거야. 또 어린이 중에서도 어른이 가르쳐 준 놀이 말고 새로운 놀이
를 만들어 내는 어린이가 생겨날 테지. 그 어린이는 판판한 아스팔트 밑
에는 도대체 뭐가 있을까 하는 호기심을 참지 못해 그것을 파헤쳐 그 속
에 숨은 흙을 보고 말 거야. 그래서 그 속에서 몇 년째 잠자던 강아지풀과
명아주와 조리풀과 토끼풀과 민들레의 씨앗을 눈뜨게 하고, 매미의 마지
막 애벌레가 허물을 벗고 가로수를 향해 날아오르게 할 거야.”

*상앗빛 코끼리 엄니의 빛깔과 같이 하얀빛을 띤 노란빛.

할아버지의 주름투성이 얼굴이 아이들의 얼굴처럼 더없이 맑아지고 눈은 꿈꾸는 것처럼 한없이 먼 곳을 보고 있습니다.

"할아버지, 이상해요. 할아버지 말씀을 듣고 있으려니까 괜히 가슴이 울렁거려요. 이런 느낌은 처음이에요."

"아이야, 고맙다. 할아버지가 이제부터 말을 얻어다 시를 써도 늦지는 않겠구나. 시인의 꿈은 가슴이 울렁거리는 사람과 만나는 거란다."

'시인의 꿈'은

시란 무엇인지, 마음이 잘 사는 것이 어떤 것인지를 생각하게 하는 작품으로, 시인인 할아버지를 통해 사라진 자연, 사라진 시인, 규격화된 사회에 대해 비판하고 있다.

1. 글을 떠올리며 ······

• 시인의 꿈은 무엇인가?

2. 글을 소화하며 ······

• 노인의 말에 따르면, 시인이 없어진 이유는 무엇인가?

3. 생각을 모으며 ······

• 몸이 잘 사는 것과 마음이 잘 사는 것의 차이를 이야기해 보자.

8부. 상황의 이해

- 봄·봄 | 김유정

  비상교과서 중⑥ / "고등학교 국어 (상)"(교육과학 기술부, 2009)

- 기억 속의 들꽃 | 윤흥길

  천재교육(노미숙) 중⑤, 좋은책 신사고(민현식) 중⑥ / "장마"(민음사, 2005)

- 꺼삐딴 리 | 전광용

  (주)금성교과서 중⑥, 창비 중⑥ / "한국 소설 문학 대계 33"(동아출판사, 1995)

- 오마니별 | 김원일

  두산동아(이삼형) 중⑥ / "오마니별"(도서출판 강, 2008)

9부. 창작 의도와 소통 맥락

- 화왕계 | 설총

  (주)교학사 중⑤, 천재교육(노미숙) 중⑥ / 송광성 외, "아름다운 우리 고전 수필"(을유문화
  사, 2008)

- 박씨전 | 작자 미상

  두산동아(이삼형) 중⑥, 천재교육(노미숙) 중⑥ / "활자본 고전 소설 전집 10"(아세아 문화사, 1997)

- 물 한 모금 | 황순원

  천재교육(박영목) 중④ / "늪/기러기"(문학과 지성사, 1980)

- 난쟁이가 쏘아 올린 작은 공 | 조세희

  (주)교학사 중⑤, (주)미래엔 중⑥ / "난쟁이가 쏘아 올린 작은 공"(문학과 지성사, 2009)

10부. 문학의 가치

- 메밀꽃 필 무렵 | 이효석

  (주)교학사 중④, 두산동아(이삼형) 중⑥, 비상교과서 중⑥, (주)미래엔 중⑥ / "이효석 전집"(창미사, 2003)

- 표구된 휴지 | 이범선

  (주)지학사 중⑥, 천재교육(박영목) 중⑥ / "이범선 작품선"(범우사, 1999)

- 일용할 양식 – 원미동 사람들 중에서 | 양귀자

  금성출판사 중①, 비상교육(김태철) 중②, 두산동아(이삼형), (전경원) 중⑤, 창비 중⑤, 비상교육(한철우) 중⑥, 좋은책 신사고(우한용) 중⑥ / "원미동 사람들"(살림, 2010)

- 시인의 꿈 | 박완서

  대교 중⑤ / "자전거 도둑"(다림, 2003)

8부. 상황의 이해

• 봄·봄 _ 51쪽

1. 글을 떠올리며 ······

'장인'은 '점순이'의 키가 다 자라지 않았다며 더 자라야 성례를 시켜 주겠다고 하고 있다.

2. 글을 소화하며 ······

만물이 소생하는 계절인 '봄', 또 하나는 인생의 사랑이 시작되는 청춘의 '봄'을 의미하고 있다.

3. 생각을 모으며 ······

– 나 : 장인 어른, 언제 성례를 시켜 주실 건가유?

– 장인 : 아, 성례구 뭐구 기집애년이 미처 자라야 할 게 아닌가? 내가 점순이 키 자라지 말라고 하는 것도 아니고, 키 좀 자라고 추수 좀 하면 올가을에 성례를 시켜 주마.

– 나 : 참말이지유. 그렇게 믿고 저 일 나가도 되는 거지유.

• 기억 속의 들꽃 _ 73쪽

1. 글을 떠올리며 ······

당시는 6.25 전쟁으로 인해 많은 사람들이 생활고에 시달렸던 시기였다. 그 당시는 사람보다는 물질적인 것이 우선시되는 시기였다. 전쟁으로 인해 사람들 사이에 불신이 팽배해 있었고, 가난과 고난이 계속되는 전쟁의 와중에서 생존을 위한 본능과 남을 배척하는 이기적인 모습이 많이 보였던 시기였다. '나'의 부모님은 명선이의 금반지를 다른 사람들이 발견하거나 차지할까 봐 전전긍긍하고 있다.

2. 글을 소화하며 ······

어른들의 이기심을 비판하기 위해서는 순수한 어린이의 시각이 필요했기 때문에 어린 아이인 '나'를 서술자로 내세우게 된다. 이와 같이 어린아이의 눈을 통해 이야기를 전하는 다른 작품으로는 '사랑손님과 어머니', '옥상의 민들레꽃' 등이 있다.

3. 생각을 모으며 ······

명선이는 아이들과 놀 때는 천진난만한 아이의 모습이다. 하지만 어른들이 나타나면 명선이는 이해 타산적인 어른들의 입맛에 맞는 말을 하거나 행동을 한다. 금반지를 한꺼번에 내놓지 않고 하나씩 건네는 것이 그런 행동이다. 전쟁은 명선이에게 순수한 아이로 살아가야 할 시간을 가지고 간 셈이다. 명선이가 남장을 한 것도, 거짓말을 하는 것도 전쟁 속에서 아이 혼자 몸으로 살아가기 위해 배운 처세술이다. 순수하기보다는 영악한 면이 더 많이 드러나는데 다른 시대에 태어났더라면 보이지 않아도 될 모습이다.

• 꺼삐딴 리 _ 109쪽

1. 글을 떠올리며 ······

'Captain Lee'라는 뜻으로, 이인국 박사가 수감되어 있을 때, 스텐코프 소좌의 왼쪽 뺨에 달린 혹을 떼어 주자 스텐코프가 칭찬의 뜻으로 치켜세운 말이다. 말 자체는 칭찬이지만 작가는 주체성을 상실한 이인국 박사에 대한 반어적 의미로 사용했다.

2. 글을 소화하며 ······

이인국이 제국 대학을 졸업할 때 받은 수상품으로 삼팔선을 넘어온 피난 유물의 하나이며, 목숨을 걸고 삶의 도피행을 같이한 유일한 물건이다. 일제 강점기, 소련군 점령하의 감옥 생활 등 여러 차례 죽을 고비를 함께했던 물건이라 인생의 반려라고 생각하기 때문이다. 또 자기 주변의 모든 것이 변하여 갔지만 시계만은 옛 모습 그대로이기 때문이다.

3. 생각을 모으며 ······

이인국은 자신의 출세와 부를 위해서라면 나라의 보물인 문화재가 해외로 빠져나가더라도 상관하지 않는다. 이것만 보아도 그는 이기적이고 반민족적인 인물이라고 여겨진다. 나라가 있어야 개인도 있는 법인데 자기만 잘 살면 그만이라는 생각은 공동체의 안전과 발전을 위협할 수 있다.

• 오마니별 _ 124쪽

1. 글을 떠올리며 ······

'조평안'은 전쟁으로 인해 가족과 헤어지게 되었다. 결혼을 한 뒤에는 부인이 한 달을 못 넘기고 염소까지 몰고 도망을 가 버리는 바람에 혼자가 되었다. 그런 상처를 되풀이하고 싶지 않았기 때문에 재혼을 하지 않았다.

2. 글을 소화하며 ······

이 소설은 '안나 리'와 '중길'이 남매 사이라는 것을 확인하며 훈훈하게 결말을 맺는다. 이렇게 감동적인 결말을 통해 우리 민족의 상처가 모두 치유되기를 바라는 작가의 의식을 엿볼 수 있는 것이다. 작가는 이산가족 상봉으로 촉발된 가족애를 통해 분단으로 인한 상처가 조금이나마 치유되기를 소망하고 있는 것이다.

3. 생각을 모으며 ······

당시 전쟁으로 인해 가족을 잃고 헤어져 살아가는 모습과 비교하기는 어렵지만 오늘날에도 경제적 이유로 인해 가족들이 함께 살지 못하고 뿔뿔이 흩어져 살아가기도 한다. 살면서 전쟁을 겪는다는 것, 그리고 그로 인해 가족을 잃는다면 그 슬픔은 무척 극복하기 어려울 것 같다. 전 세대의 아픔을 생각하면서 지금 내가 살고 있는 삶에 만족해야겠다는 생각을 한다. 가끔은 부모님이나 형제자매가 미울 때도 있지만 가족과 함께하는 삶을 누군가는 무척 그리워했을 거라는 생각을 하면서 내가 가진 것에 만족하려고 한다.

9부. 창작 의도와 소통 맥락

• 화왕계 _ 130쪽

1. 글을 떠올리며 ······

많은 꽃들이 모여듦 / 장미 / 백두옹/ 충고함

2. 글을 소화하며 ······

– 장미를 선택 아름다움이 중요하다. 상냥하고 배려 있는 말과 행동으로 옆에 있으면 즐거울 것 같다.

– 백두옹을 선택 내가 듣고 싶은 말이 아니라 나에게 도움이 되는 충직하고 바른 말을 많이 해 줄 것 같다.

3. 생각을 모으며 ······

– 답안 1 이순신 장군이 충신이라고 생각한다. 이순신 장군은 용맹하며 나라를 위기에서 구하기 위해 목숨을 아끼지 않았으며 필요할 때는 백의종군하는 자세를 보여 주었다. 노량해전을 승리로 이끌면서도, 적진에서 날아온 탄환에 맞아 목숨을 잃으면서도 자신의 죽음을 알리지 말라고 했던 살신성인의 정신을 본받아야 할 것이다.

– 답안 2 내가 생각하기에 가장 정직한 신하는 정몽주라고 생각한다. 고려 말기 고려에 여러 위기가 닥쳤을 때 그것을 피하지 않고 굳은 마음으로 왕을 지켜 다시 고려를 세우려 했기 때문이다. 끊임없이 정직하고 충직했던 그야말로 충신이라는 이름에 걸맞은 사람이다. 이방원이 '하여가'로 유혹을 했을 때도 '단심가'로 뿌리치는 그 지조와 마음가짐을 꼭 본받아야 할 것이다. 고려의 왕을 향한 끝없는 믿음과 충성을 가진 정몽주야말로 최고로 정직한 신하이다.

• 박씨전 _ 143쪽

1. 글을 떠올리며 ······

박 씨가 이시백을 통해 인조에게 침입에 대비하라고 조언한다. 그러나 여자의 말이라는 이유로 묵살당하고 박 씨가 여자라는 이유로 뛰어난 능력(초능력)을 지니고 있음에도 불구하고 전투의 선봉에 설 수도 없다. 단지 자신의 후원(피화당)을 침입하는 적군을 궤멸하는 정도에 불과한 영웅성을 보일 뿐이다. 위 두 가지로 보았을 때, 당시의 여성에 대한 인식의 한계가 드러난다.

2. 글을 소화하며 ······

이시백과 임경업은 실존 인물이지만 박 씨는 소설에만 존재하는 허구적 인물이다. 또한 역사상 조선은 청과의 싸움에서 패배해 왕이 굴욕적인 항복을 하지만 소설 속에서는 조선의 설욕이 그려져 있다. 이렇게 역사적 사실과 소설을 다르게 쓴 이유는 병자호란의 굴욕적인 패배를 문학에서나마 보상받고 상상의 세계에서라도 민족의 자주성을 지키기 위함이다.

3. 생각을 모으며 ······

영웅은 다른 사람을 위해 자신의 능력을 정의롭게 사용하는 사람이다. 박 씨는 개인적인 이익보다는 나라의 안위를 위해 자신의 능력을 사용하였기 때문에 영웅이라고 할 수 있다.

• 물 한 모금 _ 153쪽

1. 글을 떠올리며 ······

– 모여든 사람들 흰 수염을 기른 노인, 딸네 집을 찾아가는 노파, 당꼬즈봉을 입은 청년, 말상을 한 키 큰 사나이 등 길 가던 행인들.

– 모여들게 된 이유 갑작스럽게 내린 가을비를 피하기 위하여.

2. 글을 소화하며 ······

이웃에게 나눠 주고 베풀 줄 아는 '따뜻한 인정'을 말한다. 고단한 하루를 보내고 있던 사람들은 비가 와서 막막하기도 하고 춥기도 하여 마음이 시렸는데 마음과 몸이 따뜻하게 풀리는 물 한 잔을 먹은 후 기운을 낼 수 있었다.

3. 생각을 모으며 ······

이 소설은 일제 강점기의 평안도 농촌을 배경으로 하고 있다. 갑작스럽게 내린 가을비를 피해 길을 가던 사람들이 초가집 헛간에 모여든다. 그런데 금방 그칠 줄 알았던 비는 언제 그칠지도 모르는 데다 한기까지 스며들고 험상궂게 생긴 집주인의 얼굴을 보자 사람들은 언제 쫓겨날지 모른다는 생각이 들기도 했다. 그런데 갑자기 집주인이 나타나고 생각지도 못한 반전이 일어난다. 바로 험상궂어 보였던 집주인이 자기 집 처마 밑을 찾아든 나그네들에게 따뜻한 물 한 모금을 나눠 준 것이다. 그 따뜻한 물 한 모금은 어려움에 처한 이웃들에게 베푼 따뜻한 배려와 인정인 셈이다. 다들 어렵고 힘들게 살아가던 시절이었지만 훈훈한 정은 남아 있었던 것이다. 갈수록 이웃 간의 정이 메말라 가는 현대인들에게 이러한 나눔과 배려의 정신이 큰 감동으로 다가오는 듯하다.

• 난쟁이가 쏘아 올린 작은 공 _ 165쪽

1. 글을 떠올리며 ……

아파트 입주금이 보상금보다 훨씬 비싸고, 아파트에 입주할 때까지 다른 곳에서 살아야 하는데 살 곳을 마련할 돈이 없기 때문이다.

2. 글을 소화하며 ……

실재하는 곳이 아니라 일종의 반어적 표현이다. 경제적으로 어렵거나 사회적 약자들이 사는 곳이며 서울의 변두리 재개발 지역을 떠올리게 한다.

3. 생각을 모으며 ……

이 소설에서는 소외된 사람들의 삶과 애환에 대해 말하고 있다. 낙원구 행복동에 살고 있었던 사람들을 생각해 보면, 모두 사회적인 약자들이다. 그들은 인간이 추구할 수 있는 최소한의 행복권마저 박탈당할 위기에 처해 있는 것이다. 동네는 개발이 되고 더 좋은 동네로 바뀌겠지만 그들에게는 그곳에서 살 수 있는 자격이 없어진다. 자신의 집을 내주지만 새 집을 받을 수는 없는 것이다. 새 집은 그들의 입주권을 산 다른 사람들의 몫이다. 도시는 팽창하지만 서민들은 점점 변두리로 밀려나고 자신의 자리를 찾지 못한다. 작가는 도시 개발의 혜택에서 소외된 서민들의 삶의 고통과 좌절을 이야기하고 있다.

10부. 문학의 가치

• 메밀꽃 필 무렵 _ 181쪽

1. 글을 떠올리며 ……

허생원에게 메밀밭은 아름다운 추억을 떠올리는 하는 매개체이자, 소설의 시간적 배경이 된다. 또한 메밀밭은 이 소설의 낭만적 분위기와 향토적 서정을 만들어 낸다.

2. 글을 소화하며 ……

- 허생원의 낮 장돌뱅이로 일정한 거처 없이 떠도는 삶에 지친 모습.
- 허생원의 밤 아름다운 추억을 떠올리는 행복한 모습.

3. 생각을 모으며 ……

작가 이효석은 이 소설에서 사랑의 신비함에 대해 다루었다고 말했다. 이 소설은 메밀꽃

핀 달밤의 아름답고 신비한 분위기를 통해 사랑의 신비에 대해 말하고 있다고 볼 수 있다. 장돌뱅이로 평생을 돌아다니며 산 허 생원은 가진 것은 많지 않지만 마음만은 부자이다. 평생 꺼내서 들여다볼 수 있는 아름다운 추억이 있기 때문이다. 인간 본연이 가지고 있는 애정은 삶을 풍족하게 하고 삶을 따뜻한 시선으로 바라보게 한다.

• 표구된 휴지 _ 190쪽

1. 글을 떠올리며 ……

시골에 있는 아버지가 서울에 돈 벌러 간 아들에게 쓴 편지다. 갓 태어난 송아지와 마을 사람들의 이야기 등 고향의 세세하고 일상적인 소식을 전하면서도 아들에 대한 염려와 그리움을 전하는 내용이 담겨 있다.

2. 글을 소화하며 ……

글에는 사람의 마음이 담겨 있다. 아버지의 아들에 대한 사랑이 고스란히 묻어나는 소중한 글이기 때문에 이 휴지 같은 편지도 국보급이 될 수 있는 것이다. 부모님의 사랑은 그 어떠한 국보에도 비길 수 없기 때문이다. 시골의 정취와 향토적인 정서가 물씬 풍겨 오는 편지 내용 또한 글을 읽는 사람의 마음을 따뜻하게 한다. 그리고 한 글자 한 글자 먹으로 써 내려간 모습을 연상하는 것만으로도 감동을 얻을 수 있다. 소쩍새 우는 야심한 시간에 아들을 향한 그리움을 글로 달래는 아버지의 마음이 고스란히 전해지는 편지이고, 읽는 이들의 마음을 움직이는 글이기 때문에 가치 있게 보관을 하고 있는 것이다.

3. 생각을 모으며 ……

엄마, 아빠, 오늘 '표구된 휴지'라는 소설을 읽었어요. 그 소설을 읽고 나니 엄마, 아빠 생각이 많이 나더라고요.

그 소설은 아버지가 아들에게 보내는 편지 이야기인데 이런 구절이 나와요. 〈돈조타. 그러나 너거 엄마는 돈보다도 너가 더조 타한다.〉 모든 부모님 마음이 이러지 않을까 하는 생각이 들었어요. 책 속의 부모님이 꼭 엄마, 아빠 같다고 느꼈어요. 엄마, 아빠도 무뚝뚝하셔서 네가 좋다고 말하시지는 않으시지만 속으로는 여러 번 말씀하셨을 것이라 생각해요. 엄마, 아빠 늘 건강하시고 오랫동안 제 곁에 있어 주세요.

−철없는 ○○가.

• 일용할 양식-원미동 사람들 중에서 _ 215쪽

1. 글을 떠올리며 ······

고흥댁은 이해 타산적이고 경박하며 노골적인 성격이다. 동네에 불화가 있을 것을 알면서
도 부동산을 하는 자신의 이익만을 챙기려고 하는 모습이나 형제 슈퍼와 김포 슈퍼의 갈
등 속에서 자신의 이익만을 극대화하는 것에만 관심을 보인다.

2. 글을 소화하며 ······

서민들이 사는 동네의 이웃 간에 벌어지는 갈등과 이해를 보여 줌으로써 먹고살기 힘든 현
실 속에서 더불어 살아가기 위해 이해와 공존의 원리가 필요함을 말하고자 한다.

3. 생각을 모으며 ······

– 김포 슈퍼를 이용하는 이유 열심히 살아온 경호네의 모습을 옆에서 지켜보았었고, 김포 슈
퍼의 부식이 신선하고 경호 어머니가 싹싹하기 때문이다. 꼬마 손님에게도 일일이 뻥
튀기 한 장씩을 선물로 주고 인사도 잘하는 주인이 있는 가게를 안 갈 이유가 없기 때
문이다.

– 형제 슈퍼를 이용하는 이유 가족의 생계를 모두 책임지고 있는 김 반장을 응원하고 싶기 때
문이다. 또한 김포 슈퍼가 생활필수품과 부식을 팔기 전부터 형제 슈퍼가 존재해 왔었고
어찌 보면 김포 슈퍼가 확장함으로써 피해를 입은 것이므로 형제 슈퍼를 이용할 것이다.

• 시인의 꿈 _ 229쪽

1. 글을 떠올리며 ······

가슴이 울렁거리는 사람을 만나는 것이다.

2. 글을 소화하며 ······

곤충을 이로운 곤충과 해로운 곤충으로 나누듯이 사람이 하는 일도 두 가지로 나누었다.
사람을 잘살게 하는 데 쓸모 있는 일과 쓸모없는 일로 나누고, 쓸모없는 일을 금지시켰기
때문에 시인 따위는 필요치 않게 되었다.

3. 생각을 모으며 ······

몸이 잘 사는 것은 물질적으로 풍요로운 것이다. 이는 노력하거나 주변 환경으로부터 얻
을 수 있다. 그에 비해 마음이 잘 사는 것은 정신적으로 풍요로운 것이다. 이는 자신이
가진 것을 포기할 수 있는 여유로운 마음가짐이 필요하다. 누군가에게 가진 것이 많지

만 누군가에겐 버릴 것이 없고, 누군가는 마음의 여유를 가질 수 있지만 누군가는 급박한 세상에 여유 없이 살아갈 수 있다. 사람이 가진 생각에 따라 몸이 잘 사는 것을 소중하게 생각하는 사람이 있을 것이고, 마음이 더 풍요로운 것을 으뜸으로 생각하는 사람이 있을 것이다.

1. 초등학교

강미순 인천 주안북초 교사
고희정 경기 흥덕초 교감
김 정 전남 진도초 교사
김선희 제주 동광초 교감
김성미 울산 약사초 교사
김영숙 경남 사파초 교감
김영희 경기 용인 한일초 교사
김영희 경남 칠서초 교사
김재수 경남 의령 정곡초 교사
김태년 경기 화성 봉담초 교사
김홍미 경기 남양초 교사
박선옥 경기 화성 청원초 교사
박현용 경북 김천 지동초 교사
서영수 경남 삼정자초 교사
손나영 서울 용원초 교사
신윤경 서울 영희초 교사
신희숙 경남 창원 상남초 교사
심혜경 경남 반송초 교사
안명숙 인천 효성남초 교사
안순선 경기 서해초 교사
안언희 경남 덕정초 교사
양연미 경기 수원 율현초 교사
오장근 전남 해남교육지원청 장학사
은지희 경기 화성 청원초 교사
이가형 경기 화성 청원초 교사
이선경 대구 관문초 교사
이영빈 경기 화성 청원초 교사
이인옥 경기 화성 마도초 교사
이찬민 경기 진접초 교사
임해경 인천 공항초 교사
정혜원 경남 석봉초 교사
조대근 경남 용호초 교사
조완원 충북 종곡초 교사
조윤섭 경기 화성 청원초 교사
차미화 전남 해남서초 교사

최근화 인천 문남초 교사
팽태문 경남 안청초 교사
한선혜 서울 대모초 교사
홍미화 인천 대화초 교사
황기웅 전남 해남동초 교사

2. 중 · 고등학교 및 대학

감송미 경남 진해여고 국어교사
강상호 경남 진해여고 교장
강인진 서울 광문고 국어교사
고정희 경남 경원중 수학교사
고형순 경남 진해여고 수학교사
구자경 경기 은혜고 국어교사
기원서 인천 송도고 교감
김겸숙 경남 창원 용호고 진로교사
김기창 충남 청신여중 국어교사
김동준 경기도교육청 장학사
김미경 대구 심인고 교사
김미선 충남 천안 백석중 국어교사
김미숙 강원 진광중 국어교사
김미아 대구 경북여고 교사
김미자 경북 도송중 국어교사
김미향 대구 월서중 보건교사
김민정 대구 서변중 교사
김민정 서울 잠실고 사서교사
김민환 경남 김해 율하고 진로교사
김민환 경남 김해율하고 교사
김상수 서울 경희여고 국어교사
김수현 경남 창원 웅동중 교사
김슬옹 세종대 겸임교수
김승현 경남 장유고 교사
김시훈 대구 심인고 교사
김양희 인천광역시교육청 장학사
김영숙 경남 거제 신현중 교사
김영숙 경남 신현중학교 영어교사

김영습 대전 동아마이스터고 교사
김우영 경기 안양여고 영어교사
김은희 강원 강일여고 국어교사
김정규 대구 도원중 교사
김정미 경북 구미 형남중 교사
김정숙 경남 경상대부중 교사
김정희 서울 중산고 국어교사
김종두 대구 심인고 수석교사
김진희 경남 마산여고 사서교사
김형남 경남 김해고 교사
김혜연 인천 강화고 사서교사
김혜은 광주 석산고 사서교사
김흔정 충남 정산중 특수교사
김희진 경남 진해여고 화학교사
남성호 대구 대천고 교사
노연실 강원 진광고 국어교사
명영자 경남 진해여고 음악교사
목진덕 서울 남강중 영어교사
박 탄 강원 원주대성중 국어교사
박근영 경남 김해고 교사
박동규 경남 내동중 국어교사
박동연 경북 구미 형남중 교사
박성완 경남 창원 웅동중 교사
박연희 경남 거제 신현중 교사
박영우 광주 서석고 국어교사
박정미 경북 구미 형남중 교사
박정미 경북 포항 창포중 교사
박정미 대구 운암고 교사
박정애 서울교대 강사
박종표 경남 창원 중앙중 체육교사
박헌규 경북 영천 영동중 교사
반외경 대구일중 진로교사
배종규 서울 압구정고 사회교사
서숙희 경북 포항 환호여중 교사
서정화 경남 합천여고 교사
손봉순 부산 구남중 교사
손소현 경남 창원명지여고 교사
송경란 경남 창원 토월중 교사
송경란 경남 창원 토월중 보건교사
신경애 경남 진해여고 진로교사
신주용 경남 진해여고 영어교사
신지영 인천 부개고 영어교사
신홍규 서울 한대부고 국어교사
심경애 강원 강일여고 수석교사
안혜선 울산 남외중 교사
예경순 서울교대 강사
우동식 경상북도교육청 장학사
유은숙 경남 반송여중 한문교사
윤석훈 대전 동아 마이스터고 영어교사

윤종훈 경북 상산전자고 교사
이명진 경기 청심국제고 국어교사
이미라 대전 성모여고 국어교사
이봉휘 전북과학고 국어교사
이성봉 경북 포항 환호여중 교감
이수진 인천 청라고 사회교사
이숙경 경남 창원 신월고 진로교사
이순희 경기 이매중 진로교사
이승룡 경북 구미 형남중 교사
이영미 대구 경북여정보고 과학교사
이영숙 부산 예술중 교사
이윤희 베트남 하노이국제학교 국어교사
이정애 대구 불로중 수석교사
이주은 서울 방이중 도덕교사
이준경 경북 구미 형남중 교사
이진아 경남 양산고 교사
이현주 인천 명현중 국어교사
이혜경 대구 범물중 교사
이희숙 부산 남천중 국어교사
이희진 경기 인덕원고 국어교사
임민정 광주 조선대여고 사서교사
임선하 현대창의연구소장
임종웅 경남 월산중 과학교사
정미영 익산 어양중 국어교사
정미희 대구 성지중 교사
정선미 경남 팔룡중 음악교사
정연옥 부산진중 국어교사
조명심 경남 창원 중앙중 사회교사
조영만 원주교육지원청 장학사
조은영 경남 진해여고 지리교사
조은영 서울 개포중 국어교사
조현지 강원 김화공고 국어교사
차군자 경남 창원 대암고 사회교사
채향화 강원 진광고 국어교사
최기재 전북 전라고 국어교사
최길순 광주 경신여고 사서교사
최선길 부산 광명고 국어교사
최영임 충남 공주사대부고 교사
최영희 전북 원광여고 국어교사
최은정 경북 김천중 수학교사
최재현 대구 동도중 진로교사
최준호 경북 김천고 국어교사
하미정 경남 창원과학고 국어교사
하은정 경남 창원 중앙중 영어교사
홍미화 대구 청구중 진로교사
황석범 강원 춘천여고 도덕교사
황왕용 전남 순천 남산중 사서교사
황주호 경남 창원교육지원청 장학사
황혜정 경북 구미 형남중 교사

Memo

Memo